Vanessa Carpitella
Im Auftrag des Kranichs

Vanessa Carpitella

Im Auftrag des Kranichs

Roman

Erstauflage
©2024 Vanessa Carpitella
Vanessa.carpitella@yahoo.com

Verlag: BoD · Books on Demand GmbH, In de Tarpen 42,
22848 Norderstedt, bod@bod.de
Druck: Libri Plureos GmbH, Friedensallee 273,
22763 Hamburg
ISBN: 978-3-7693-2055-8

Der Junge saß zusammengekauert auf dem Besuchersessel und hatte das Kunststück vollbracht, in dieser unbequemen Position einzuschlafen. Zumindest nahmen die beiden Erwachsenen an, dass der Junge schlief.

„Stefan, bitte! Ich kann es selbst nicht tun. Du musst mir helfen!" Die Stimme seiner Mutter klang eindringlich. Die seines Vaters hingegen wirkte dünn und kraftlos als er antwortete, so als wäre er derjenige, der vom Krebs geschwächt im Bett lag.

„Ich…Ich schaffe das nicht, Sara. Außerdem würde ich mich strafbar machen. Ich könnte dafür ins Gefängnis wandern." Den letzten Satz hatte er kaum hörbar geflüstert und doch hatten die guten Ohren des Jungen alles gehört.

„Es muss doch niemand erfahren!" entgegnete seine Mutter sanft.

Für einen Moment herrschte Stille.

Dann schluchzte sein Vater laut auf. „Es tut mir leid, Sara. Ich kann das einfach nicht!"

Der Junge hörte, wie seine Mutter scharf die Luft einzog.

„Feigling", zischte sie leise und voller Wut. Und dann lauter: „Verschwinde! Ich will dich nicht mehr sehen! Du mieser Feigling!"

Es folgten weitere, zunehmend derbere Beschimpfungen. Ausdrücke, die der Junge noch nie aus dem Mund seiner Mutter gehört hatte. Er war inzwischen aus dem Sessel hochgefahren und starrte entsetzt auf die Frau im Bett, deren Gesicht vor Wut bis zur Unkenntlichkeit verzerrt war. Sein Vater stand mit hängenden Schultern neben ihr, Tränen liefen über seine Wangen. Als die Beleidigungen immer obszöner wurden, packte er seinen Sohn bei der Hand und floh mit ihm aus dem Zimmer.

„Ich bin dann weg!" Ein beiläufiger Kuss, mehr auf die Wange als auf den Mund, und schon verschwand sie mitsamt ihrer Parfumwolke aus der Küche. Kurz darauf fiel die Tür geräuschvoll ins Schloss und Sven sah sie die Stufen zum Parkplatz hinuntergehen. Sophia. Seine Frau. Die langen Beine steckten in hochhackigen Pumps, der Saum ihres beigefarbenen Mantels endete auf der gleichen Höhe wie ihr Rock. Ihre dunkelblonden Locken wippten bei jedem Schritt. Sophia war eine schöne Frau, die mit ihren 45 Jahren noch problemlos als Mittdreißigerin durchging. Zumindest, wenn sie lächelte, denn bei ernstem Gesicht verriet eine feine Linie zwischen Nase und Mundwinkel ihr tatsächliches Alter. Diese Nasolabialfalten, wie sie laut Sophia offiziell bezeichnet wurden, machten seiner Frau sehr zu schaffen, daher probierte sie Alles aus, was Abhilfe versprach. Nachdem sie ohne sichtbaren Erfolg diverse Cremes und Seren getestet hatte, war sie im Internet auf den Tipp gestoßen, die Falten durch regelmäßiges Wangenaufblasen zu lindern. In den darauffolgenden Wochen sah Sven sie regelmäßig mit dicken Backen vor dem Spiegel stehen, was er anfangs mit belustigten Sprüchen, später nur noch mit einem müden Achselzucken quittierte. In seinen Augen war Sophia so schön wie eh und je und er konnte ihren Kummer über die unvermeidlichen Spuren des Alterns nicht nachvollziehen.

Letztendlich zeigte auch das Wangenaufblasen nicht die gewünschte Wirkung und so hatte Sophia vor wenigen Wochen einen Beratungstermin in einer Schönheitspraxis vereinbart. Was Cremes und Wangenaufblasen nicht geschafft hatten, sollte nun ein Fachmann richten. Sven erinnerte sich noch gut daran, wie aufgekratzt sie an jenem Abend nach Hause gekommen war, mit geröteten Wangen und einem Leuchten in den Augen. Ihre beiden Kinder, Sabrina und Alexander, hatten sich beim Abendessen vielsagende Blicke zugeworfen.

„Mama, du benimmst dich wie ein Teenie!", hatte Sabrina angemerkt und dabei die Augen verdreht.

Daraufhin hatte Sophia bloß albern gekichert und sich einen großen Schluck Wein gegönnt, ohne auf den irritierten Blick ihres Mannes zu achten.

Auf den Beratungstermin folgte bald der erste in einer langen Reihe von Behandlungsterminen. Jedes Mal war Sophia unverschämt guter Laune, wenn sie nach Hause zurückkehrte. Am Tag der ersten Behandlung beobachtete Sven sie gleich mehrfach dabei, wie sie sich gedankenverloren mit dem Zeigefinger über die Lippen strich und dabei verträumt lächelte. Als er am Abend ins Schlafzimmer kam, fand er seine Frau in Unterwäsche vor dem Spiegel stehend und sich von allen Seiten betrachtend. Dabei lag ein zufriedener Ausdruck auf ihrem Gesicht. Sven hatte eine Weile wie erstarrt im Türrahmen gestanden, weder in der Lage das Zimmer zu verlassen, noch Sophia auf sich aufmerksam zu machen. Und während er ihr schweigend bei ihrer ausgiebigen Körperschau zusah, hatte sich eine eigenartige Leere in seinem Körper ausgebreitet; wie eine Krankheit, die von ihm Besitz ergriff.

Als Sophias Auto hinter der nächsten Biegung verschwunden war, wandte sich Sven vom Fenster ab. Sein Blick fiel auf den Esstisch, auf dem noch immer die Hinterlassenschaften vom Frühstück standen. „Die beiden sollen ihre Sachen doch direkt wegräumen!", knurrte er, während er das schmutzige Geschirr in die Spülmaschine stellte. Sophia hatte wie stets nur eine Tasse benutzt. Sie gesellte sich zwar zum Frühstück dazu, getreu dem Motto *Mahlzeiten sind Familienzeit*, trank aber selbst nur einen Kaffee: Schwarz mit viel Zucker. Svens Blick fiel auf den Lippenstiftabdruck, den sie am Tassenrand hinterlassen hatte und er fuhr gedankenverloren mit dem Daumen darüber. Eigentlich sollte es ihn stören, dass sie ihn betrog. Er sollte sie zur Rede stellen, den eifersüchtigen Ehemann geben. Aber als er zum wiederholten Male in sich hineinhorchte, war da nichts. Wobei, so ganz stimmte das nicht. Da war doch ein Gefühl, aber ein völlig anderes, als man in einer solchen Situation erwarten würde. Was er spürte war Erleichterung. Es gab ihm ein Gefühl der Befreiung, sich nicht ständig schlecht zu fühlen, wenn er abends neben Sophia im Bett lag, ihren warmen, weichen Körper so nah bei sich und dennoch kein Verlangen in sich verspürend, sie zu berühren. Manchmal nahm sie das Heft in die Hand. Dann ließ er zu, dass sie ihn liebkoste und ihn so lange bearbeitete, bis er steif genug war um in sie einzudringen. Und während er immer wieder zustieß, betete er im Stillen, dass seine Erregung lange genug andauern würde, bis sie beide ihren Höhepunkt erreicht hatten. Nach dem Sex fühlte er sich leer und schuldig und er konnte sich kaum vorstellen, dass Sophia nicht bemerkte, wie wenig er bei der Sache war. Sophia hatte das nicht verdient. Sie hatte es verdient, auch nach fünfzehn Ehejahren noch begehrt zu werden. Wie könnte er es ihr also übelnehmen, dass sie sich ihre Befriedigung nun anscheinend woanders holte?

Sven schüttelte heftig den Kopf, um seine düsteren Gedanken zu vertreiben.

„Nasolabialfalte", murmelte er anklagend, als trüge diese die Schuld an seiner Situation, und stellte Sophias Tasse in die Spülmaschine.

An der Haltestelle *Klinikum* stieg Erik aus dem Bus, der ihn quer durch die Stadt hergebracht hatte, und ließ den Anblick, der sich ihm darbot, für einen Moment auf sich wirken.

War das imposante Krankenhaus bei Tageslicht nichts weiter als ein weißer Betonklotz, so verwandelte es sich bei Einbruch der Dämmerung in ein Meer aus Licht. Kunstfertig platzierte Strahler tauchten die Bäume und Sträucher entlang der Zugangswege in einen warmweißen Schein, was nicht wenige Besucher an die Hotelanlagen vergangener Urlaube erinnerte. Ein paar Meter weiter erstrahlte die Glaskuppel über dem Eingangsbereich im Licht unzähliger LED Spots und erzeugte für einen kurzen Augenblick die Illusion, ein Pariser Opernhaus anstelle eines städtischen Krankenhauses zu betreten. Doch bereits im Foyer wurde diese Illusion durch die sterile, grellweiße Beleuchtung zunichtegemacht, mit der die meisten öffentlichen Gebäude ausgestattet waren.

Erik war nun seit einem Monat im Krankenhaus tätig, gerade trat er seine erste Nachtschicht an. Er wusste selbst nicht, was ihn dazu bewogen hatte, sich auf die in der Tageszeitung inserierte Stelle als Pflegekraft zu bewerben. Seine Ausbildung lag bereits viele Jahre zurück und seitdem hatte er Krankenhäuser möglichst gemieden. Dennoch war ihm vom ersten Moment an alles wieder so vertraut gewesen: die langen Flure mit ihren spiegelnden Böden, die Gerüche

11

nach Essen, Desinfektionsmitteln und Krankheit, sowie die vielen Geräusche, allen voran das Quietschen der Sohlen auf dem Linoleum. Auch die Arbeitsabläufe waren ihm von einem Moment auf den anderen wieder so präsent, als hätte er sie erst gestern durchgespielt.

Alle Aufgaben gingen ihm spielendleicht von der Hand, weshalb sich die Schwester, die er während seiner ersten Tage begleitet hatte, begeistert von dem Neuzugang zeigte. Bei ihrem ersten Feedbackgespräch nannte sie ihn einen *Jackpot* und musterte ihn dabei von oben bis unten, wohl um zu verdeutlichen, dass sie damit nicht nur seine fachlichen Fähigkeiten meinte.

Bei dieser Erinnerung musste Erik unwillkürlich schmunzeln. Er gönnte sich einen letzten Blick auf das beleuchtete Gebäude und setzte sich dann in Bewegung. Auf den ersten Metern waren seine Schritte noch energisch und zielstrebig. Doch je näher er der eigentlich so einladenden Helligkeit des Eingangsbereichs kam, desto zögerlicher wurden sie. Als die Glastüren leise scharrend auseinanderglitten, um ihn einzulassen, verspürte Erik einen inneren Widerstand. Dieser vermochte der unsichtbaren Kraft, die ihn von hinten antrieb, jedoch nichts entgegenzusetzen, und so betrat er, nach einem von außen kaum wahrnehmbaren Zögern, mit hölzernen Schritten das Foyer. Erik wollte nicht hier sein, doch der Kranich ließ ihm keine Wahl.

Nachdem er sich umgezogen hatte, warf Erik einen prüfenden Blick in den Spiegel, aus dem ihm ein schmales Gesicht mit hohen

Wangenknochen und einer etwas zu breiten Nase entgegenblickte. Da er häufig zum Joggen an der frischen Luft war, wies seine Haut eine gesunde, sommerliche Bräune auf, was seine eisblauen Augen noch strahlender wirken ließ. Erik wusste, dass er gut aussah, bildete sich jedoch nichts darauf ein. Das lässige Selbstbewusstsein, das er dadurch ausstrahlte, übte eine starke Anziehungskraft auf seine Mitmenschen aus. Reaktionen, wie die seiner Kollegin, waren für ihn daher nichts Ungewöhnliches. Beim Gedanken an ihre Blicke verzogen sich seine Lippen zu einem leisen Lächeln, bei dem sich wie üblich nur ein Mundwinkel hob, so als bliebe die andere Hälfte von ihm immer ernst. Bevor sich Erik wieder vom Spiegel abwandte, fuhr er mit den Händen durch seine dunklen Haare und verstrubbelte sie ein wenig. Dann erst machte er sich auf den Weg zur Schichtübergabe.

Stunden später hatte Erik bei allen ihm zugeteilten Patienten nach dem Rechten gesehen, nur ein Zimmer hatte er sich bis zuletzt aufgespart. Vorsichtig schob er die Tür auf und betrat so leise wie möglich den dahinterliegenden Raum. Am Kopfende des mittleren Bettes leuchtete eine einzelne kleine Leselampe, deren Schein nicht ausreichte, um die beiden leerstehenden Nachbarbetten zu beleuchten. Das schwache Licht enthüllte lediglich den Umriss eines kahlen Schädels, der zu einem Mann gehörte, der in seinen jüngeren Jahren wohl so gerade eben auf die schmale Matratze gepasst hätte. Jetzt aber füllte er, abgesehen von den für sein Alter erstaunlich breiten

Schultern, noch nicht einmal den Pyjama aus, den er trug. Der gestreifte Baumwollstoff schlotterte um den Körper des alten Mannes, der von den vielen Monaten, in denen er kaum feste Nahrung zu sich genommen hatte, vollkommen ausgemergelt war.

Wie so oft hatte er die Bettdecke von sich gestrampelt und zitterte jetzt im Schlaf vor Kälte. So vorsichtig wie möglich zog Erik die Decke hoch. Doch schon bei der ersten leichten Berührung schlug der Mann die Augen auf und ein leises Stöhnen entfuhr seiner Kehle.

„Haben Sie Schmerzen?" Erik sah ihn aufmerksam an und registrierte, wie sich das Kinn des Mannes kaum merklich zu einem Nicken senkte.

Herr Neumann litt unter Speiseröhrenkrebs im Endstadium und die Ärzte hatten entschieden, die Behandlung abzubrechen und ihn nur noch palliativ zu versorgen. Erik wusste von einer Kollegin, dass der alte Mann ein Großteil seines Lebens Kettenraucher gewesen war, und dass er die letzte Zigarettenpackung, die er vor seiner Diagnose gekauft hatte, in der Schublade neben seinem Bett aufbewahrte. Der Warnhinweis darauf lautete: *Rauchen kann zu einem langsamen und schmerzhaften Tod führen.*

Natürlich war Herrn Neumann das Risiko, das er mit seinem hohen Tabakkonsum einging, bewusst gewesen, doch er hatte, wie die meisten Raucher, darauf vertraut, verschont zu bleiben. Jetzt wartete er hier im Krankenhaus auf seinen bevorstehenden Tod und der Weg dorthin war in der Tat langsam und schmerzhaft. Obwohl er über einen Tropf eine stete Dosis Opioide erhielt, gewannen die

Schmerzen in unregelmäßigen Abständen die Oberhand, weshalb das Pflegepersonal immer wieder nachjustieren musste.

Auf Herrn Neumanns Nicken hin, nahm Erik ein kleines Fläschchen und eine Einwegspritze aus seiner Hosentasche. Mit ruhigen Fingern öffnete er die Flasche, packte die Spritze aus und zog eine große Dosis des Schmerzmittels auf.

„Bereit?" Er sah Herrn Neumann eindringlich an und registrierte mit mildem Erstaunen ein Aufflackern von Widerstand in den wässrigen Augen des alten Mannes. Doch das Flackern erlosch ebenso schnell wie es gekommen war und ein schicksalsergebener Ausdruck trat an seine Stelle.

Wieder nickte der Mann kaum merklich, woraufhin Erik sanft einen Ärmel hochzog und die Nadel durch die faltige Haut stach.

Am nächsten Vormittag war Sven für die Patrouille am Hauptbahnhof eingeteilt. Die Ferien gingen gerade zu Ende und das Gedränge war entsprechend dicht. Sven und seine Kollegen hatten sich in Zweierteams aufgeteilt, um an möglichst vielen Stellen gleichzeitig Präsenz zu zeigen.

Normalerweise wäre Jan Keller, den jeder auf der Wache nur bei seinem Nachnamen rief, sein Partner gewesen. Er und Sven arbeiteten schon seit vielen Jahren zusammen und trafen sich auch hin und wieder in ihrer Freizeit. Von außen betrachtet, wirkten die beiden wie gute Freunde, doch Sven war es schon immer wichtig gewesen, zwischen beruflichen und privaten Beziehungen zu unterscheiden. Daher wäre es ihm selbst nicht in den Sinn gekommen, Keller als seinen Freund zu bezeichnen.

Heute hatte Keller sich krankgemeldet, weshalb an seiner Stelle Vera Jakobs mit Sven über den Bahnhof patrouillierte. Die junge Frau hatte erst vor wenigen Monaten ihre Ausbildung abgeschlossen und war für die Kollegen im Revier nach wie vor *das Küken*. Während ihrer Fachausbildung war Sven ihr als Streifenpartner zugeteilt gewesen und nicht nur er hegte den Verdacht, dass sie sich im Laufe dieser Monate in ihn verknallt hatte.

„Vermutlich hat unser Küken einen Vaterkomplex!", lautete Kellers laienhafte Diagnose, als er festgestellt hatte, dass Vera jedes Mal

16

bis in die Haarspitzen errötete, wenn sie Sven unerwartet begegnete, was auf dem Revier relativ häufig der Fall war.

Seitdem fragte sich Sven regelmäßig, warum ihn die junge Frau so vollkommen kalt ließ. Schließlich war Vera sehr attraktiv, mit ihren dunkelblonden Haaren, den graublauen Augen und ihrer hübschen Nase, auf der sich im Laufe des Sommers eine zunehmende Anzahl an Sommersprossen tummelte. Sie war ein wenig klein, strahlte in ihrer Uniform jedoch eine für ihr Alter überraschende Souveränität aus, welche die mangelnde Körpergröße mehr als wettmachte.

Auf ihrem Bahnsteig fuhr gerade ein Zug ein, der mit quietschenden Bremsen zum Stehen kam. Sofort öffneten sich die Türen mit einem lauten Zischen und spuckten Welle um Welle von Reisenden aus, die sich über den Bahnsteig ergossen und sich dort teilten: in diejenigen, die zielstrebig Richtung Ausgang strebten, und diejenigen, die sich erst einmal suchend umsahen. Die zweite Gruppe hielt Sven genauer im Auge, denn oft waren es diese unsicheren Reisenden, die den Langfingern unter den Bahnhofsgästen ein leichtes Ziel boten. Während er die Umgebung mit den Augen scannte, schaffte er es mühelos, die vielen Geräusche um sich herum auszublenden: die zumeist unverständlichen Durchsagen aus den Lautsprechern, das Piepsen der sich schließenden Zugtüren, das Geplapper und Gemurmel der Reisenden.

„Da!" Er stieß seine Kollegin mit dem Ellbogen an und wies mit dem Kinn auf einen schlaksigen Kerl, der sich gerade aus einer kleinen Traube von Jugendlichen löste, die um einen Snackautomaten herumlungerten. Der Junge hatte den Blick fest auf eine Gruppe Seniorinnen geheftet, die an einer Anzeigetafel stehen geblieben waren und lautstark über die möglichen Anschlusszüge diskutierten. Die Frauen hatten ihre Handtaschen nur lässig über die Schultern gehängt, eine Einladung an jeden Taschendieb.

Die beiden Polizisten setzten sich in Bewegung und liefen dabei absichtlich in das Sichtfeld des Jungen, der sogleich so unauffällig wie möglich kehrtmachte und zu seinen Freunden zurückging.

„Guten Tag die Damen!"

Sven trat an die Seniorinnen heran und tippte sich grüßend an die Mütze. Erschrocken fuhren die Frauen herum.

„Nicht erschrecken. Ich wollte Sie nur darauf hinweisen, dass Sie auf Ihre Handtaschen aufpassen sollten. Hier sind häufig viele Taschendiebe unterwegs".

Bevor sie sich wieder verabschiedeten, gab Sven den Seniorinnen ein paar Tipps, wie sie ihr Gepäck am besten schützten, was diese prompt in die Tat umsetzten und sich dabei wortreich bei ihm bedankten.

„Was für ein netter Polizist!", hörte Sven eine der Damen schwärmen, nachdem sie sich ein paar Meter entfernt hatten. Sven spürte, wie Vera ihn daraufhin von der Seite ansah. Vermutlich stimmte sie der Seniorin zu, wenn auch auf einer vollkommen anderen Gefühlsebene.

Ihre Mittagspause verbrachten die beiden im Auto, wo sie in einträchtigem Schweigen üppig belegte Sandwiches aßen, die sie an einem Kiosk auf dem Bahnhofsvorplatz gekauft hatten. Während sich Sven im Bewusstsein, dass Sophia seine Wahl nicht gutheißen würde, für die ungesunde *Remouladen-Salami mit extra Bacon* Variante entschieden hatte, knabberte Vera genussvoll an ihrem *Green Goddess* Sandwich.

Sie waren noch nicht ganz mit dem Essen fertig, als die Zentrale über Funk einen Notruf durchgab. Eine Frau war von ihrem Ehemann verprügelt worden und hatte sich zu ihren Nachbarn gerettet, welche dann die Polizei verständigt hatten.

Da sich der genannte Ort in der Nähe des Bahnhofs befand, meldeten sich Sven und Vera den Einsatz zu übernehmen.

Nur wenige Minuten später erreichten sie die Zieladresse. Es handelte sich um einen typischen sozialen Brennpunkt mit einer langen Reihe Hochhäuser, deren Wohnungen vermutlich ebenso renovierungsbedürftig waren, wie ihre bröckelnden Fassaden. Sven war schon häufig in dieser Gegend im Einsatz gewesen und fand daher schnell das richtige Gebäude.

Er stellte den Wagen im Halteverbot ab, wobei er darauf achtete, keine Rettungswege zu blockieren, und trat mit Vera an die imposante Klingelanlage heran. Nach kurzem Suchen entdeckten sie unter den zahlreichen Schildern den Namen der Nachbarn, den ihnen die Zentrale durchgegeben hatte. Kaum hatte Sven den Finger von der Klingel genommen, surrte auch schon der Türöffner.

Als sie aus dem Aufzug stiegen, begrüßte sie eine aufgeregte Frau. Eilig winkte sie die beiden Polizisten zu sich in die Wohnung, wobei sie ängstlich die geschlossene Tür auf der anderen Flurseite im Auge behielt. Wahrscheinlich fürchtete sie, dass ihr gewalttätiger Nachbar jeden Moment herausstürmen könnte. Erst als sie die eigene Wohnungstür hinter sich geschlossen hatte, entspannte sich die Frau merklich und führte die Beamten in ihr Wohnzimmer, wo eine zweite Frau zusammengekauert auf einem abgewetzten Sofa saß, einen Kühlpack an die Schläfe gepresst.

Auf dem Weg nach oben hatten Sven und Vera ausgemacht, dass Vera das Reden übernehmen würde. Daher hielt sich Sven im Hintergrund, während Vera einfühlsam mit der verängstigten Frau sprach, deren Gesicht deutliche Spuren des Gewaltausbruchs ihres Mannes trug, und sich dabei Notizen machte.

„Möchten Sie Strafanzeige gegen Ihren Mann stellen?" Veras Frage hing für einen langen Moment unbeantwortet in der Luft und Sven wagte zu hoffen, dass die Frau den Mut aufbringen würde, sich gegen ihren Mann zur Wehr zu setzen. Dann aber schüttelte diese erst zögerlich, dann immer entschiedener den Kopf.

Sven unterdrücke ein Seufzen.

„Wenn Sie es sich anders überlegen, melden Sie sich bitte bei uns. Sie haben dafür bis zu drei Monate Zeit", brachte er sich in das Gespräch ein, erhielt jedoch keinerlei Reaktion auf seine Worte.

„Wir können Ihren Mann auch für einige Tage der Wohnung verweisen, wenn Sie möchten", versuchte es Vera weiter. Ihr war jedoch anzuhören, dass sie auch diesmal mit einer Ablehnung rechnete, die dann auch prompt erfolgte.

Schließlich entschieden die beiden Beamten, die Frau in der Obhut ihrer Nachbarin zurückzulassen und stattdessen dem Ehemann einen Besuch abzustatten.

Als sie in den Hausflur traten, stellten sie fest, dass die Tür zur Nachbarwohnung jetzt offenstand. Dennoch klingelten sie und traten erst ein, als das wiederholte Schrillen der Türklingel verklungen war, ohne dass sich in der Wohnung etwas gerührt hatte.

„Hallo? Jemand zuhause?" Svens Stimme klang dumpf in dem vollgestopften Flur.

Gleich neben der Eingangstür stand ein Garderobenständer, der förmlich unter Bergen von Mänteln und Jacken begraben war. Schuhe lag kreuz und quer auf dem Boden verteilt. Die Luft war abgestanden, es roch nach kaltem Rauch und Alkohol.

Vera hatte gerade einen weiteren Schritt in den Flur gemacht, als ein paar Meter von ihr entfernt eine Tür aufgerissen wurde.

„Ihr Schweine, ich lass mir meine Frau nicht wegnehmen!"

Während Svens Hirn noch dabei war, das wütende Gebrüll zu verarbeiten, nahmen seine Augen mehrere Dinge gleichzeitig wahr. Er sah, dass der Mann, der unvermittelt auf sie zustürzte, optisch so ziemlich jedes Klischee erfüllte, das man aus gängigen Polizeifilmen kannte. Er war relativ klein und trug ein fleckiges weißes Unterhemd, das sich über einem beeindruckenden Schmerbauch spannte.

Sein Kinn war von ungleichmäßig sprießenden Bartstoppeln bedeckt und sein Gesicht war ebenso rot wie seine Kopfhaut, die durch die dünnen, fettigen Haare hindurchschimmerte.

Der Anblick hätte Sven zu einem anderen Zeitpunkt vielleicht amüsiert, doch ein weiteres Detail nahm der Situation jegliche Komik: das lange Küchenmesser, das der Mann in seiner erhobenen Hand hielt. Als er damit auf Vera zustürzte, die ungeschützt etwa einen Meter vor Sven stand, glich sein Gesicht einer Fratze der Wut. Vermutlich war er sturzbetrunken und nicht mehr Herr seiner Sinne.

Sven reagierte ohne nachzudenken, handelte, wie er es hunderte Male zuvor trainiert hatte: Waffe ziehen, entsichern, abdrücken. Im selben Moment, in dem die Kugel mit einem ohrenbetäubenden Knall die Mündung verlies, brach der Mann auch schon zusammen. Sven hörte weder seinen Schrei, noch den dumpfen Aufprall seines Körpers, der nur einen Sekundenbruchteil nach dem Messer auf dem Boden landete. Sicherheitshalber hielt er die Pistole weiterhin auf den Mann gerichtet, bereit, ein zweites Mal zu schießen, sollte dieser erneut zu seinem Messer greifen.

Doch stattdessen rollte sich der Mann auf den Rücken und umklammerte jammernd sein rechtes Bein. Völlig ungerührt registrierte Sven, dass sich die ausgebleichte, labbrige Hose auf Höhe des Oberschenkels rot färbte.

Ein Schatten huschte an ihm vorbei und er brauchte einen Moment um zu realisieren, dass es sich dabei um die Ehefrau handelte, die sich nun neben ihrem Mann auf den Boden warf und lautstark in sein Wehklagen einstimmte.

„Er verblutet! Tun Sie doch etwas!" Anklagend sah sie zu den Beamten hoch, während sie beide Hände fest auf die Stelle presste, von der aus sich das Blut ihres Mannes immer weiter auf dem hellen Stoff ausbreitete.

Vera hatte sich endlich aus ihrer Erstarrung gelöst und schnappte sich eilig das Messer, das noch immer neben den Beiden auf dem Boden lag. Während Sven über die Zentrale den Rettungsdienst anforderte, machte sie sich daran, Erste Hilfe zu leisten.

Fast gleichzeitig mit dem Rettungswagen trafen auch zwei Kollegen von der Polizeiwache ein, die sich noch vor Ort den Tathergang beschreiben ließen. Erst danach konnte Sven mit Vera zur Polizeiwache zurückkehren, musste aber zunächst einen detaillierten Einsatzbericht anfertigen, bevor er endlich Feierabend machen konnte.

Bis zu dem Moment, in dem er seinen Rechner runterfuhr, war er die Ruhe in Person gewesen. Jetzt aber stellte er fest, dass seine Nerven bis zum Zerreißen gespannt waren. Sein rechtes Ohr war noch immer taub von dem lauten Knall aus seiner Pistole und hinter seiner Stirn pochte es. Müde erhob er sich aus seinem Stuhl und zog sich die Jacke über.

Als er in den Flur trat, kam Vera aus dem Nachbarbüro, vermutlich hatte sie ihn abgepasst: „Danke nochmal, Sven!" Da sie deutlich kleiner war als er, musste sie den Kopf in den Nacken legen, um ihm ins Gesicht sehen zu können. Svens Blick fiel auf die empfindliche Haut ihrer Kehle.

Nur eine kleine Bewegung und ich könnte sie dort küssen, fuhr es ihm durch den Kopf. Und nicht nur da.

„Der Typ hätte mich einfach so abgestochen!" Veras Stimme klang zittrig, das Erlebte hatte sie zutiefst erschüttert.

Sven machte einen Schritt auf sie zu und zog sie in seine Arme, ganz spontan, in einer eher väterlichen Geste. Er nahm wahr, wie Vera zunächst erstarrte, sich dann jedoch merklich entspannte und ihren Körper eng an seinen drückte. Deutlich spürte er ihre Brüste an seinem Bauch, roch den angenehmen Duft ihrer Haare, und fragte sich zum wiederholten Mal, warum sein Körper keinerlei Reaktion auf ihre Nähe zeigte.

Kaum hatte er die Tür, durch die das Keifen seiner Mutter bis zu ihnen in den Flur hinaus schallte, hinter sich geschlossen, ließ sich sein Vater an der Wand hinabsinken und blieb dann leise schluchzend auf dem kalten Vinylboden sitzen, das Gesicht in den Händen vergraben.

Der Junge war neben ihm stehengeblieben, vermied es jedoch, seinen Vater anzusehen. Stattdessen blickte er angestrengt den Flur entlang und konzentrierte sich auf jedes noch so kleine Detail, um sich dadurch abzulenken von dem Schluchzen auf dem Boden neben und der schrillen Stimme in dem Zimmer hinter ihm.

Der Fußboden glänzte, als wäre er gerade frisch geputzt worden, doch hier und da bemerkte der Junge kleine Erdkrümel, die die Schuhe der Besucher hinterlassen hatten.

Sein Blick wanderte höher und betrachtete die Wände, die durch hölzerne Handläufe zweigeteilt wurden. Die untere Seite war in mattem Blau gestrichen, die obere in Cremeweiß. Die selbe Farbkombination fand sich an den Zimmertüren wieder: cremefarbene Türblätter in mattblauem Rahmen. An vielen Türrahmen sah der Junge die grauen Streifen, über die er sich zuvor schon öfter Gedanken gemacht hatte. Sie befanden sich etwa auf Höhe seines Oberschenkels und waren mal mehr, mal weniger deutlich zu sehen. Erst vor kurzem hatte er herausgefunden, woher diese Streifen stammten.

Sein Vater hatte selbst einen weiteren hinzugefügt, als er nämlich den Rollstuhl seiner Frau in den Flur geschoben und dabei mit der Radnabe den Türrahmen gestreift hatte. Ihm war der kleine Schaden gar nicht aufgefallen. Seinem Sohn sehr wohl.

Der Blick des Jungen wanderte weiter zum großen Doppelfenster am Ende des Flurs. Davor stand eine kleine Sitzgruppe in tristem grau, bestehend aus einem niedrigen Tisch und zwei wenig einladenden Plastiksesseln. Auf dem Tischchen lag ein Stapel Prospekte, von denen der oberste wegen der Zugluft, die durch die gekippten Fenster wehte, immer wieder auf und zuklappte, so als würde er dem Jungen zuwinken: „Komm her und schau, was ich dir zu sagen habe!"

Doch der Junge wusste bereits, was der Prospekt ihm erzählen wollte. Unaufgefordert zitierte sein Gedächtnis einige Passagen aus den ersten Seiten: *Achten Sie auf neurologische Anzeichen wie Lähmungserscheinungen, Sprach- und Koordinationsstörungen oder neu auftretende Ungeschicklichkeit.*

Was hatten sie anfangs über Mamas Missgeschicke gelacht. *Klatsch!* lag das Ei auf dem Boden statt in der Pfanne. *Rums!* hatte sie mit der Schulter das Bild von der Wand gefegt.

Weitere Symptome sind Einbußen der Auffassungsgabe, des Verständnisses und der Merkfähigkeit.

„Sie hat einfach zu viel zu tun", lautete die gängige Ausrede, wenn Mama mal wieder etwas vergessen hatte. Wie etwa den halben Einkauf. Oder die Herdplatte auszuschalten. Oder ihren Sohn vom Fußballtraining abzuholen. Aber als dann die Kopfschmerzen und die Übelkeit begannen, konnte auch sein Vater die Wahrheit nicht länger leugnen. Irgendetwas war nicht in Ordnung. Das MRT bestätigte schließlich die schlimmsten Befürchtungen: Ein Tumor wuchs in Mamas Gehirn. Schon sehr groß und aufgrund seiner Lage inoperabel.

Nach einer gefühlten Ewigkeit tauchten endlich zwei Krankenschwestern auf. Die eine lief eilig in das Zimmer, aus dem noch immer das Keifen der Mutter zu hören war, die andere kniete sich vor den Jungen und redete beruhigend auf ihn ein.

Der Junge sah sie dabei mit großen Augen an und schien ihr aufmerksam zuzuhören. Tatsächlich aber drang keines ihrer Worte zu ihm durch. Er sah wohl, wie sich ihre Lippen bewegten, doch in seinem Kopf hörte er stattdessen in einer quälenden Dauerschleife die Stimme seiner Mutter: *Du elender Feigling! Du musst mir helfen! Du elender Feigling! Du musst mir helfen!*

Wieder und wieder prügelten diese Sätze auf seinen kindlichen Verstand ein und anders als im Krankenhaus gab es in seinem Kopf keine Tür, die er schließen konnte, um den Worten seiner Mutter zu entkommen.

Am nächsten Tag informierte ihn seine Kollegin Tanja, eine neugierige und obendrein schwatzhafte Frau, die er auf Ende Zwanzig schätzte, dass Herr Neumann in der Nacht verstorben war. Der Tod des alten Mannes hatte niemanden sonderlich überrascht und der behandelnde Arzt hatte ohne Bedenken den Totenschein ausgestellt. Wie seine Kollegin ihm erzählte, war der Leichnam bereits weggebracht worden, was wohl der für heute erwarteten Hitze geschuldet war. Die Krankenzimmer ließen sich nicht kühlen und es brauchte nicht viel Fantasie, sich vorzustellen, wie schnell der Verwesungsgeruch bei diesen Temperaturen einsetzen würde.

„Ist dir eigentlich nicht heiß?", fragte Tanja unvermittelt.

Für einen kurzen Moment war Erik von dem plötzlichen Themenwechsel überrumpelt, doch dann begriff er, dass seine Kollegin auf sein Outfit anspielte: Trotz der spätsommerlichen Temperaturen trug er ein Langarmshirt unter seinem kurzärmeligen Arbeitshemd, welches die schwarzen Tätowierungen auf seinen Armen vor neugierigen Blicken verbarg.

Lachend winkte er ab: „Nein, ich schwitze eigentlich fast nie. Ich gehöre eher zum Typ Frostbeule." Er grinste Tanja verschmitzt an und erhob sich eilig, als diese zu einer Erwiderung ansetzte.

„Die Pflicht ruft!", entschuldigte er sich mit einem Blick auf das blinkende Lämpchen, das ihnen anzeigte, wo ein Patient nach Hilfe verlangte.

Auf dem Weg in das entsprechende Zimmer begegnete Erik einem Jungen, der auf dem Flur mit einem Spielzeugauto spielte. Das tat er völlig lautlos, ohne Motorengeräusche zu imitieren, wie es Kinder beim Autospielen sonst so gerne machten. Einen Moment lang blieb Erik stehen und beobachtete den Jungen, den er auf etwa zehn Jahre schätzte, bei seinem stummen Spiel. Dabei fragte er sich unwillkürlich, wer wohl der Grund für seine Anwesenheit im Krankenhaus war. Er ging im Kopf die Patienten durch, die in den Zimmern in diesem Flur lagen: Männer und Frauen, Alte und Junge, doch theoretisch könnte das Kind jeden von ihnen besuchen. Der Gedanke an das Lämpchen und die Person, die damit um Hilfe rief, ließ ihn schließlich weitergehen.

„Cooles Auto!", raunte er dem Jungen im Vorbeigehen zu.

Für einen winzigen Augenblick trafen sich ihre Blicke und die Ernsthaftigkeit in den dunklen Augen, die so gar nicht zu einem Jungen seines Alters passen wollte, ließ Erik schaudern.

Am Ende seiner Schicht, nachdem er sich mit der üblichen Sorgfalt um alle ihm zugewiesenen Patienten gekümmert hatte, reichte Erik seine Kündigung ein.

„Sie hat zugunsten Ihres Mannes ausgesagt!" Vera war ohne eine Begrüßung in sein Büro gekommen und wedelte aufgeregt mit einem Blatt Papier.

Sven, der gerade in einem Gespräch mit Keller vertieft gewesen war, verstand nicht gleich, wovon seine Kollegin sprach. Dann aber stieg eine düstere Ahnung in ihm auf. „Sie hat was?!", fragte er entsetzt.

Vera setzte sich auf eine freie Ecke seines Schreibtischs und reichte ihm das Schreiben, das den Ermittlungsstand zu Svens Dienstwaffeneinsatz zusammenfasste. Darin war zu lesen, dass die Frau behauptete, ihr Mann habe das Messer nur zufällig in der Hand gehalten und die Beamten damit keinesfalls gefährden wollen.

„Das ist doch nicht zu fassen!" Sven vergrub das Gesicht in den Händen und rieb sich die Stirn, hinter der schon seit den frühen Morgenstunden heftige Kopfschmerzen wüteten.

Die Schmerzen hatte er sich allerdings selbst zuzuschreiben: sie waren das Ergebnis von zu viel Alkohol am Vorabend.

Nachdem Sophia von den Ereignissen während Svens Einsatz erfahren hatte, war sie zum ersten Mal seit Wochen wieder freundlich zu ihm gewesen. Sie hatten sich etwas zu Essen bestellt und gemeinsam als Familie zu Abend gegessen. Selbst Alex und Sabrina waren danach noch eine Weile am Tisch sitzen geblieben. Sie hatten geredet und gelacht, und irgendwann waren erst die Kinder und kurz darauf auch Sophia hoch in ihre Zimmer gegangen. Sven blieb alleine am Esstisch sitzen und das so unerwartet eingetretene Stimmungshoch hatte ihn von einem Moment auf den anderen verlassen. Der eben noch so schöne Abend kam ihm plötzlich einsam und trostlos vor, und anstatt ebenfalls ins Bett zu gehen, hatte er sich einen Sixpack Bier aus dem Kühlschrank geholt, sich damit vor den Fernseher gesetzt und eine Flasche nach der anderen geleert, bis er schließlich auf dem Sofa eingeschlafen war.

„Mach dir keine Sorgen, Sven!" Vera war neben ihn getreten und legte ihm in einer mitfühlenden Geste die Hand auf die Schulter.

„Die Nachbarin hat ja bereits ausgesagt, dass die Frau erst in die Wohnung gerannt ist, als sie den Schuss gehört hat. Es wird also jedem sofort klar sein, dass sie lügt, um ihren Mann zu schützen."

Sven seufzte: „Das mag ja sein. Aber warum tut sie so etwas?"

Daraufhin schwiegen sowohl Vera als auch Keller. Vermutlich stellten sich alle dieselbe Frage: Was veranlasste einen Menschen dazu, für jemanden zu lügen, der einem kurz zuvor noch Schmerzen zugefügt hatte? War es falsch verstandenes Pflichtgefühl? Angst? Oder womöglich sogar Liebe?

Das Summen der Bienen war beinahe lauter als die zarte Stimme der ihm gegenübersitzenden Frau. Die emsigen Insekten umschwirrten in dichten Wolken die vielen Lavendelsträucher die in den Beeten und Töpfen um sie herum wucherten.

„Mutter ist..." Die dunkelhaarige Frau machte eine Pause, schien verzweifelt um den passenden Ausdruck zu ringen.

Als sie ihn schließlich gefunden hatte, spuckte sie ihn förmlich aus:

„...speziell."

Erik schwieg und beobachtete interessiert ihr lebhaftes Mienenspiel. Verlegenheit, Unsicherheit und Trotz spiegelten sich in schneller Folge auf ihrem Gesicht. Jessica Schmidtke war eine unscheinbare Frau, die sich hinter einer Rüstung aus strenger Perfektion versteckte. Ihre dunkle Stoffhose und die hellblaue Bluse waren tadellos gebügelt. Die Zehennägel, die aus ebenfalls hellblauen Sandaletten herausschauten, waren fachmännisch lackiert. Genau wie ihre Fingernägel, die weder zu lang noch zu kurz waren. Während ihr Gesicht kaum Falten zeigte, waren ihre Haare, die sie straff zusammengebunden hatte, von zahlreichen grauen Strähnen durchzogen, was es schwermachte, ihr Alter zu schätzen. Die gleiche Strenge, die ihre gesamte Erscheinung prägte, zeigte sich auch in ihren rehbraunen Augen. Erik fragte sich unwillkürlich, ob sie diese von ihrer Mutter geerbt hatte.

Er setzte ein beruhigendes Lächeln auf. „Alter und Krankheit verändern einen Menschen, Frau Schmidtke. Manche werden milder, andere schwieriger."

Jessica Schmidtke schnaubte leise durch die Nase, ein säuerlicher Ausdruck trat auf ihr Gesicht. „Ich möchte ehrlich zu Ihnen sein, Erik. Meine Mutter ist eine kranke Frau. Diabetes, Krebs, Arthrose", sie zählte die Krankheiten an den Fingern ab. „Und sie ist eine unzufriedene Frau. Das war sie schon bevor sie krank wurde. Trotzdem wünsche ich mir, dass sie einen möglichst angenehmen Alltag hat. Sie soll nicht nur in ihrer Wohnung hocken und auf den Fernseher starren. Sie soll regelmäßig an die frische Luft kommen, etwas Unterhaltung haben, vielleicht mal ein Spiel spielen. Ich selbst kann das nicht leisten. Ich habe einen Beruf. Eine eigene Familie. Außerdem verstehen meine Mutter und ich uns nicht sonderlich gut."

Ihre Hand schnellte hoch und legte sich auf ihren Mund, als wolle sie sich dadurch selbst zum Schweigen bringen. Es folgte eine längere Pause.

Als sie schließlich weiterredete, war ihre Stimme noch einen Ton leiser. „Aus diesen Gründen brauche ich jemanden wie Sie, der sich um sie kümmert. Sie sollen zwei Stunden pro Tag hier sein und sich mit ihr beschäftigen. Fünf Tage die Woche. Zweimal die Woche kommt zudem die Putzhilfe und an den Wochenenden werde ich nach ihr sehen."

Der letzte Teil klang gezwungen und Erik fragte sich unwillkürlich, wie es sich anfühlen musste, die eigene Mutter nicht ertragen zu können.

„Machen Sie sich keine Sorgen, Frau Schmidtke. Ich kümmere mich gerne um Ihre Mutter", versicherte er ihr in sanftem Tonfall. Dann fügt er schnell hinzu: „Aber wir sollten vielleicht erstmal schauen, ob sie das überhaupt möchte."

Jessica Schmidtke nickte und erhob sich mit einem Ruck, so als wolle sie das Unvermeidbare nicht noch länger hinauszögern. „Da haben Sie natürlich recht! Gehen wir zu ihr." Mit diesen Worten ging sie energischen Schrittes in Richtung Terrassentür. Als Erik ihr folgte, streifte er einen der Lavendelzweige und eine Wolke von Insekten erhob sich laut summend in die Luft.

Magdalene Kuhlmann, Jessica Schmidtkes Mutter, saß in einem Sessel und sah fern. Mit geübtem Blick erkannte Erik gleich, dass es sich dabei um eine dieser modernen, vielseitig verstellbaren Sitzgelegenheiten mit elektronischer Aufstehhilfe für Senioren handelte. Gerade war der Sessel leicht nach hinten geneigt und die Fußstütze ausgefahren, so dass die alte Frau, die gebannt auf den Bildschirm an der Wand vor sich starrte, es vermutlich recht bequem hatte.

„Mutter?" Obwohl Jessica fast schrie, schaffte sie es kaum, den jungen Mann auf dem Bildschirm zu übertönen, der gerade seiner Angebeteten eine Szene machte. Die Lautstärke, die aus den Lautsprechern drang, war ohrenbetäubend. *Seitensprung, bester Freund...,* die Worte hallten zusammenhanglos durch den Raum, während

Erik die Reaktion der alten Frau beobachtete, welche sich allerdings auf völliges Desinteresse beschränkte. Frau Kuhlmann blickte einfach stur auf den Bildschirm und ignorierte ihre Tochter und den unbekannten Besucher. Jessica Schmidtke versuchte noch einmal durch lautes Rufen die Aufmerksamkeit ihrer Mutter zu gewinnen, gab dann aber entnervt auf und schaltete den Fernseher einfach aus. Ohne den Blick vom Bildschirm zu nehmen, hob die alte Frau die Fernbedienung und drückte demonstrativ auf den Einschaltknopf. Als sich nichts tat, betätigte sie einen Schalter an der Seite ihres Sessels, der daraufhin mit leisem Surren in eine aufrechte Position glitt. Erst dann wandte sie ihre Aufmerksamkeit dem ungebetenen Besuch zu.

„Wen hast du denn da mitgebracht?" Die Stimme der alten Frau war erstaunlich kräftig. Kein Vergleich zu dem zarten Klang ihrer Tochter.

Jessica Schmidkte stellte Erik in wenigen Worten vor, wurde jedoch bald von ihrer Mutter unterbrochen.

„Und was können Sie, junger Mann?" Magdalene Kuhlmann wartete gar nicht erst auf eine Antwort, sondern fuhr gleich fort: „Ich bin eine schwer kranke Frau, wissen Sie. Die Beine wollen nicht mehr so recht. Meine Knie sind kaputt, die Hüfte auch. Bewegen kann ich mich also nicht wirklich. Und sehen auch nicht mehr so gut. Wie also wollen Sie mir den Tag versüßen, junger Mann?"

Sie sah Erik herausfordernd an. Ihre Augen waren klein unter den schweren Schlupflidern, hatten jedoch einen intensiven braunen Farbton, wie man ihn selten bei älteren Menschen sah, denn die Zeit besaß die schlechte Angewohnheit, allem Leben nach und nach die Farben zu stehlen.

Erik unterdrückte ein amüsiertes Grinsen. Magdalene Kuhlmann war mit Sicherheit eine harte Nuss, doch er hegte keinen Zweifel daran, dass er die harte Schale der alten Frau schon bald knacken würde.

„Zur Not setze ich mich einfach neben Sie und wir sehen uns Ihre Serie gemeinsam an", beantwortete er ihre Frage ohne jede Spur von Unsicherheit und wies auf das Fernsehgerät, auf dessen nun schwarzem Bildschirm sich ihre kleine Gruppe mitsamt des Raumes hinter ihnen spiegelte.

Magdalene Kuhlmann lachte. Es war ein unangenehmes krächzendes Lachen ohne jede Freude.

„Lass ihn hier, Jessica. Zumindest ist er unterhaltsam."

Als würde sie über ein Haustier sprechen, dachte Erik und kämpfte gegen das Gefühl der Abneigung, das ihn gegen seinen Willen überkam. Er wusste nichts über die Frau dort in ihrem Sessel und wollte kein voreiliges Urteil über sie fällen. Dann wandte er sich an Jessica, die vor Verlegenheit rot angelaufen war und nervös mit dem Silberkettchen an ihrem Hals spielte.

„Wenn es für Sie in Ordnung ist, Frau Schmidtke, bleibe ich gleich hier, damit Ihre Mutter und ich uns kennenlernen können."

Jessica Schmidtke schien hin- und hergerissen zwischen dem Wunsch, der alten Frau schnellstmöglich den Rücken zu kehren, und dem Gefühl, erst sichergehen zu müssen, dass ihre Mutter und der junge Mann wirklich miteinander auskamen.

Am Ende siegte der Fluchtinstinkt. „In Ordnung. Rufen Sie mich bitte morgen an. Am besten nach 17 Uhr. Dann müsste ich wieder zuhause sein." Sie gab Erik die Hand, der Druck war stärker als er erwartet hatte.

„Bis morgen, Mutter." Das Lächeln, das sie ihrer Mutter dabei zuwarf, wirkte ein wenig wackelig, so als habe sie Angst vor deren Reaktion.

Anstelle einer Antwort hob die alte Frau nur kurz das Kinn und Jessica verließ fast fluchtartig den Raum.

Erik blieb einen Moment schweigend mitten im Raum stehen und sah sich um. Das Zimmer war weitläufig, wirkte jedoch trotz seiner Größe und der Terrassentür, die viel Licht hereinließ, dunkel und bedrückend, was an dem vielen dunklen Holz lag, das überall Einsatz fand. Die Decke und ein Teil der Wände waren mit altmodischen Holzpaneelen verkleidet und eine riesige Schrankwand aus Mahagoni nahm eine komplette Seite des Raumes ein. Auch die übrigen Schränke und der massive Esstisch waren aus dem gleichen dunklen Holz gefertigt. Der Boden war zwar ein wenig heller, wurde jedoch zu großen Teilen von arabischen Teppichen verdeckt, deren üppige Muster dem Raum noch mehr Schwere verliehen. Allerlei Deko, von Elefanten aus weißem Porzellan, über voluminöse Vasen mit Trockenblumen, bis hin zu silbernen Fotorahmen, komplettierten das die Sinne erschlagende Gesamtwerk.

Unvermittelt ertönte Magdalenes schnarrende Reibeisenstimme: „Meine Tochter ist eine dumme Nuss." Sie sprach diesen Satz ohne jegliche Emotion und meinte ihn womöglich nicht einmal beleidigend, sondern schien Erik nur über eine simple Tatsache informieren zu wollen.

„Sie möchte, dass es Ihnen gutgeht", wandte dieser ein, doch die alte Frau wedelte abwehrend mit der Hand, als wolle sie seinen Einwand wie eine lästige Fliege verscheuchen.

„Unsinn! Sie möchte nur ihr schlechtes Gewissen beruhigen!"

Erik schwieg. Was hätte er auch erwidern können, schließlich hatte Magdalene mit dieser Feststellung vermutlich nicht ganz unrecht.

Einen kurzen Moment lang herrschte Stille, die überraschenderweise nichts Unangenehmes an sich hatte, wie es bei fremden Menschen sonst oft der Fall war, wenn sich nach dem ersten Wortwechsel auf die Schnelle kein neues Gesprächsthema fand. Durch das Schweigen drang das Summen der Bienen zu ihnen ins Wohnzimmer und ein leichter Windhauch brachte den schweren Duft der violetten Blüten mit sich.

„Sie mögen Lavendel?", unterbrach Erik schließlich die Stille.

„Ich mag Bienen", kam die Antwort wie aus der Pistole geschossen. „Die sind zumindest nützlich!"

Ihrem Tonfall war zu entnehmen, dass Bienen in den Augen der alten Frau damit eine seltene Ausnahme darstellten. Wieder trat eine lange Stille ein. Magdalene hatte das Gesicht abgewandt und ignorierte ihren Besucher. Erik vermutete, dass die alte Frau ihn bewusst zappeln ließ, um ihn zu testen. Doch sie würde schon noch merken, dass sie in ihm einen ebenbürtigen Gegner gefunden hatte.

Erik war ein sympathischer, wortgewandter Mann, der aus eigenem Entschluss jedoch nie Teil der Gemeinschaft um ihn herum wurde. Weil die meisten Menschen ihm auf Anhieb vertrauten, machte ihn die eigene Distanziertheit zu einem effizienten Beobachter. Schon in seiner Jugend hatte er Bücher über Psychologie und Soziologie verschlungen und sein Wissen später mithilfe diverser Workshops erweitert, die damit warben, die eigene soziale Kompetenz zu verbessern. Erik hegte den Verdacht, dass die meisten Teilnehmer hauptsächlich daran interessiert waren, zu erfahren, wie sie ihr berufliches oder privates Umfeld besser manipulieren konnten. Er hingegen wollte sein Wissen lediglich dazu nutzen, seine Mitmenschen besser zu verstehen. Dabei interessierte er sich ebenso sehr für die alten Menschen, denen er in seinem Berufsleben begegnete, wie für die jungen Frauen, die sich zu ihm hingezogen fühlten. Und eigensinnige Charaktere, zu denen Magdalene Kuhlmann ziemlich offensichtlich gehörte, übten einen ganz besonderen Reiz auf ihn aus.

„Ich würde mir gerne einen Kaffee machen. Darf ich mich selbst in der Küche umsehen?" Er machte eine kurze Pause und fügte dann pflichtbewusst hinzu: „Möchten Sie auch einen Kaffee?"

Erik ging davon aus, dass Magdalene Kuhlmann selten mit selbstbewussten Menschen konfrontiert war, da ihre forsche Art ihr Umfeld wohl sofort einschüchterte. Und in der Tat schien seine etwas dreiste Frage sie für einen Moment aus dem Konzept zu bringen, denn sie wandte ihm mit ehrlichem Interesse den Kopf zu und musterte ihn einen Moment lang.

Dann lachte sie ihr freudloses Lachen. „Fühlen Sie sich wie zuhause! Da ist die Küche!" Sie wies mit gichtkrummem Zeigefinger auf die Tür zu ihrer Rechten. „Jessica hat mir eine dieser modernen Kapselmaschinen besorgt. Der Kaffee schmeckt scheußlich, deshalb trinke ich seitdem keinen mehr. Kapseln müssten also noch genug da sein." Sie tat ihm nicht den Gefallen, selbst einen Getränkewunsch zu äußern.

Dann halt nicht, dachte sich Erik und wandte ihr den Rücken zu. Während er in der Küche die Kaffeemaschine in Schwung brachte, hörte er, wie sich Magdalene ächzend aus dem Sessel erhob und durch den Raum schlurfte. Kurz darauf dröhnte der Fernseher wieder in voller Lautstärke.

Nach einem langen Arbeitstag, an dem Sven und Keller von einem Einsatz zum nächsten geeilt waren, setzten sich die beiden müde vor den Computer, um zumindest den dringendsten Schreibkram noch schnell zu erledigen.

Für eine Weile herrschte, abgesehen vom Klackern der Tastaturen und dem sporadischen Rascheln der Notizblöcke, absolute Ruhe in dem kleinen Büro. Sven war so sehr in seine Arbeit vertieft, dass er erschrocken zusammenfuhr, als es plötzlich an der Tür klopfte. Ohne auf eine Reaktion zu warten, betrat Regina Pfeil, Leiterin des Polizeireviers, den Raum. Sie reckte ein Blatt Papier in die Luft, als wäre es ein Pokal, und wandte sich dann mit einem strahlenden Lächeln an Sven.

„Die Ermittlungen gegen dich wurden eingestellt, Sven". Sie hielt ihm das Schreiben entgegen und fügte weiterhin lächelnd hinzu: „Es freut mich, dass die Entscheidung so schnell getroffen wurde."

Sven nahm das Blatt entgegen und nickte stumm, worauf sich eine unangenehme Stille zwischen ihnen ausbreitete. Seine Chefin hatte vermutlich mit einer deutlicheren Reaktion gerechnet und wirkte ein wenig verunsichert, was Sven gut nachvollziehen konnte. Er wunderte sich ja selbst über die emotionale Leere, die in ihm herrschte, schließlich hatte das Ermittlungsverfahren, trotz seiner

Zuversicht, es unbeschadet zu überstehen, in den vergangenen Tagen wie ein Damoklesschwert über ihm gehangen.

Regina blieb noch einen Moment vor ihm stehen. Ihr Lächeln wirkte jetzt als wäre es auf ihrem Gesicht festgefroren. Dann wandte sie sich zum Gehen.

„Ich wünsche euch schon mal einen schönen Feierabend". Mit einem kurzen Wink zur Wanduhr, deren Zeiger sich im Endspurt in Richtung Schichtende befanden, verließ sie das Büro.

Kaum hatte sie die Tür hinter sich geschlossen, sprang Keller auf und klopfte ihm erfreut auf die Schulter. „Na also! Was haben wir dir gesagt?"

Er eilte aus dem Büro, wohl um Vera die gute Nachricht zu verkünden, während Sven reglos vor seinem Bildschirm sitzen blieb und nach irgendeiner Spur von Erleichterung in seinem Inneren suchte.

Eine halbe Stunde und eine innige Umarmung von Vera später, schwang er sich zutiefst erschöpft hinter das Steuer seines Wagens und lenkte ihn auf die zu dieser Uhrzeit stark befahrene Hauptstraße.

Nach und nach war ihm klargeworden, warum er trotz der Einstellung des Verfahrens keine Erleichterung verspürte. Natürlich war der Gedanke, dass seine Handlungen akribisch durchleuchtet wurden, nicht sonderlich angenehm gewesen. Dennoch hatte er sich keinerlei Sorgen um seine berufliche Zukunft gemacht, auch nicht nach der Falschaussage der Ehefrau. Was ihn wesentlich mehr beschäftigt hatte, war die Falschaussage an sich. Er verstand die Beweggründe der Frau schlichtweg nicht und war hin- und hergerissen zwischen Empörung und Mitleid.

Wie um seine düsteren Gedanken zu unterstreichen, setzte mit einem Mal ein feiner Sprühregen ein. Mit leisem Quietschen fuhren die Scheibenwischer über die Windschutzscheibe und das Geräusch ließ Sven unvermittelt an Bettfedern denken, die unter dem Gewicht von zwei sich rhythmisch bewegenden Körpern ächzten.

Gnadenlos real wirkten die Bilder, die bei diesen Gedanken vor seinem inneren Auge auftauchten: ein fremdes Schlafzimmer, darin ein Bett mit zerwühlten Laken. Der nackte Rücken seiner Frau, der sich hob und senkte, während sie den unter ihr liegenden Mann ritt. Svens Gehirn lieferte ihm sogar die dazu passenden Töne: in seinem Kopf hörte er Sophias lautes, hemmungsloses Stöhnen, das er ihr schon seit vielen Jahren nicht mehr hatte entlocken können, begleitet vom Keuchen des gesichtslosen Mannes.

Mit heftigem Kopfschütteln versuchte er die Szene aus seinen Gedanken zu vertreiben. Er fragte sich zum wiederholten Male, ob er sie nicht endlich mit seinem Verdacht konfrontieren sollte. Aber was versprach er sich davon? Dass sie ihn anlog? Oder, möglicherweise gar die schlimmere Option, dass sie ihm die Wahrheit sagte? Und falls sie das tat, wie sollte er dann reagieren? Er verspürte Sophia gegenüber keinerlei negative Emotionen, konnte ihr aber wohl kaum anbieten, sich mit seinem Segen weiterhin in fremden Betten auszutoben.

Im Licht der ihm entgegenkommenden Scheinwerfer stellte Sven fest, wie schmutzig die Innenseite seiner Windschutzscheibe war, und er beugte sich vor, um zumindest seinen direkten Sichtbereich ein wenig mit der Hand zu säubern.

In dem Moment prallte etwas dumpf gegen die Motorhaube. Sven trat erschrocken auf die Bremse und kam dank der langsamen Geschwindigkeit fast augenblicklich zum Stehen. Er sprang aus dem Wagen und starrte schockiert auf den Mann, der im Lichtkegel der Scheinwerfer vor ihm auf dem Boden lag.

„Alles in Ordnung mit Ihnen?" Als Sven sich zu ihm hinunterbeugte, bemerkte er den weißen Streifen zu seinen Füßen. Sie standen auf einem Zebrastreifen! Vermutlich hatte der Mann ordnungsgemäß die Straße überquert, und Sven hatte ihn trotz der Hinweisschilder und der Sicherheitsbeleuchtung vollkommen übersehen. Kalter Schweiß brach ihm aus, die Geräusche um ihn herum drangen nur noch gedämpft an sein Ohr, als müssten sie erst eine dicke Schicht Watte passieren. Das Scheinwerferlicht der wartenden Autos fiel ihm ins Gesicht und blendete ihn.

Diese verdammten Scheinwerfer! fluchte er innerlich. Nur ihretwegen hatte er den Mann übersehen. Und natürlich wegen der schmutzigen Scheiben. Wobei, wenn er wirklich ehrlich zu sich war, hatte er den Mann nur deshalb angefahren, weil er vor lauter Grübelei gar nicht auf die Straße geachtet hatte.

Als der Mann sich stöhnend aufsetzte, wurden Svens Knie vor Erleichterung ganz weich.

„Ja, alles in Ordnung", beantwortete er Svens Frage.

Dem Tonfall nach zu urteilen, entsprach das zwar nicht ganz der Wahrheit, aber zumindest schien der Mann nicht schwer verletzt. Sven sah sich um.

Um sie herum hatte sich eine kleine Menschentraube gebildet, gesichtslose Schatten vor grellem Scheinwerferlicht.

„Hat schon jemand einen Rettungswagen gerufen?" rief er in die Menge.

Ein vielstimmiges „Ja" ertönte.

„Und die Polizei", fügte ein Mann hinzu und schwenkte wie zum Beweis sein Handy.

Na die wird wohl nicht lange auf sich warten lassen, schoss es Sven durch den Kopf. Schließlich hatte er erst ein paar Kilometer zurückgelegt, seitdem er selbst die Polizeiwache verlassen hatte.

Er richtete seine Aufmerksamkeit wieder auf den jungen Mann, der inzwischen Anstalten machte, aufzustehen. Sven hielt ihn vorsichtshalber zurück, er wollte erst sichergehen, dass der Mann nicht doch schwerer verletzt war, als es auf den ersten Blick schien.

„Bleiben Sie lieber noch einen Moment sitzen."

Er kniete sich vor ihn hin und sah ihm aufmerksam ins Gesicht. Blaue Augen blickten ihm entgegen, die Pupillen wegen des gleißenden Scheinwerferlichts stark verengt.

Das ist schon mal ein gutes Zeichen, dachte Sven erleichtert, denn die deutliche Pupillenreaktion sprach gegen einen Schock. Dennoch entschied er, den Zustand des Mannes, den er auf Mitte 30 schätzte, durch ein paar simple Fragen zu überprüfen.

„Wie heißen Sie?"

„Erik. Erik Becker."

Keinerlei Zögern. Gut!

„Wissen Sie, was passiert ist?"

Der Mann nickte. Sein Blick, in dem Sven keinerlei Anzeichen eines Schocks erkennen konnte, glitt zwischen Sven und seinem Wagen hin und her. „Das Auto hat mich angefahren. Beziehungsweise umgefahren." Nun fixierte er Sven, dem beim Anblick seiner eisblauen Augen ein nervöser Schauer über den Rücken lief.

„Waren Sie das?"

Sven murmelte ein „Ja" und senkte verlegen den Kopf. „Es tut mir wirklich leid. Ich habe Sie nicht gesehen. Der Regen..." Er verstummte, wohl wissend, dass sein Erklärungsversuch reichlich schwach ausfallen würde.

„Haben Sie Schmerzen?" Er sah den jungen Mann prüfend an.

Der schüttelte nach kurzem Zögern den Kopf. „Nur ein leichtes Pochen in der Hüfte. Nicht der Rede wert. Kann ich jetzt aufstehen? Mir... mir ist kalt!"

Sven zögerte noch einen Augenblick, dann half er dem Mann beim Aufstehen und führte ihn vorsichtig zu seinem Wagen, wo er ihn auf dem Beifahrersitz Platznehmen ließ. Als er sah, dass dem jungen Mann vor Kälte die Zähne klapperten, zog er eilig seine Jacke aus und legte sie ihm um die Schultern.

„Danke!" Ein leicht schiefes Lächeln erhellte die gleichmäßigen Gesichtszüge seines Gegenübers und Sven dachte bei sich, dass er noch nie ein sympathischeres Lächeln gesehen hatte. Es wirkte auf ihn so offen und einladend, dass er sich instinktiv vorstellte: „Ich bin

Sven!" Er streckte dem Mann seine Hand entgegen, der sie sogleich mit eiskalten Fingern ergriff und sie kurz und mit genau der richtigen Portion Kraft drückte, die ihn weder aufdringlich noch schwächlich wirken ließ.

Die beiden Männer lächelten sich ein wenig verlegen an. Bevor einer von ihnen noch etwas sagen konnte, beendete das Eintreffen des Polizeiwagens den kurzen Augenblick ihres Kennenlernens.

Svens Kollegen verschafften sich schnell einen Überblick von der Unfallstelle, wobei sie so umsichtig waren, vor den Anwesenden nicht zu erkennen zu geben, dass es sich bei dem Unfallverursacher ebenfalls um einen Polizisten handelte. Der Spott wäre ihm sicher gewesen. Während einer der beiden Polizisten den Verkehr wieder zum Laufen brachte, ließ sich der andere zunächst von Sven und dem jungen Mann den Unfallhergang beschreiben und nahm dann noch die Aussagen einiger Zeugen auf.

In der Zwischenzeit hatte auch der Rettungswagen die Unfallstelle erreicht und Sven trat beiseite, damit sich die Sanitäter um den Mann kümmern konnten. Nach einer kurzen Untersuchung brachten sie ihn vorsichtig zum Wagen, wobei er sich bei jedem Schritt schwer auf ihre Schultern stützte. Anscheinend war die Prellung doch deutlich schmerzhafter als er Sven gegenüber vorgegeben hatte. Sven folgte ihnen und sah zu, wie sie ihm ins Innere des Wagens halfen.

„Gib mir bitte kurz Bescheid, ob mit ihm alles in Ordnung ist",
bat er den jüngeren der beiden Sanitäter, den er von vielen gemeinsamen Einsätzen kannte. Der nickte kurz und zog dann die Hecktür
hinter sich zu. Erst als der Wagen losfuhr, fiel Sven ein, dass der junge Mann
noch immer seine Jacke trug.

„Wo warst du so lange?" Sophia, die auf dem Sofa saß und sich
einen Film ansah, drehte sich zu ihm um, als er das Wohnzimmer
betrat und sah ihn mit hochgezogenen Brauen an. Sie trug ein Stirn-
band und hatte sich das Haar zu einem zerzausten Pferdeschwanz
hochgebunden. Sven nahm an, dass sie eben erst ihr Trainingsprogramm abgeschlossen hatte, welches sie neuerdings an jedem freien
Abend absolvierte. Dafür sprachen auch ihr Outfit, die Sportleggins
und der weite Kapuzenpulli, den sie vermutlich über das ver-
schwitzte Top gezogen hatte.

Sven fragte sich, wie Sophia es schaffte, selbst nach einer schweiß-
treibenden Trainingseinheit so frisch und strahlend auszusehen.
Während seine Frau von Woche zu Woche mehr aufblühte, so als
würde sie mit jedem Tag jünger statt älter, hatte er das unbestimmte
Gefühl, zunehmend zu verblassen, wie ein Foto, das zu lange dem
Licht der Sonne ausgesetzt war. Obwohl Sven sich ziemlich sicher
war, dass er sich äußerlich kaum verändert hatte, erinnerte ihn
nichts mehr an den attraktiven Mann mit den lebensfrohen braunen
Augen, der ihm noch vor wenigen Jahren aus dem Spiegel entgegen-
geschaut hatte.

Nach kurzem Zögern berichtete er Sophia von dem Unfall. Als sie sich erschrocken die Hand vor den Mund schlug, versicherte er ihr eilig, dass der junge Mann nicht schwer verletzt war und der Unfall wohl keine größeren Konsequenzen nach sich ziehen würde.

Es sei denn, der junge Mann verklagt mich auf Schmerzensgeld, dachte er im Stillen und fragte stattdessen laut: „Sind die Kids schon im Bett?".

Sophia schnaubte: „Wo denkst du hin? Alexander zockt noch und Sabrina ist noch immer bei Daniel."

Sven seufzte. Normalerweise würde er sich jetzt über das Verhalten seiner Kinder aufregen, die morgens ohnehin kaum aus den Federn kamen. Aber normalerweise fuhr er auch keine jungen Männer über den Haufen. Also schwieg er und nahm sich stattdessen ein Bier aus dem Kühlschrank. Mit der kalten Flasche in der Hand, setzte er sich zu seiner Frau auf das Sofa, wobei er unwillkürlich eine Kissenbreite Platz zwischen ihnen ließ. Er vermied es, sie anzusehen und richtete seine Aufmerksamkeit stattdessen auf den Bildschirm, über den stimmungsvolle Bilder von rosa blühenden Bäumen flimmerten.

Anscheinend ging es um das Kirschblütenfest in Japan und die melodische Stimme der Kommentatorin erklärte gerade die Bedeutung der zarten Blüten: „Die Kirschblüte steht nicht nur für Schönheit, sondern gilt auch als Zeichen für Vergänglichkeit und für den abrupten Tod in der Blüte des Lebens".

Sven blickte verstohlen zu Sophia. Schönheit und Vergänglichkeit – wie gut diese beiden Ausdrücke zu ihrer aktuellen Situation passten. Er verspürte den Drang, den Arm auszustrecken und Sophias Hand zu berühren. Doch er tat es nicht. Die wenigen Zentimeter, die zwischen ihnen lagen, waren zu einer unüberbrückbaren Entfernung gewachsen.

In den kommenden Wochen erlebte der Junge, wie die Ärzte verbissen um das Leben seiner Mutter kämpften. Sie boten das gesamte Repertoire auf, das ihnen zur Verfügung stand, und konnten dennoch nicht verhindern, dass sich der Krebs immer weiter durch ihren Kopf fraß. Zugleich brachten die Therapien eine ganze Reihe unerwünschter Nebenwirkungen mit sich: starke Kopfschmerzen und Übelkeit plagten seine Mutter, wogegen auch die vielen Medikamente, die sie erhielt, nichts ausrichten konnten. Während der Krebs vorerst nur in ihrem Kopf wütete, zehrte die Behandlung an ihrem gesamten Körper.

Auch wenn sie sich nach Kräften bemühte, ihren Sohn nicht spüren zu lassen, wie schlecht es ihr ging, bemerkte er doch ihre Schmerzverhangenen Blicke und hörte das unterdrückte Wimmern in ihrer Stimme, wenn sie sich unterhielten.

Als der Junge und sein Vater sie einige Wochen nach Beginn der Behandlung besuchten, fanden sie sie weinend vor dem Badezimmerspiegel stehen. In ihren Fingern hielt sie dicke Büschel ihres langen Haares.

„Sie haben gesagt, die Haare würden nicht ausfallen!" Als hätten ihr Mann und ihr Sohn die augenscheinlich falsche Prognose geäußert, streckte sie ihnen anklagend ihre Hände entgegen. Dann schleuderte sie ihnen mit einem wilden Schrei die ausgefallenen Strähnen vor die Füße und brach erneut in Schluchzen aus.

Eilig schickte der Vater seinen Sohn hinaus auf den Flur und blieb alleine bei seiner Frau um sie zu trösten.

Der Junge musste lange vor der Tür mit den schwarzen Streifen im Türrahmen warten. Und als sein Vater endlich aus dem Zimmer trat, sah er müde und unendlich traurig aus. Wortlos fasste er seinen Sohn am Arm und verließ mit ihm das Krankenhaus.

Auf dem Heimweg schwiegen beide. Der Vater hielt das Lenkrad so fest umklammert, dass seine Fingerknöchel weiß hervortraten. Sein Sohn starrte stumm aus dem Seitenfenster, ohne etwas von der Gegend wahrzunehmen, die an ihm vorbeizog. Der Anblick seiner Mutter, die ihre schönen langen Haare in den Händen hielt, brannte sich in seine Gedanken und reihte sich ein in seine geistige Galerie des Schreckens, in der er all die Bilder sammelte, die sich tagsüber unter einem dünnen Schleier verbargen, ihn jedoch nachts umso unbarmherziger quälten.

Seine Mutter hatte die Hälfte ihres Gewichts und fast alle Haare verloren, da teilten die Ärzte ihnen mit, dass sie die Behandlung vorerst abbrechen mussten. Ihre weißen Blutkörperchen hatten einen derart niedrigen Wert erreicht, dass eine Fortführung vorerst nicht zu verantworten war.

Niemand verriet dem Jungen, dass die Chancen auf Heilung damit auf ein Minimum geschrumpft waren. Doch auch die Unwissenheit schützte ihn nicht davor, dass er seiner Mutter in den kommenden Wochen beim Sterben zusehen musste.

Nie wieder hörte der Junge, dass sie seinen Vater darum bat, ihrem Leiden ein Ende zu setzen. Und doch ging ihm das einmal Gesagte nicht mehr aus dem Kopf. Er dachte daran, wenn er seine Mutter in ihrem Bett liegen sah, das von Mal zu Mal größer zu werden schien. Und er dachte daran, wenn sie vor Schmerz weinte, oder ihn wegen der starken Medikamente nicht erkannte. In seinen Träumen war er es, den seine Mutter anschrie; den sie einen Feigling nannte.

Und dann rannte der Junge endlose Krankenhausflure entlang, auf der ausweglosen Flucht vor ihren wüsten Beschimpfungen.

Der Krebs fraß seine Mutter Stück für Stück auf und eines Tages hatte er sie ganz verschlungen.

„Sven! Keller! Kleberalarm!" Die Stimme der Chefin unterbrach das Gespräch der beiden Kollegen.

Sie waren eben erst von einem Auffahrunfall zurückgekehrt und gerade dabei, den Unfallbericht zu erstellen. Sven saß vor dem Rechner und Keller, der neben ihm stand, diktierte ihm, was er zuvor handschriftlich notiert hatte.

Keller verdrehte die Augen. „Nicht schon wieder!", stöhnte er genervt.

Sven hob in gespielter Hilflosigkeit die Schultern und stand seufzend auf.

Nachdem sie die Zieladresse erhalten hatten, zogen sie sich ihre Jacken über und verließen in kontrollierter Eile das Büro.

Am Ort des Geschehens angekommen, erwartete sie der übliche Ablauf. Hatten die Aktivisten den Verkehr zuvor noch im Stehen blockiert, ließen sie sich nieder und klebten sich fest, sobald sie wussten, dass die Polizei im Anmarsch war. So waren sie den wütenden Autofahrern nicht völlig schutzlos ausgeliefert.

Obwohl die Blockade erst kurze Zeit andauerte und der dadurch entstandene Stau deutlich kürzer war, als die alltäglichen Staus während der Hauptverkehrszeiten, herrschte bereits eine aufgeladene

Stimmung. Ein lautes Hupkonzert begleitet von derben Beleidigungen seitens einiger Autofahrer erfüllte die Kreuzung. Schnell hatten sich die Polizisten einen Überblick verschafft und folgten nun dem eingeübten und mehrfach in der Praxis erprobten Ablauf. Svens Aufgabe bestand darin, die Autofahrer im Blick zu behalten und gegebenenfalls zu beruhigen, während weitere Polizisten die drei Aktivisten von der Straße lösten.

„Lasst sie einfach kleben! Ich nutze die als Sprungschanze!", feixte ein junger Mann, der lässig an die Fahrertür seines Wagens gelehnt, in erster Reihe an der Kreuzung stand.

Sein Beifahrer war ebenfalls ausgestiegen und lachte über den Spruch seines Freundes. Es war ein unangenehmes, meckerndes Lachen, das unvermittelt eine Woge von Aggression in Sven aufsteigen ließ.

„Das findest du witzig, was?", hörte er sich selbst sagen und fragte sich noch im selben Augenblick, was zum Teufel da in ihn gefahren war. Er wusste es doch wirklich besser als ein paar Wirrköpfen Beachtung zu schenken.

„Klar. Du etwa nicht?" Die Stimme des Mannes hatte einen herausfordernden Ton, der seinen Beifahrer zu ermutigen schien, ebenfalls seinen Senf dazuzugeben.

„Ich dachte, ihr Bullen seid alle Nazis. Wusste gar nicht, dass auch Ökoterroristen bei euch arbeiten!"

„Wahrscheinlich klebt seine Alte auch auf der Straße", übernahm der Fahrer wieder das Wort und wurde dafür mit dem meckernden Gelächter seines Begleiters belohnt.

Sven hätte den Satz einfach überhören können, tat es aber nicht. Warum ausgerechnet dieser dümmliche Spruch dafür sorgte, dass bei ihm eine Sicherung durchbrannte, war ihm im Rückblick schleierhaft. Er stürzte sich auf den Fahrer, packte ihn am Kragen und presste ihn mit dem Rücken gegen das Fahrzeug.

„Ich würde an deiner Stelle besser die Schnauze halten", stieß er zwischen zusammengebissenen Zähnen hervor, „oder ich verpasse dir eine Anzeige wegen Beamtenbeleidigung!"

Seine Schläfen pochten und das fortwährende Hupen um ihn herum dröhnte in seinem Kopf.

Plötzlich hörte er Kellers Stimme hinter sich. „Alles in Ordnung hier?"

Sven wandte sich nicht zu seinem Kollegen um, sondern hielt den jungen Mann weiterhin am Kragen gepackt und sah ihm dabei fest in die Augen. Erst als er spürte, wie Keller noch einen Schritt nähertrat, ließ er ihn los.

„Jetzt ja, denke ich!" Angespannt wartete er auf die Reaktion des Mannes und atmete erleichtert aus, als der kaum merklich nickte und den Blick senkte.

Dennoch blieb er noch einen Augenblick drohend vor ihm stehen, zu seiner vollen Körpergröße von gut 1,90 m aufgerichtet. Erst als er sich sicher war, dass von den beiden Männern keine weiteren Sprüche zu erwarten waren, drehte er sich um und folgte seinem Kollegen.

„Was war das eben für eine Aktion, Sven?" fragte ihn Keller sowie sie außer Hörweite waren. Sven antwortete ihm nicht, schließlich hatte er ja selbst keine Erklärung für sein Verhalten.

Tief in Gedanken versunken, folgte er Keller zurück zur Mitte der Kreuzung, wo ihre Kollegen die Umweltaktivisten inzwischen vom Asphalt gelöst hatten und sie nun ohne jegliche Gegenwehr abführten. Sven sah ihnen hinterher und plötzlich überkam ihn eine tiefe Wehmut. Man konnte von den Aktionen der Aktivisten halten was man wollte, zumindest brannten sie für ihre Sache, während in ihm jegliches Feuer erloschen war.

Den Rest des Tages war Sven düsterer Stimmung und nachdem Keller einige Male erfolglos versucht hatte, ihn in ein Gespräch zu verwickeln, arbeiteten beide nur noch schweigend vor sich hin.

Als Sven nach Dienstschluss nach Hause kam, begrüßte ihn ein dunkles, stilles Haus. Er warf seinen Schlüsselbund in die dafür vorgesehene Schale auf dem Telefonschränkchen, das ihm immer wie ein Relikt aus seiner Kindheit vorkam. Laut hallte das Klirren von Metall auf Keramik durch den Flur.

„Hallo? Jemand zu Hause?"

Keine Antwort.

Um das Gefühl von Verlassenheit loszuwerden, schaltete er auf seinem Weg durch das Haus jedes einzelne Licht an. Auf dem Küchentisch fand er schließlich eine Nachricht von Sophia:

Bin mit Tina im Kino. Sabrina übernachtet bei Daniel.

Guck bitte, dass Alex vor Mitternacht im Bett ist.

Sven fuhr sich müde mit der Hand über das Gesicht.

„Mit Tina im Kino", wiederholte er das gerade Gelesene in einem bitteren Tonfall und für den Bruchteil einer Sekunde überkam ihn die Versuchung, Tinas Handynummer zu wählen, um zu prüfen, ob Sophia sie nicht nur als Alibi benutzte.

Stattdessen zerknüllte er den Zettel und warf ihn in den Müll. Seine Familie zerbrach und alles was er spürte, war eine tiefe Resignation. Wo war bloß sein Kampfgeist geblieben?

Nachdem er sich ein Bier aus dem Kühlschrank genommen hatte, ging Sven die Treppe zu den Schlafzimmern hinauf. Beim Hochgehen sah er Licht durch den schmalen Schlitz unter Alex' Zimmertür scheinen. Sven warf einen Blick auf die Uhr – noch reichlich Zeit bis Mitternacht. Vielleicht konnte er seinen Sohn ja für einen Vater-Sohn-Abend begeistern. Sie könnten sich einen Actionfilm aussuchen, Popcorn in der Mikrowelle machen… Sven spürte, wie sich bei diesen Gedanken Vorfreude in ihm breitmachte.

Er klopfte an die Tür und öffnete sie, ohne auf eine Antwort zu warten. Der unverkennbare Geruch von Marihuana schlug ihm entgegen. Alex saß mit dem Rücken zu ihm vor einem riesigen Computerbildschirm. Er trug Kopfhörer und die Geräusche, die zu der gerade auf dem Bildschirm laufenden Kampfszene passten, drangen gedämpft durch die gepolsterten Ohrmuscheln. Neben dem Bildschirm standen eine Bong aus grellbunt gefärbtem Glas und ein Tetra Pak Eistee.

„Mach ihn fertig, Alter!" Die Stimme seines Sohnes klang seltsam fremd in Svens Ohren. Das lag zum einen an dem durch das Marihuana schwerfälligen Zungenschlag und zum anderen hatte sich Sven noch nicht an die tiefere Stimmlage gewöhnt, in der sein Sohn seit einigen Wochen sprach.

Da Alex ihn nicht hören konnte, legte Sven ihm eine Hand auf die Schulter. Alex fuhr erschrocken herum.

„Alter! Erschreck mich doch nicht so!", fuhr er seinen Vater an. Dann lachte er. „Nee, nur mein Vater." Diese Info galt natürlich nicht Sven, sondern seinen Freunden, mit denen Alex wie üblich über das Spiel verbunden war.

Obwohl ihm klar war, dass in dem Wort keine bewusste Wertung steckte, versetzte das *nur* Sven einen leisen Stich und er sah die Chancen auf den Vater-Sohn-Abend merklich schwinden. Er bedeutete seinem Sohn, die Kopfhörer abzunehmen, was der mit sichtlichem Widerwillen tat.

„Mama und Sabrina sind unterwegs. Wie wäre es, wenn wir uns einen schönen Abend machen?"

„Ich wollte eigentlich mit den Jungs zocken, Papa..." Alex schielte bereits wieder auf den Bildschirm.

Sven seufzte, was sein Sohn augenscheinlich als Zustimmung interpretierte, denn er drehte ihm augenblicklich den Rücken zu und vertiefte sich wieder in sein Spiel. Sven stand eine Weile da und kam sich vor wie ein Idiot. An sich sollte er seinen Sohn wegen des Kiffens zur Rede stellen, doch dazu fehlte ihm schlicht die Kraft. Alex hatte seine Anwesenheit schon wieder vergessen und unterhielt sich lautstark mit seinen Freunden, in dieser Stimme, die Sven so fremd geworden war.

Nach kurzem Zögern wandte er sich ab und verließ mit einem nagenden Gefühl der Enttäuschung das Zimmer seines Sohnes. Dann würde er eben den Abend allein vor dem Fernseher verbringen. Er gönnte sich einen großzügigen Schluck aus der Bierflasche, die er die ganze Zeit in der Hand gehalten hatte. Dabei fiel ihm ein, dass noch ein ganzes Sixpack im Kühlschrank auf ihn wartete und dieser Gedanke besaß etwas seltsam Tröstliches.

Die Beschreibung, die Jessica Schmidtke über ihre Mutter abgegeben hatte, war in der Tat recht zutreffend: Magdalene Kuhlmann war eine launische und unzufriedene Frau. Ihre Lieblingsbeschäftigung schien es zu sein, sich über ihre gesundheitlichen Einschränkungen zu beklagen. Anders als viele ihrer Altersgenossen ertrug sie die mit dem Altern einhergehenden Gebrechen nicht mit stoischer Gelassenheit, sondern beschwerte sich ohne Unterlass. Dabei war ihr kein Thema zu persönlich und Erik hatte den leisen Verdacht, dass sie absichtlich vor allem über solche Themen sprach, die den meisten Menschen die Schamesröte ins Gesicht steigen ließen.

Erik hegte selten nennenswerte Gefühle zu seinen Mitmenschen. Magdalene Kuhlmann aber, mit ihrem bissigen Humor und ihrer schnellen Auffassungsgabe, faszinierte ihn. Er wusste, dass sie sich ihm ebenso überlegen fühlte wie dem Rest der Welt. Aber zumindest tolerierte sie seine Gegenwart, schien sie sogar auf ihre Art zu genießen.

Wie mit ihrer Tochter vereinbart, fand Erik sich an fünf Tagen die Woche bei Frau Kuhlmann ein und meist fielen ihr ausgerechnet gegen Ende der zwei Stunden Dinge ein, bei denen sie unbedingt seine Hilfe brauchte. Erik vermutete, dass sie sich sehr einsam fühlte und die gemeinsame Zeit mit ihm möglichst in die Länge ziehen wollte, was die alte Frau natürlich niemals zugegeben hätte. Nicht sich selbst gegenüber und erst recht nicht gegenüber Erik.

An manchen Tagen war ihr nicht nach Reden zumute. Dann saß sie stur in ihrem Sessel und starrte auf den Fernseher, die Lautstärke auf Maximum gestellt. Hin und wieder war sie dagegen beinahe milde gestimmt. Das waren die seltenen Tage, an denen sie etwas von sich erzählte, und so erfuhr Erik, dass Magdalene es in ihrem Leben nicht leicht gehabt hatte. Wie viele Frauen ihrer Generation hatte sie jung geheiratet. Bereits kurz nach der Hochzeit trat der Alkohol in ihr Leben und raubte ihr wenig später den Mann, der seinen klapprigen Golf volltrunken ausgerechnet gegen den letzten Baum an der Landstraße unweit ihres Wohnhauses setzte. Magdalene befestigte einen Kranz aus Trockenblumen an der knorrigen Eiche, die den Unfall im Gegensatz zu ihrem Mann glimpflich überstanden hatte, und für eine Weile leerte sie an jedem Hochzeitstag ein Glas Schnaps über ihren Wurzeln. Ihr zweiter Ehemann ließ sie kurz nach der Geburt von Jessica sitzen und verdammte seine Frau dadurch zu einem harten Dasein. Die junge Mutter musste sich mit allerlei Gelegenheitsjobs über Wasser halten, immer in dem Bewusstsein, dass sie ihrer Tochter trotz der vielen Plackerei gerade mal das Nötigste bieten konnte.

Nach diesen Enttäuschungen ließ Magdalene keinen weiteren Mann mehr in ihr Leben. In ihren Augen waren Männer entweder Versager oder Lügner oder gleich beides auf einmal. Und ihre Ehefrauen waren wahlweise dumm oder faul. Es war daher wenig überraschend, dass Magdalene ein sehr einsames Leben führte.

„Ich habe mir alles selbst erarbeitet," sagte sie einmal zu Erik und machte dabei eine Armbewegung, die Wohnzimmer, Esszimmer und Küche einschloss. „Und kann ich das jetzt endlich genießen? Nein!" Sie stieß ein bitteres Lachen aus. „Stattdessen quäle ich mich mit Krebs, Diabetes und einer undankbaren Tochter herum."

Erik hatte das Verhältnis zwischen Mutter und Tochter bei den bisherigen, seltenen Gelegenheiten genau beobachtet. Jessica Schmidtke war hin- und hergerissen zwischen ihrem Verantwortungsgefühl gegenüber ihrer Mutter, die sie ganz alleine aufgezogen und ihr sogar ein Studium ermöglicht hatte, und ihrer Abneigung gegen die alte Frau. Magdalene wiederum schien keine Gelegenheit auszulassen, ihrer Tochter zu zeigen, wie wenig sie von ihr hielt.

„Kann ich noch etwas für dich tun, Mama?" fragte Jessica beispielsweise, nur um als Antwort ein kühles „Ja. Mich weiter fernsehen lassen", zu erhalten.

Und diese Antwort war für die Tochter verletzend und erleichternd zugleich, gab sie ihr doch zumindest einen Grund, sich schnell wieder zu verabschieden.

„Warum mögen Sie sie nicht?" Erik saß neben Magdalene am Küchentisch und schälte Kartoffeln.

Die alte Frau hatte inzwischen herausgefunden, dass Erik ein guter Koch war und ließ sich lieber von ihm bekochen, anstatt auf den Lieferdienst zurückzugreifen, der in ihren Augen ohnehin nur `kulinarisches Elend für zahnlose Alte' im Angebot hatte. Heute hatte sie sich Kartoffelstampf mit brauner Sauce gewünscht.

„Wen mag ich nicht?" fragte sie irritiert.

„Na, Ihre Tochter!"

Die alte Frau schien eine Weile über seine Frage nachzudenken. „Ich mag sie", antwortete sie dann zögernd. „Aber leider ist sie eine dumme Nuss. Wissen Sie, dass Jessica Jura studiert hat? Jura!" Frau Kuhlmann schnaubte: „Und was macht sie nach ihrem Studium? Sie heiratet einen Dummkopf, bekommt drei Kinder und geht nach neun Jahren Elternzeit zum ersten Mal in ihrem Leben arbeiten. Da hat ihr Abschluss niemanden mehr interessiert. Sie arbeitet jetzt als Sekretärin bei einer Versicherungsagentur!"

Wieder ein empörtes Schnauben.

In Eriks Gedanken fügte sich ein weiteres Puzzleteil in das Gesamtbild von Magdalenes und Jessicas Beziehung. Es war also Enttäuschung, die Mutter und Tochter voneinander entfremdet hatte.

Magdalene hatte sich eine glorreiche Zukunft für Jessica ausgemalt, quasi als Lohn für die harte Arbeit, die sie hatte leisten müssen, um ihrer Tochter ein Studium zu ermöglichen. Stattdessen hatte sich Jessica für ein Leben als Ehefrau und Mutter entschieden, ein Leben, das Magdalene selbst verwehrt geblieben war. Und mit den Jahren war die Enttäuschung in Ablehnung umgeschlagen.

Jessica schien das zu wissen, und Erik hatte mehrfach beobachtet, wie sehr sie sich bemühte, es ihrer Mutter anderweitig recht zu machen. Sie scheute keinerlei Mühen, wenn es darum ging, Magdalenes Leben so angenehm wie möglich zu gestalten, wobei sich ihre Bemühungen in der Regel auf materielle Dinge beschränkten. Doch egal was sie auch tat, es würde nichts an der Tatsache ändern, dass es ihre ganze Lebensweise war, die ihre Mutter ihr übelnahm.

Am Tag nach dem Unfall klingelte Svens Diensttelefon.

„Baumann?"

„Hallo Herr Baumann. Hier ist Erik Becker…" Der Anrufer machte eine kurze Pause, wahrscheinlich war er unsicher, ob Sven sich an seinen Namen erinnern würde.

Der jedoch hatte ihn sofort erkannt. Sein Herz klopfte nervös, als er sich nach Eriks Befinden erkundigte.

„Es geht mir gut, danke. Ich konnte gestern Abend schon wieder nach Hause. Der Sanitäter hat mir gesagt, dass ich Sie hier erreiche. Ich habe Ihre Jacke noch."

In Svens Kopf ratterte es. Es freute ihn sehr, dass sich der junge Mann die Mühe gemacht hatte, ihn zu finden, und er überlegte, wie er sich dafür erkenntlich zeigen und sich gleichzeitig für den Unfall entschuldigen könnte.

„Ich würde Sie gerne zum Essen einladen, Herr Becker. Meine Frau macht das beste Kürbisrisotto, das Sie sich vorstellen können. Hätten Sie Lust uns zu besuchen?" Im Stillen beglückwünschte er sich zu diesem spontanen Einfall. Er machte eine kurze Pause und fügte dann hinzu: „Bei der Gelegenheit können Sie mir ja meine Jacke zurückgeben."

Zu seiner Freude nahm der junge Mann seine Einladung dankend an. Sven gab ihm seine Adresse durch und sie verabredeten sich für den nächsten Abend.

„Danke fürs Ausleihen!" Erik reichte ihm seine Jacke und grinste ihn dabei verschmitzt an.

Bei seinem Anblick spürte Sven, wie die Anspannung, die ihn den ganzen Tag begleitet hatte, endlich von ihm abfiel. Während er gewartet hatte, dass es endlich Abend wurde, war seine Nervosität von Stunde zu Stunde gewachsen, doch bei Eriks unbefangener Begrüßung entspannte er sich augenblickblich.

Dankend nahm er erst seine eigene und dann auch noch Eriks Jacke entgegen und führte den jungen Mann ins Esszimmer, wo Sophia gerade das Risotto servierte, das sie in der vergangenen Stunde mit schier endloser Geduld zubereitet hatte. Ein herrlicher Geruch lag in der Luft und für einen kurzen Augenblick gönnte sich Sven die Illusion eines heilen Familienlebens.

Als Sophia auf sie zutrat, wandte er sich wieder an Erik. „Erik, das ist meine Frau Sophia."

Die beiden gaben sich zur Begrüßung die Hand und Sven beobachtete aufmerksam, wie seine Frau auf den attraktiven jungen Mann reagierte. Tatsächlich huschte eine leichte Röte über ihr Gesicht als Erik sie anlächelte. Doch schon bald nahmen ihre Wangen wieder ihre normale Farbe an und Sven bemerkte keine weiteren Auffälligkeiten.

Kurz darauf saßen sie zu dritt am Tisch, ließen sich das Essen schmecken und unterhielten sich angeregt. Sophias Talent für Smalltalk faszinierte Sven immer wieder aufs Neue. Sie wirkte dabei keinesfalls oberflächlich, sondern schien ehrlich interessiert an ihrem Gegenüber und ließ das Gespräch mühelos von einem Thema zum nächsten springen. Auch Erik war ein guter Gesprächspartner. Charmant und witzig antwortete er auf ihre Fragen und reagierte mit passenden Gegenfragen .

Während Sven ihrem Gespräch lauschte, kam es ihm plötzlich vor, als würde er sich nach und nach in Luft auflösen. Unwillkürlich warf er einen Blick auf Erik und Sophia, doch beiden schien nichts Seltsames aufzufallen. Die Ereignisse der letzten Wochen kamen ihm in den Sinn und er versank in einem Strudel düsterer Gedanken. Seine Frau hatte eine Affäre, er hatte einen Mann angefahren und ihn nur durch Glück nicht schwer verletzt, er war im Dienst einem Unbeteiligten an die Gurgel gegangen, seine Kinder waren Fremde unter seinem eigenen Dach...

Derart abgelenkt verlor Sven den Anschluss an das Gespräch und fuhr erschrocken zusammen, als Sophia plötzlich seinen Namen erwähnte: „Nicht wahr, Sven?"

Er sah sich irritiert um und begegnete dabei Eriks Blick. Augenblicklich nahmen ihn seine eisblauen Augen gefangen, die zugleich einladend und distanziert wirkten.

Als er realisierte, dass er Erik anstarrte, räusperte er sich verlegen und wandte sich an Sophia. „Entschuldigt, ich war mit den Gedanken woanders. Was hast du gesagt, Schatz?"

Obwohl ihm ihr Kosename aus purer Gewohnheit leicht über die Lippen kam, fühlte es sich falsch an, sie so zu nennen und Sven erkannte an Sophias Gesichtsausdruck, dass es ihr ähnlich ging.

„Was machst du nächstes Wochenende?" fragte Sven, als er Erik zur Tür begleitete.

Nachdem er es dank mehrerer Gläser Wein geschafft hatte, seine düsteren Gedanken zu verdrängen, hatte er den weiteren Abend in vollen Zügen genossen. Inzwischen widerstrebte es ihm, den jungen Mann auf Nimmerwiedersehen zu verabschieden und er hatte schon eine ganze Weile fieberhaft nach einem Grund gesucht, sich nochmals mit ihm zu treffen.

„Ich habe eigentlich nichts geplant." Erik musterte ihn aufmerksam und schien auf seine nächsten Worte zu warten.

„Interessierst du dich für Handball? Ich wollte mir am Sonntag ein Spiel ansehen. Vielleicht hast du Lust, mit mir hinzugehen?" Sven hörte den bittenden Unterton in seiner eigenen Stimme und schämte sich ein wenig.

Zu seiner Erleichterung nickte Erik eifrig. „Sehr gerne. Ich habe noch nie ein Handballspiel live gesehen!"

„Na dann wird es ja höchste Zeit!" Ein breites Lächeln erhellte Svens Gesicht.

Sie vereinbarten Uhrzeit und Treffpunkt, dann verabschiedete sich Erik und trat hinaus in die Nacht. Sven schaute ihm nach, bis seine schmale Silhouette in der Dunkelheit verschwunden war. Mit einem unerwarteten Hochgefühl schloss er die Haustür.

Nach ihrem Tod kehrte für eine kurze Zeit Ruhe ein. Natürlich war der Junge traurig, dass seine Mutter fort war. Gleichzeitig aber verschwanden endlich die Schuldgefühle, die seit Wochen an ihm genagt hatten. Er hatte sich von Mal zu Mal mehr überwinden müssen, sie im Krankenhaus zu besuchen. Die Frau, die dort in ihrem viel zu großen Krankenbett lag, hatte in den letzten Wochen keinerlei Ähnlichkeit mehr mit seiner Mutter besessen. Sie schien nur noch eine leere Hülle zu sein, für die Krankheit, die in ihrem Kopf wütete. Zuletzt war es dem Jungen so vorgekommen, als würde auch sein Vater mit jedem Besuch ein klein wenig sterben und er hatte Angst bekommen, ihn ganz zu verlieren, wenn sie zu oft hingingen.

Die Tage nach ihrem Tod waren geprägt von einer geistigen Lähmung, die im krassen Gegensatz zu der Geschäftigkeit stand, in die sein Vater verfiel. Der Junge konnte sich gar nicht vorstellen, dass es wirklich so viel zu organisieren gab, wenn jemand starb. Anstatt sich Zeit zu nehmen, um alleine oder gemeinsam mit seinem Sohn zu trauern, saß sein Vater die meiste Zeit an seinem Schreibtisch, wo er durch Akten und Kataloge blätterte und etliche Telefongespräche führte. Auch wenn er seinen Vater in diesen Tagen dringend gebraucht hätte, ließ der Junge ihn gewähren, zeigte ihm dessen Geschäftigkeit doch, dass noch Leben in seinem Vater steckte.

Irgendwann nahm sein Vater ihn beiseite und erklärte ihm, dass es Zeit sei, eine Urne auszusuchen, in der dann die Asche seiner Mutter beerdigt werden sollte.

Und so gingen die beiden gemeinsam zum Bestatter und liefen die Regale ab, auf denen die verschiedensten Gefäße präsentiert wurden. Es gab Urnen aus Holz, aus Metall und aus Keramik. Manche einfarbig und schlicht, die meisten jedoch mit einer Bedruckung oder einer Gravur versehen.

Der Junge blieb vor einer Urne aus schwarzer Keramik stehen, auf die goldene Vögel gemalt waren, die in Richtung des Urnendeckels flogen, so als würden sie in den Himmel hinaufsteigen. Als sein Vater bemerkte, dass sein Sohn stehen geblieben war, trat er neben ihn und legte ihm einen Arm um die schmalen Schultern. Sein Blick folgte dem seines Sohnes und blieb auf den goldenen Vögeln liegen.

„Das sind Kraniche", erklärte er ungefragt. „In China glaubte man, dass der Kranich die Seelen der Verstorbenen auf seinem Rücken zum Himmel trägt."

Der Junge betrachtete die Vögel mit gesteigertem Interesse und ließ sich die Worte seines Vaters durch den Kopf gehen.

„Eine schöne Vorstellung", meinte er schließlich und griff nach der Urne.

Zur Beerdigung kamen nur wenige Trauergäste, darunter nicht ein einziger Verwandter, nur ein paar Freunde und nähere Bekannte. Gemeinsam hatten der Junge und sein Vater die Lieder ausgesucht, die während der Zeremonie gespielt werden sollten. Auf persönliche Worte in der Trauerrede hatte der Vater jedoch verzichtet. Es kam dem Jungen so vor, als wolle sein Vater die Beerdigung einfach nur schnellstmöglich hinter sich bringen, um endlich wieder in den Alltag eintauchen und sich so von Trauer und Schuldgefühlen ablenken zu können. So war es für ihn wenig überraschend, dass sich sein Vater gleich am nächsten Tag ins Büro verabschiedete und in den ersten Wochen nach der Beerdigung immer erst spät am Abend von der Arbeit zurückkehrte.

Wenn der Junge nach der Schule nach Hause kam, erledigte er pflichtbewusst seine Hausaufgaben und kümmerte sich dann so gut er konnte um den Haushalt. Eine Aufgabe, die sein Vater zusehends vernachlässigte. Mithilfe der Kochbücher seiner Mutter brachte er sich selbst das Kochen bei, beschränkte sich jedoch anfangs auf eher simple Gerichte. Die dafür nötigen Zutaten schrieb er seinem Vater auf einen Zettel, da dieser nicht in der Lage zu sein schien, den Kühlschrank mit nahrhafteren Dingen zu füllen als mit Fleischwurstringen und Dosenbier. Nach dem Essen schauten sie oft gemeinsam einen Film oder spielten auf der Spielkonsole. Es hätte eine schöne Zeit sein können, eine Zeit, die das Band zwischen Vater und Sohn hätte stärken können, doch der Junge bemerkte, dass sein Vater nur selten wirklich bei der Sache war. Und er bemerkte auch, dass nach und nach immer mehr leere Bierdosen auf dem Couchtisch standen, wenn er morgens ins Wohnzimmer kam.

„Wollen Sie nicht allmählich aufstehen?" Erik stand im Türrahmen zum Schlafzimmer und blickte auf die alte Frau, die sich schon seit zwei Stunden weigerte, aus dem Bett zu steigen.

Sie hatte ihm den Rücken zugedreht, doch er wusste, dass sie nicht schlief.

„Ich habe keine Lust mehr aufzustehen!" Die Stimme der alten Frau klang resolut.

Erik seufzte leise. In den vergangenen Wochen war Magdalene überraschend aufgeblüht. Er hatte sie in ihrem Rollstuhl durch die Straßen der Umgebung geschoben und sie hatte ihm zu manchen Häusern Geschichten aus der Vergangenheit erzählt. Meist waren es kurze, bissige Anekdoten, wie die von einem Mann, der ihr in ihren jungen Jahren regelmäßig an den Hintern gefasst hatte, während sie die Fenster in seinem Büro putzte. Als Erik sie ehrlich erstaunt fragte, warum sie nicht einfach gekündigt habe, hatte Magdalene empört geschnauft: „Na, weil er mich gut bezahlt hat. Und was bedeutete schon meine Würde im Vergleich zu einem Dach über dem Kopf?" Die Verbitterung in ihrer Stimme war unüberhörbar.

Als die Tage kürzer wurden und der Lavendel allmählich verblühte, hatte sich die alte Frau wieder in sich zurückgezogen. Immer öfter hatte sie es abgelehnt, sich von ihm spazieren fahren zu lassen. Und je kälter und regnerischer es wurde, umso mürrischer war sie geworden. Erik hatte sich redlich Mühe gegeben, ihre Laune zu verbessern, doch irgendwann hatte er sich eingestehen müssen, dass er Magdalene nicht mehr erreichte.

„Kann ich denn irgendetwas für Sie tun?", fragte er fast flehend. Die alte Frau drehte sich auf den Rücken, wandte ihm den Kopf zu und sah ihn mit zusammengekniffenen Augen an.

„Ja. Sie könnten mich von Ihrer Anwesenheit erlösen", sagte sie dann mit einer unendlich müden Stimme.

Erik blieb noch eine Weile stehen und betrachtete sie schweigend, dabei fuhren seine Hände unablässig über die Ärmel seines Sweatshirts. Als Magdalene sich nicht nochmal rührte, schüttelte er betrübt den Kopf und verließ den Raum.

Er ging nach draußen auf die Terrasse und schnitt einen der wenigen verbliebenen Lavendelzweige ab. Mit dem duftenden Zweig in der Hand ging er zurück in Richtung Schlafzimmer. Auf dem Weg dorthin griff er sich eines der dicken, schweren Kissen mit denen Magdalene es sich immer in ihrem Sessel bequem machte.

Die alte Frau hatte sich auf den Rücken gedreht. Ihre Augen waren geschlossen und sie atmete tief, vermutlich war sie eingeschlafen. Erik legte den Lavendelzweig auf ihren Nachttisch und gab ihr einen sanften Kuss auf die Stirn. In dem Moment, in dem sie die Augen aufschlug und ihn überrascht ansah, presste er ihr das Kissen fest auf das Gesicht. Magdalenes Hände fuhren hoch und umklammerten seine Handgelenke, versuchten sie nach unten zu ziehen, weg von ihrem Gesicht, um den Druck des Kissens zu lockern. Doch gegen einen kräftigen jungen Mann hatte die alte Frau keine Chance.

Nach kurzem Kampf spürte Erik, wie ihr Körper erschlaffte. Ihre altersfleckigen Hände fielen zurück auf die Bettdecke und blieben reglos dort liegen. Für eine Weile hielt er den Druck aufrecht. Dann nahm er das Kissen weg und schloss ihr sanft die weit aufgerissenen Augen.

„Schlafen Sie gut, Magdalene!", flüsterte er liebevoll.

Nach einer langen Arbeitswoche und einem ereignislosen Samstag, stand endlich das Handballspiel an und damit auch sein nächstes Treffen mit Erik. Sven hatte sich den ganzen Vormittag gefühlt wie ein Teenager vor seinem ersten Date. Anstatt sich wie sonst kurz vor der Abfahrt einfach sein Fantrikot überzustreifen, stand er lange unschlüssig vor seinem Kleiderschrank und war noch immer unzufrieden mit seiner Wahl, als er sich schließlich auf den Weg in die Veranstaltungshalle machte.

Erik zeigte sich begeistert von dem ersten Handballspiel, das er live erlebte. Gemeinsam jubelten und fluchten sie und fielen sich schließlich glücklich in die Arme, als Svens Mannschaft einen knappen Sieg einfuhr.

Als sie kurz darauf vor der Halle standen, war Sven noch nicht bereit für einen Abschied.

„Wie wäre es mit einem kleinen Absacker?", fragte er daher hoffnungsvoll.

Erik nickte und sie gingen in eine nahegelegene Kneipe, die bereits berstend voll war mit feiernden Fans, die grölend die Vereinshymne schmetterten. Normalerweise wäre Sven genervt gewesen, doch diesmal freute er sich über den Lärm, denn Erik und er mussten dicht beieinanderstehen, um sich überhaupt unterhalten zu können. Bald kam das Thema auf Svens Beruf.

„Wie sieht denn ein typischer Arbeitsalltag bei der Polizei aus?", wollte Erik von ihm wissen.

„Na ja, manchmal sitzen wir im Büro und schreiben Berichte. Außerdem sind wir regelmäßig bei Veranstaltungen im Einsatz, zum Beispiel bei Fußballspielen oder Demos. Meistens fahren wir aber Streife und wenn wir unterwegs sind, kommen Aufträge von der Leitstelle rein, um die wir uns dann kümmern."

Erik nickte interessiert. „Was für Aufträge sind das so? Bestimmt viele Verkehrsunfälle, oder?", dabei grinste er Sven verschmitzt an.

Sven betrachtete ihn nachdenklich und dachte dabei, wie froh er inzwischen über den Unfall war, der Erik in sein Leben gebracht hatte.

„Unfälle sind schon recht häufig", bestätigte er dann und seine Mundwinkel zuckten. „Auch zu Diebstählen und Schlägereien werden wir oft gerufen. Und hin und wieder gibt es auch mal krassere Einsätze wie einen Mordfall."

Erik warf ihm einen langen Blick zu, den er nicht deuten konnte, und verlegen stellte Sven fest, dass er mit dem letzten Satz versucht hatte, sich vor ihm wichtig zu machen.

Eilig wechselte er das Thema. „Und was machst du beruflich?"

Erik kratzte sich am Hinterkopf. „Tja, schwer zu sagen. Einen festen Beruf habe ich eigentlich nicht. Ich...", er zögerte kurz und fuhr dann fort: „Ich habe etwas Geld geerbt und dadurch einige Freiheiten."

Bevor Sven ihn nach weiteren Details fragen konnte, zählte Erik auf, was er so machte, um sich ein wenig Geld dazuzuverdienen. Gärtner, Alltagsbegleiter, Paketzusteller und vieles mehr.

„Irgendwo wird immer jemand gesucht. Wobei ich es meist nicht lange in einem Job aushalte." Jetzt war es an Erik verlegen zu sein.

Nach einem letzten Getränk verabschiedeten sich die beiden.

„Das können wir gerne mal wiederholen!", sagte Sven überschwänglich.

„Gerne!" Erik umarmte ihn freundschaftlich, wobei seine Finger wie zufällig Svens Hals streiften.

Sven keuchte überrascht, als sein Körper mit unerwarteter Heftigkeit auf diese kleine Berührung reagierte. Verlegen trat er einen Schritt zurück. Falls Erik seine Reaktion bemerkt hatte, so ließ er es sich nicht anmerken.

„Meld' dich einfach, wenn du Zeit hast. Du hast ja meine Nummer!"

Damit drehte er sich um und ließ Sven mit seinem plötzlichen Gefühlschaos allein.

Im Haus war alles dunkel und still als Sven die Haustür aufschloss. Leise schlüpfte er aus seinen Schuhen und ging an den Kühlschrank, um sich noch ein letztes Bier zu gönnen. Er leerte die Flasche in einem Zug, unterdrückte einen Rülpser, der vermutlich das ganze Haus aufgeweckt hätte, und wankte die Stufen zum Schlafzimmer hinauf. Er nahm sich nicht einmal die Zeit, sich bettfertig zu machen.

Die ganze Rückfahrt über hatte er sich um Fassung bemüht, jetzt aber ging die Erregung mit ihm durch.

Sophia lag im Bett und schnarchte leise. Sie lag auf dem Bauch, die Bettdecke war zur Seite gerutscht. Sven zog sich aus und legte sich auf sie. Mit einer schnellen Bewegung zog er ihr Höschen zur Seite und drang in sie ein, noch bevor sie Zeit hatte, richtig wach zu werden. Sophia bewegte sich unter ihm, und Sven war kurz unsicher, ob sie sich seinem Rhythmus anpassen oder sich ihm entziehen wollte. Dann aber stöhnte sie leise und Sven ließ alle Zurückhaltung fallen. Er keuchte laut, während er wieder und wieder zustieß. Sein Orgasmus war ungewohnt heftig, so als hätte er sich über die vergangenen Monate in ihm angestaut. Als er fertig war, küsste er Sophia hastig auf den Nacken und drehte ihr dann ohne ein weiteres Wort den Rücken zu. Binnen Sekunden war er eingeschlafen.

Falls Jessica Schmidtke den Verdacht hegte, dass ihre Mutter nicht auf natürliche Weise gestorben war, so äußerte sie ihn nicht.

Vielleicht war sie sogar erleichtert, dass sie ihr Leben nun endlich so führen konnte, wie sie es sich gewünscht hatte, ohne ständig von der eigenen Mutter dafür verurteilt zu werden. Sie rief Erik noch am nächsten Nachmittag an, um ihn über Magdalenes Tod zu informieren und schickte ihm kurz darauf auch eine Einladung zu ihrer Beerdigung. Natürlich ging Erik hin, schließlich war die alte Frau für kurze Zeit ein wichtiger Teil seines Lebens gewesen, und er hatte sie trotz ihrer schroffen Art gerngehabt.

Zu Magdalene Kuhlmanns Beerdigung erschienen nur wenige Leute, was Erik nicht sonderlich überraschte. Die Rede des Pastors war sehr allgemein gehalten und die Zeremonie bald vorüber. Nachdem Erik eine Schaufel Erde auf den Sarg geworfen hatte, ging er zu Jessica und ihrer Familie, die ein paar Schritte entfernt im Nieselregen ausharrten und die Beileidsbekundungen der Trauergäste über sich ergehen ließen. Da Erik kein Freund von Heuchelei war, ersparte er sich die üblichen Floskeln. Stattdessen drückte er sanft Jessicas Hand und sah ihr dabei in das blasse, ernste Gesicht.

„Ihre Mutter hat Sie wirklich gerngehabt, Jessica!", sagte er leise.

Bei diesen Worten traten Tränen in ihre sonst so strengen Augen.

„Danke. Es wäre schön gewesen, wenn sie mir das auch mal gezeigt hätte." Sie schluckte.

Gerade als Erik sich abwenden wollte, fügte sie hinzu: „Und danke für Alles, was Sie für meine Mutter getan haben. Sie hat sich in Ihrer Gegenwart sehr wohl gefühlt."

Seine Mutter war fortgegangen und hatte seinen Vater mitgenommen. Zumindest wirkte es auf den Jungen so, denn in ähnlicher Geschwindigkeit, in der ihm seine Mutter fremd geworden war, geschah das nun auch mit seinem Vater. Die Momente, in denen er nüchtern war, wurden zunehmend seltener. Wenn er getrunken hatte, war sein Vater weinerlich.

„Warum habe ich sie so leiden lassen?", hörte er ihn regelmäßig klagen. „Ich war so ein Feigling. Warum habe ich sie so leiden lassen?" Dann nahm er einen weiteren tiefen Schluck aus der Flasche und schlief irgendwann in seinem Sessel ein.

Der Junge war in den vergangenen Wochen erwachsen geworden. Nicht körperlich, sondern geistig. Während sich seine Freunde zu irgendwelchen Freizeitaktivitäten trafen, blieb er zuhause und kümmerte sich um seinen Vater und um den Haushalt. Der Kühlschrank blieb nun des Öfteren leer, denn das Einzige an das sein Vater beim Einkaufen zuverlässig dachte, war Alkohol. Also übernahm der Junge irgendwann auch den Wocheneinkauf, nur das Bier und den Schnaps musste sein Vater selbst besorgen. Auch für das Kochen sah sich der Junge weiterhin zuständig, wobei er die meisten Mahlzeiten nur für sich allein zubereitete, denn sein Vater gesellte sich kaum noch zum Essen dazu. Er sorgte für einen Mindestgrad an Ordnung und Sauberkeit, kümmerte sich um seine Hausaufgaben und ging jeden Tag pünktlich zur Schule.

Und eines Tages, als er nach dem Unterricht nach Hause kam, war sein Vater fort. Zurück ließ er nur einen Tagesvorrat Bier, den der Junge noch am selben Abend entsorgte, indem er Dose für Dose öffnete und den Inhalt in die Spüle schüttete, bis es in der Küche roch wie in einer Kneipe, sowie einen Brief, in dem er sich in drei krakeligen Sätzen von seinem Sohn verabschiedete:

Ich habe auf ganzer Linie versagt. Als Ehemann und als Vater. Ich will dir nicht länger zur Last fallen.

Sophia hatte seinen nächtlichen Überfall mit keinem Wort erwähnt, allerdings kam es Sven so vor, als ob sie ihm seitdem aus dem Weg ging. Sie stand früher auf als sonst und verabredete sich häufig nach der Arbeit. Sabrina ließ sich ebenfalls kaum blicken und Alex verbrachte die Nachmittage entweder bei seinen Freunden oder auf seinem Zimmer.

Mehr als einmal war Sven versucht, Erik anzurufen, um sich mit ihm zu verabreden. Aber er erinnerte sich nur allzu deutlich an das Gefühlschaos, das bei ihrem letzten Treffen über ihn hereingebrochen war. Also ließ er es bleiben. Manchmal verabredete er sich mit einem seiner Kollegen zum Sport oder auf ein Feierabendbier. Den größten Teil seiner dienstfreien Zeit verbrachte er jedoch allein zuhause. Wenn er nicht zum Spätdienst eingeteilt war, fand er sich abends meist auf der Couch wieder, irgendeinen belanglosen Film schauend und eine Flasche Bier nach der anderen leerend.

„Sven, du siehst echt scheiße aus!" Keller sah ihn ehrlich bestürzt an, als Sven, ein paar Minuten verspätet zum Schichtbeginn, das Büro betrat.

Sven warf seine Jacke über seinen Stuhl und ließ sich direkt hinterherfallen. „Danke, Keller. Dir auch einen schönen guten Morgen!"

Er zog sich hinter seinen Bildschirm zurück, doch Keller, der vis-à-vis zu ihm saß, beugte sich rüber und musterte ihn abschätzend.

„Ehrlich Mann! Wann hast du dich das letzte Mal rasiert?"

Sven rieb sich nachdenklich über das stoppelige Kinn. Jetzt, da sein Kollege es erwähnte, fiel ihm auf, dass seine letzte Rasur tatsächlich schon einige Tage her war. Und das war wirklich untypisch für ihn, denn eigentlich war ihm ein ordentliches Erscheinungsbild sehr wichtig.

„Du hast recht, Keller. Ich hab' mich die letzten Tage wohl ein bisschen gehen lassen", gab er daher kleinlaut zu und hoffte, dass Keller es dabei bewenden ließ.

Doch der tat ihm den Gefallen nicht.

„Probleme zuhause?", bohrte er nach.

Sven seufzte. Er wusste aus früheren Äußerungen, dass Keller ihn um seine Familie beneidete und vielleicht widerstrebte es Sven deshalb, ihm von seinen Problemen zu erzählen. Vielleicht wollte er seinem Kollegen gegenüber die Illusion einer heilen Familie so lange wie möglich aufrechterhalten. Schließlich entschied er sich für ein kleines Eingeständnis.

„Nichts Ernstes. Sophia und ich haben uns in letzter Zeit nur ein wenig gestritten," erklärte er und versuchte seiner Stimme einen unbeschwerten Klang zu geben, was jedoch gründlich danebenging.

Keller sah ihn einen Moment lang abwartend an, vermutlich wartete er auf weitere Einzelheiten. Als Sven jedoch nicht weitersprach, nickte er mitfühlend.

„So was kommt in den besten Familien vor, Sven. Wie wäre es mit ein wenig Abwechslung? Theresa würde gerne mal wieder etwas mit ein paar unserer Freunde unternehmen und da hatte ich ohnehin gleich an dich gedacht."

Keller hatte nach dem *dich* eine kurze Pause gemacht, und Sven hatte darin das nicht ausgesprochene *und Sophia* mehr als deutlich rausgehört, was ihm augenblicklich einen schmerzhaften Stich versetzte.

Keller war der Fauxpas anscheinend aufgefallen, denn er sprach eilig weiter: „Ein wenig Zerstreuung würde dir bestimmt guttun. Wir könnten uns erst bei uns treffen, ein bisschen vorglühen und dann tanzen gehen. Wenn es für dich okay ist, frage ich auch Vera. Theresa hat sich bei unserem Sommerfest so gut mit ihr verstanden."

Sven musste nicht lange überlegen. Ein Abend mit Keller, Sophia und Vera versprach durchaus lustig zu werden. Er bezweifelte, dass hinter dem Vorschlag auch Vera einzuladen, irgendwelche Hintergedanken steckten. Dafür konnte Keller Sophia viel zu gut leiden.

„Klingt gut. Ich bin dabei!", entgegnete er mit einem Elan, der ihn selbst überraschte.

Keller grinste erfreut und hob zur Bestätigung einen Daumen, bevor er zu Svens Erleichterung endlich wieder hinter seinem Bildschirm verschwand.

Das Sankt-Agatha-Seniorenheim lag idyllisch auf einer kleinen Anhöhe in der Nähe der Altstadt. Der Stadtpark erstreckte sich fast bis zur Eingangstür des Gebäudes und bot den Senioren einen direkten Zugang ins Grüne.

Erik arbeitete seit Kurzem als Paketbote und das Seniorenheim war fast täglich Teil seiner Route. Zwar hatte er einen straffen Zeitplan, doch er ließ es sich nicht nehmen, sich regelmäßig mit den Angestellten und Senioren zu unterhalten, die er beim Ausliefern der Pakete traf.

Als Erik auf das mehrstöckige, zweifarbig gestrichene Gebäude zuging, begegnete er einer adrett gekleideten Frau, die auf einer der vielen Bänke saß und ihm mit einem strahlenden Lächeln entgegensah.

„Sie sehen heute wieder großartig aus, Frau Helmer. Haben Sie eine Verabredung?"

Die Angesprochene machte eine abwehrende Handbewegung.

„Ach, Sie Charmeur!" flötete sie mit gespielter Verlegenheit und fügte dann mit beinahe kindlicher Aufregung hinzu: „Ich warte auf meinen Georg."

Frau Helmer war eine elegante Frau Mitte achtzig, die unter fortgeschrittener Demenz litt. Eine Pflegerin hatte ihm erzählt, dass die alte Dame morgens stundenlang vor dem Kleiderschrank stand und sich überlegte, was sie zur Verabredung mit ihrem Verlobten Georg anziehen sollte, der eigentlich schon lange ihr Mann und zudem vor fünf Jahren verstorben war. Anschließend schminkte sie sich ausgiebig und verbrachte dann Stunden auf immer derselben Bank vor dem Haus und wartete auf den jungen Mann aus ihren Erinnerungen.

„Georg ist ein wunderbarer Mann", seufzte sie schwärmerisch. „Groß und stattlich. Und er hat so blaue Augen wie Sie, aber blonde Haare. Ach, ich freue mich schon so!" Sie klatschte aufgeregt in die Hände.

Erik lächelte. „Was werden Sie denn Schönes unternehmen, Frau Helmer?"

Die Augen der alten Frau leuchteten. „Wir wollen natürlich Tanzen gehen. Georg ist so ein wundervoller Tänzer."

Noch während sie sprach, wurde der Blick der alten Frau unstet und die Wirklichkeit um sie herum verblasste. Erik wusste aus vergangenen Begegnungen, dass sie ihn in diesem Zustand nicht mehr wahrnehmen würde und ging daher nach einer kurzen, unerwiderten Verabschiedung weiter. Nach ein paar Schritten sah er sich noch einmal nach Frau Helmer um. Mit einem verträumten Lächeln saß die alte Frau auf ihrer Bank und drehte imaginäre Locken um ihren Zeigefinger.

Erik schüttelte nachdenklich den Kopf. Erstaunlich wie ein- und dieselbe Krankheit Segen und Fluch zugleich sein konnte.

Auf der nächsten Bank saß Frau Jäger. Sie war das genaue Gegenteil von Frau Helmer. Während man Frau Helmer selbst in ihrem hohen Alter noch ansah, dass sie einst der Star jeder Party gewesen sein musste, war Frau Jäger der Inbegriff einer grauen Maus. Die alte Frau war so unscheinbar, dass sie fast unsichtbar wirkte. Alles an ihr war zart und farblos. Bei gutem Wetter saß sie meist auf ihrer Bank und hielt ein Buch mit extra großer Schrift aufgeschlagen in den Händen, schien jedoch nie darin zu lesen. Traurigkeit umgab sie wie eine Wolke, und mehr als einmal hatte Erik versucht, mit ihr ins Gespräch zu kommen. Doch stets hatte sie ihn nur mit ihren wässrigblauen Augen angesehen und weiterhin geschwiegen.

Als er jetzt grüßend an ihr vorbeiging, fiel ein Stück Papier aus ihrem Buch auf den Boden. Erik bückte sich und hob es auf. Es war ein abgegriffenes Foto, das vier Personen zeigte, die sich anscheinend zu einem feierlichen Anlass hatten fotografieren lassen. Die Frau, in der Erik die junge Frau Jäger erkannte, trug ein elegantes Cocktailkleid, der Mann neben ihr Anzug und Krawatte. Vor den beiden standen zwei Jungen, die identische Matrosenanzüge trugen.

Erik reichte Frau Jäger das Bild. „Was für ein schönes Bild! Ist das Ihre Familie?"

Ohne ihn anzusehen, nahm die alte Frau das Foto entgegen und streichelte sanft mit den Daumen darüber. Gerade als Erik weitergehen wollte, hob sie doch noch den Kopf und nickte kaum merklich. Als sie Anstalten machte, aufzustehen, eilte Erik ihr zu Hilfe. Mit einer knappen Geste bedeutete Frau Jäger ihm, sie ins Haus zu führen.

Es dauerte lange, bis sie endlich vor ihrer Zimmertür standen. Als Erik zögerte, winkte Frau Jäger ihm, ihr in das Zimmer zu folgen.

Erik gehorchte und fand sich in einem Raum wieder, der fast so unscheinbar war, wie seine Bewohnerin. Die alte Frau ging zielstrebig auf ein Fernsehschränkchen zu, in dem ein paar Bücher und Alben standen. Mit zitternden Händen nahm sie eines der Alben heraus und trug es zu dem kleinen Tischchen am Fenster.

Erik trat zu ihr und sah zu, wie sie Seite um Seite umblätterte, ganz behutsam, um bloß keines der gelbstichigen Bilder aus ihren Klebeecken zu lösen. Das Schutzpapier zwischen den Seiten raschelte leise. Hin und wieder deutete die alte Frau auf Fotos, auf denen Erik Personen aus dem Familienportrait zu erkennen glaubte, obgleich zwischen den einzelnen Bildern viele Jahre liegen mussten.

Auf der letzten Seite klebten keine Bilder, sondern Traueranzeigen. Es waren drei Stück und anhand der Namen und Daten vermutete Erik, dass es sich wohl um Frau Jägers Mann und ihre Söhne handelte. Ihr Mann war demnach vor zehn Jahren verstorben, der erste Sohn nur ein Jahr später, der zweite vor einem Jahr.

Frau Jäger fuhr mit zitternden Fingern zärtlich über die Gesichter der Verstorbenen.

Bei diesem Anblick überkam Erik ein tiefes Mitgefühl und er legte sanft eine Hand auf die der alten Frau, woraufhin Frau Jäger ihn dankbar anlächelte. In ihren Augen erkannte er eine derartige Einsamkeit, dass sich sein Herz vor Kummer zusammenzog.

Und auf seinem Rücken erwachte der Kranich.

„Sven, fahr bitte mal beim Sankt-Agatha-Seniorenheim vorbei. Die Heimleitung hat sich gerade gemeldet, dass ein Einbruchsverdacht vorliegt. Und die Bewohnerin des betroffenen Zimmers ist diese Nacht verstorben. Vermutlich gibt es da aber keinen Zusammenhang." Regina streckte nur kurz den Kopf zur Tür herein und wartete, bis er ihr mit einem Daumen hoch signalisierte, dass er den Auftrag direkt ausführen würde.

Dann war seine Chefin auch schon verschwunden und Sven erhob sich dienstfertig.

Bei seiner Ankunft im Altenheim wurde er gleich von der Heimleitung, Frau Wagner, eine Frau Ende fünfzig mit pflegeleichter Kurzhaarfrisur und einer zupackenden Art, empfangen. Sie berichtete in kurzen Sätzen, wie eine ihrer Angestellten bei der morgendlichen Visite die Bewohnerin, Frau Jäger, tot in ihrem Bett aufgefunden hatte.

„Die gute Frau war Mitte achtzig, da kommt es schon mal vor, dass jemand im Schlaf verstirbt, ohne dass es vorher irgendwelche Anzeichen gibt. Dann aber ist unserer Rebecca aufgefallen, dass das Fenster sperrangelweit aufstand. Und als sie es schließen wollte, hat sie die Fußspuren bemerkt." Während sie sprach, führte die Heimleiterin ihn zu Frau Jägers Zimmer.

90

„Sind Sie so nett und holen Ihre Mitarbeiterin? Ich habe bestimmt noch ein paar Fragen", bat Sven nachdem sie die Tür aufgeschlossen hatte. Die Heimleiterin nickte und ließ ihn für einen Moment allein. Mit einem leisen Schaudern betrat Sven das Zimmer der Verstorbenen und sah sich aufmerksam um. Das Bett, eines dieser hohen, verstellbaren Metallbetten für alte oder kranke Menschen, stand gleich zu seiner Linken. Sven trat näher und betrachtete aufmerksam die zierliche, blasse Frau, die darin lag. Sie hatte die Augen geschlossen und alles an ihr wirkte entspannt und friedlich. Die Hände lagen wie zum Gebet gefaltet auf der Bettdecke, der Rest ihres Körpers war darunter verborgen.

Sven blieb einen Moment schweigend neben dem Bett stehen und ließ die Szene auf sich wirken. Es gab keinerlei Anzeichen darauf, dass sich Frau Jäger im Moment ihres Todes vor irgendetwas erschreckt hatte. Die Alarmklingel, mit der sie hätte Hilfe rufen können, lag in Reichweite auf dem Nachttisch. Also war die Zeitgleichheit ihres Todes und des mutmaßlichen Einbruchs scheinbar wirklich nur ein Zufall.

Sven bekreuzigte sich kurz, ein Überbleibsel aus seiner katholisch geprägten Jugend, das er nicht loswurde, obwohl er schon während seiner Ausbildung aus der Kirche ausgetreten war, und schaute sich dann weiter um.

Der Raum war sehr spartanisch eingerichtet, Frau Jäger schien nicht zu den Menschen gehört zu haben, die ihrem Heim mit allerlei Nippes einen persönlichen Anstrich geben wollten. Die einzigen Möbelstücke außer dem Bett, waren ein Sessel aus braunem, leicht abgewetztem Kunstleder, ein zweitüriger Kleiderschrank, sowie ein altbackenes Fernsehschränkchen, auf dem ein kleiner Flachbildfernseher stand. In den Schrankfächern darunter bemerkte Sven einige Alben und Bücher. Vor dem noch immer geöffneten Fenster stand zudem ein kleines Tischchen zwischen zwei Lehnstühlen.

Als Sven darauf zuging, sah er nun auch die staubigen Fußspuren, die von draußen ins Zimmer führten. Es waren vier Abdrücke, jeweils zweimal rechts und zweimal links. Die ersten zwei waren noch einigermaßen gut als Fußabdruck erkennbar. Das zweite Paar glich eher einer zufälligen Ansammlung von Erdkrümeln.

Sorgfältig darauf achtend, nicht auf die Abdrücke zu treten, lehnte Sven sich aus dem Fenster und sah sich um. Vor ihm erstreckte sich auf etwa zwanzig Metern Breite der Garten des Seniorenheims, der durch einen niedrigen Zaun vom Stadtpark abgetrennt war. Das Fenster war vom Boden aus gut erreichbar, jeder halbwegs sportliche Mensch könnte sich mit einem kleinen Hüpfer auf das Fensterbrett hieven. Der Rasen vor dem Fenster war vergilbt und an einigen Stellen schaute der ausgetrocknete Boden zwischen den spärlichen Gräsern hervor, von dem wahrscheinlich die Erdkrümel im Zimmer stammten. Auf dem Boden selbst waren jedoch keine Spuren zu erkennen.

Als er sich wieder dem Raum zuwandte, bemerkte Sven ein Fotoalbum, das aufgeschlagen auf dem kleinen Tischchen lag. Er zögerte kurz, blätterte es dann jedoch flüchtig durch. Auf der letzten

Seite fand er die Todesanzeigen von drei Männern, die er den Namen und Geburtsdaten nach als Frau Jägers Ehemann und Söhne einordnete. Er nahm sich vor, sich später nach ihnen zu erkundigen.

Kurz darauf kehrte die Heimleiterin gemeinsam mit einer jungen Frau in das Zimmer zurück.

Das Mädchen, das aufgeregt von einem Fuß auf den anderen trat, war vermutlich erst Mitte zwanzig, ein wenig pummelig, mit einem hübschen Gesicht und großen rehbraunen Augen. Sven mochte sich nur allzu gerne vorstellen, dass sie sich liebevoll um die Heimbewohner kümmerte. Nach einer kurzen Begrüßung, bei der Sven sie erst einmal beruhigen musste, ließ er sich von ihr beschreiben, was ihr beim Betreten des Zimmers aufgefallen war. Einen Zusammenhang zwischen dem Eindringling und dem Tod der Bewohnerin schien auch sie auszuschließen, daher hakte Sven nicht weiter in dieser Richtung nach.

Als die junge Frau ihren Bericht abgeschlossen hatte, stellte Sven ihr einige Fragen. „Wissen Sie, ob das Fenster schon offen war, als Frau Jäger schlafen gegangen ist?"

Das Mädchen antwortete prompt: „Ich habe meine Kollegin, die gestern Abend Dienst hatte, schon danach gefragt. Sie hat mir versichert, dass es geschlossen war. Es kann natürlich sein, dass Frau Jäger das Fenster später selbst geöffnet hat. Sie war ja nicht bettlägerig. Allerdings sagen wir den Bewohnern im Erdgeschoss eigentlich immer, dass sie die Fenster nicht ganz öffnen sollen. Einfach wegen der Nähe zum Park. Man weiß ja nie…"

Ihr Blick fiel auf die Fußabdrücke, so als bestätigten diese die Sicherheitsbedenken der Angestellten.

„Konnten Sie feststellen, ob etwas gestohlen wurde?"

Wieder antwortete sie ohne zu zögern. Das Mädchen schien sich gut vorbereitet zu haben.

„Frau Jäger war eine arme Frau. Sie besaß eigentlich nichts Wertvolles. Ein wenig Modeschmuck, den sie nie getragen hat, ein paar Euro im Portemonnaie, sonst nichts. Das ist aber alles noch da.

„Und im übrigen Haus? Vielleicht ist der Einbrecher ja von diesem Zimmer aus weitergezogen."

Diesmal antwortete die Heimleiterin: „Das war auch unsere Befürchtung. Wir haben schon überall nachgesehen und mit jedem Bewohner gesprochen. Es hat niemand etwas bemerkt und es scheint auch nichts zu fehlen." Sie zuckte ratlos mit den Schultern.

Seltsam, dachte Sven. Er fragte sich, warum jemand nachts durch ein Fenster in ein Haus einsteigen würde, außer um dort etwas zu stehlen.

„Haben Sie geprüft, ob Medikamente fehlen?" Er dachte dabei an die Drogensüchtigen, die hin und wieder im Park herumlungerten.

Diese Möglichkeit hatte anscheinend noch niemand in Betracht gezogen, daher wies Frau Wagner ihre Mitarbeiterin eilig an, die Medikamentenvorräte zu kontrollieren.

In der Zwischenzeit erkundigte sich Sven bei der Heimleiterin nach Frau Jägers Familie.

„Ich habe mir erlaubt, das Album durchzublättern." Er wies auf das aufgeschlagene Buch auf dem kleinen Tischchen, aus dem die drei Männer ihnen aus ihren Todesanzeigen entgegenblickten.

„Frau Jägers Mann und ihre beiden Söhne", stellte Frau Wagner fest und bestätigte damit Svens Vermutung. „Das Album lag heute Morgen auf dem Tisch. Ich hatte es lange nicht gesehen."

Vielleicht hat die alte Frau ihren nahenden Tod gespürt und sich auf das Wiedersehen mit ihren Liebsten gefreut, fuhr es Sven durch den Kopf, und er wunderte sich über seine plötzliche Spiritualität.

„Hat sie noch weitere Verwandte?"

Die Heimleiterin schüttelte den Kopf. „Keine, mit denen sie noch in Kontakt stand. Ihre Geschwister sind schon lange tot, ihre Söhne hatten keine Kinder. Frau Jäger war eine sehr einsame Frau. Sie hat auch nie gesprochen. Ob sie nicht wollte oder nicht konnte, haben wir nicht herausgefunden."

Als die junge Frau zurückkehrte und berichtete, dass die Medikamente ordnungsgemäß verschlossen gewesen waren, blieben die drei einen Moment ratlos im Raum stehen.

„Frau Wagner", wandte sich Sven dann an die Heimleiterin. „So seltsam diese Fußspuren auch sind, es scheint ja keinen Anhaltspunkt für ein Verbrechen zu geben. Wenn es für Sie in Ordnung ist, würde ich es dabei belassen. Ich schreibe einen Bericht und sollte Ihnen doch noch etwas auffallen, melden Sie sich bitte bei uns."

Die Heimleiterin nickte und schüttelte seine Hand.

Beim Hinausgehen empfahl Sven ihr noch, die Fenster mit abschließbaren Griffen oder einer Alarmanlage abzusichern.

Als er in seinen Wagen gestiegen war und die Straße hinunter-
fuhr, die vom Seniorenheim in die Innenstadt führte, kam ihm ein
Paketfahrzeug entgegen. Die Sonne spiegelte sich in der Front-
scheibe und verhinderte so einen Blick in den Innenraum. Als Sven
auf gleicher Höhe mit dem Lieferwagen war, schaute er kurz zur
Seite und zog vor Überraschung scharf die Luft ein, als er Erik am
Steuer erkannte. Abrupt trat er auf die Bremse, doch bevor er seine
Geschwindigkeit nennenswert verringert hatte, war das andere
Fahrzeug schon an ihm vorbeigefahren und setzte seinen Weg zum
Seniorenheim fort. Sven sah ihm im Rückspiegel nach und fragte
sich, ob seine Augen ihm einen Streich gespielt hatten. Vielleicht
wurde es auch einfach Zeit, dass er sich endlich wieder bei Erik mel-
dete.

Erik beendete seinen aktuellen Tagebucheintrag und legte das Bild der Familie zwischen die in seiner kleinen, ordentlichen Schrift eng beschriebenen Seiten.

Er lächelte beim Gedanken an Frau Jägers glückliches Gesicht, als sie ihm in der Nacht auf sein Klopfen hin das Fenster geöffnet hatte. Es schien, als habe die alte Frau genau gewusst, weshalb er gekommen war. Sie hatte ihn hereingelassen und sich dann mit seiner Hilfe wieder in ihr Bett gelegt. Er hatte sich neben sie gesetzt und ihr sanft die Stirn gestreichelt, während er leise ein Schlaflied summte, das ihm spontan in den Sinn gekommen war. Die Welt um sie herum schien zu schlafen, in dem großen Haus war es totenstill und auch aus dem Park vor dem Fenster drang kein Laut zu ihnen hinein. Frau Jäger hatte ihn aus ihren farblosen Augen unverwandt angesehen, während sie das Bild, das sie und ihre Familie zeigte, in den faltigen Händen hielt und es sanft mit den Daumen streichelte. Erst als sie schließlich eingeschlafen war, hatte Erik das Kissen genommen und sie zu ihren Liebsten geschickt.

Nachdem er das Tagebuch zurück ins Regal gestellt hatte, ging Erik ins Bad und zog sein Sweatshirt aus. Mit nacktem Oberkörper stellte er sich so vor den Spiegel, dass er seinen Rücken und die Tätowierung darauf sehen konnte. Ein schwarzer Kranich erstreckte sich von einer Schulter zur anderen. Er hatte die Flügel ausgebreitet und die Spitzen seiner Schwingen reichten weit über Eriks Oberarme. Der lange Hals des Kranichs folgte seiner Wirbelsäule, der Kopf endete kurz unterhalb seines Haaransatzes. Der Schwanz des Vogels war leicht aufgefächert und die ausgestreckten Beine reichten fast bis zu Eriks Kniekehlen. Erik kreuzte die Arme vor der Brust und fuhr mit den Fingern sanft über die tätowierten Federn auf seinen Oberarmen, seine Haut kribbelte unter der Berührung.

Wieder einmal war er seiner Aufgabe gerecht geworden und der Kranich schien zufrieden.

Der Junge schaffte es erstaunlich lange, seinen Alltag so zu gestalten, dass niemand das Verschwinden seines Vaters bemerkte.

Glücklicherweise hatte ihm sein Vater das Sparschwein, das seine Mutter regelmäßig mit Wechselgeld vom Einkauf gefüttert hatte, dagelassen. Der Junge ging davon aus, dass die vielen Münzen darin für mehrere Wochen reichen würden. Was er tun sollte, wenn das Geld aufgebraucht war, darüber machte er sich keine Gedanken. Vermutlich war er einfach noch zu jung, um sich wegen einer für ihn noch so fernen Zukunft zu sorgen.

Da er bereits seit Monaten auf sich allein gestellt gewesen war, obwohl sein Vater noch zuhause gewohnt hatte, war er nicht hilflos, wie es andere Kinder seines Alters gewesen wären. Er durchstöberte die Kochbücher nach immer anspruchsvolleren Rezepten und lernte neue Zutaten kennen. Die Mühe, die er in die Mahlzeiten steckte, trösteten ihn über die Tatsache hinweg, dass er sie völlig allein einnehmen musste.

Der Junge hatte das große Bild, das bislang im Elternschlafzimmer gehangen hatte und das seine Mutter und seinen Vater auf ihrer Hochzeit zeigte, aus dem Rahmen genommen, seine Mutter daraus ausgeschnitten und auf den Stuhl geklebt, auf dem sie früher gesessen hatte. Die Reste des Bildes hatte er in den Müll geworfen. Mit dem Weggang seines Vaters hatte er ihn aus seinen Gedanken verbannt. Vielleicht, weil es zu schmerzhaft war, auch von ihm verlassen worden zu sein. Vielleicht hatte er sich auch die Abschiedsworte seines Vaters zu Herzen genommen und war tatsächlich ein wenig erleichtert, dass dieser ihm nicht mehr zur Last fiel.

Morgens stellte sich der Junge wie üblich den Wecker und ging zur Schule, als sei nichts geschehen. Er isolierte sich jedoch zunehmend von seinen Mitschülern, denn es fiel ihm schwer, ihnen gegenüber den Schein von Normalität zu wahren. Was hätte er auch sagen können, wenn sie von ihren Familienausflügen und -festen erzählten? Also traf er sich mit niemandem mehr, sondern ging nach der Schule direkt nach Hause, wo er gewissenhaft seine Hausaufgaben erledigte und dann die Zeit totschlug, indem er las oder sich vor den Fernseher setzte, wobei die Programme, die er sich ansah, wenig typisch für einen Zehnjährigen waren. Bald hatte der Junge alle Bücher gelesen, die er hatte finden können. Es störte ihn nicht, dass diese für Erwachsene geschrieben waren, auch wenn er nicht alles verstand, was darin erzählt wurde.

Es war ein ruhiger und sehr einsamer Alltag und der Junge funktionierte wie eine gut geölte Maschine. Er hatte nicht geweint, als seine Mutter gestorben war und auch nicht, als sein Vater ihn verlassen hatte. Er dachte völlig sachlich über diese Schicksalsschläge und zog seine eigenen Schlussfolgerungen daraus. Jeder Mensch besaß ein gewisses Maß an Leidensfähigkeit. Manche mehr, manche weniger. Und es war nicht an ihm, einen Menschen dafür zu verurteilen, dass er an seinem Schicksal zerbrach.

Trotz seiner sympathischen und umgänglichen Art war Erik nicht in der Lage oder nicht willens, eine längere Beziehung zu anderen Menschen aufzubauen. Manche seiner Bekanntschaften überstanden gerade einmal die erste Nacht, manche dauerten ein paar Wochen. Aber egal wie lange sie auch hielten, sie blieben oberflächlich. Noch nie hatte er jemanden zu sich nach Hause eingeladen. Dafür ließ er sich die unterschiedlichsten Gründe einfallen und vermutlich wussten seine Liebschaften instinktiv, dass es keinen Sinn hatte, seinen Ausreden auf den Grund zu gehen.

Auch wenn er nicht an einer festen Beziehung interessiert war, war Erik sexuell sehr aktiv. Er hatte sich angewöhnt, sich in schöner Regelmäßigkeit in den Bars und Diskotheken der Umgebung nach einer Partnerin für ein kurzes Abenteuer umzusehen. Dass er mangels Freunde stets allein unterwegs war, störte ihn nicht. Im Gegenteil: tatsächlich genoss er seine Rolle als stiller Beobachter.

Zu seiner letzten Bekanntschaft hatte er bereits vor einigen Wochen den Kontakt abgebrochen und Erik spürte, dass es allmählich Zeit wurde, etwas Druck abzulassen. Spontan entschloss er sich daher, noch am selben Abend auszugehen und wählte dafür eine größere Disko in der Innenstadt, die er schon seit einer Weile nicht mehr besucht hatte.

In dem Club war es gerammelt voll. Erik blieb eine Weile neben dem Eingang stehen, um sich einen ersten Überblick über die vielen jungen Menschen zu verschaffen, die hier einen vergnüglichen Abend verbringen wollten. Nicht weit entfernt von der Disko lagen die Universitätsgebäude und Erik vermutete, dass der Großteil der Besucher aus Studierenden bestand. Er kämpfte sich durch das Gedränge, um sich an der Bar einen Drink zu bestellen, und stellte sich dann an den Rand der Tanzfläche, von wo aus er einen guten Blick auf die Tanzenden hatte.

Schon bald entdeckte er eine Gruppe Mädchen, die allem Anschein nach auf einen Flirt aus waren. Aufreizend ließen sie ihre Hüften kreisen und machten sich gegenseitig auf mögliche Flirtpartner aufmerksam. Auf sein gutes Aussehen vertrauend, suchte sich Erik einen Platz, von dem aus er die Mädchen ebenso gut sehen konnte wie sie ihn.

Und tatsächlich dauerte es nicht lange, bis die Mädchen auf ihn aufmerksam wurden. Sie steckten die Köpfe zusammen und sahen beim Tanzen abwechselnd zu ihm hinüber. Erik nahm sich Zeit, die Mädchen genauer in Augenschein zu nehmen. Sie waren allesamt recht hübsch, auf eine natürliche unaufdringliche Art. Zwei der Mädchen waren dunkelblond, drei brünett. Vier von ihnen trugen ihre Haare lang, eines hatte sie zu einem Bubikopf geschnitten. Das war das Mädchen, das Erik am interessantesten fand. Während die anderen Vier die meiste Zeit miteinander kicherten, wirkte das kurzhaarige Mädchen deutlich ernster. Sie flirtete auch weniger offensiv, sondern bedachte ihn nur hin und wieder mit einem langen, intensiven Blick, was sie für ihn noch interessanter machte.

Erik spielte das Spiel einige Zeit mit, dann fand er, dass es Zeit war für den nächsten Schritt. Er wandte sich ab und ging zur Bar, um sich ein neues Getränk zu holen. Statt danach auf seinen ursprünglichen Platz zurückzukehren, umrundete er die Tanzfläche zur Hälfte, so dass er von der entgegengesetzten Seite auf die kleine Gruppe zugehen und sie von hinten überraschen konnte.

„Hallo zusammen!"

Die Mädchen drehten sich etwas erschrocken zu ihm um, strahlten aber augenblicklich, als sie ihn erkannten. Mit geübtem Blick registrierte Erik, wie sie sich instinktiv mit den Händen durch die langen Haare fuhren und dabei die weiche Haut an ihren Hälsen freilegten. Er unterdrückte ein Lächeln.

Das Mädchen mit dem Bubikopf hielt die Arme hingegen weiterhin vor der Brust verschränkt, doch auch ihre Augen signalisierten ihm deutlich ihr Interesse.

Erik wechselte ein paar Worte mit der gesamten Gruppe, wandte sich dann aber direkt an das kurzhaarige Mädchen. „Hast du Lust zu tanzen?"

Ein leichtes Nicken und schon löste sie sich von ihren Freundinnen und folgte ihm auf die Tanzfläche. Erik spürte die Blicke der Zurückgelassenen wie feine Nadelstiche in seinem Rücken.

Das Mädchen hieß Emma und war Studentin an der hiesigen Uni. Die beiden tanzten mehrere Songs lang miteinander, zunächst mit etwas Abstand, dann zunehmend enger. Die körperliche Anziehungskraft zwischen ihnen war deutlich spürbar. Mehrfach kamen sie sich so nahe, dass Erik sie hätte küssen können. Doch er geduldete sich und genoss stattdessen die erotische Spannung, die sich immer weiter zwischen ihnen aufbaute.

Nach einer Weile wollte Emma zu ihren Freundinnen zurück. Erik ließ sie widerspruchslos gehen und zog sich für eine Weile an die Bar zurück. Er stellte sich so, dass Emma ihn weiterhin sehen konnte, drehte ihr jedoch den Rücken zu. Er wollte ihr die Chance geben, entweder erneut auf ihn zuzugehen oder es bei dem Flirt zu belassen.

Erik hatte gerade sein zweites Glas geleert, als sich ihm von hinten zwei Arme um den Hals legten.

„Meine Freundinnen wollen nach Hause gehen. Soll ich bleiben?"

Die Stimme erklang direkt an seinem Ohr.

Er erlaubte sich ein selbstzufriedenes Lächeln und drehte sich dann langsam zu Emma um.

Zeit aufs Ganze zu gehen, dachte er voller Vorfreude.

„Bleib noch!" Und mit diesen Worten legte er seine Lippen auf ihre.

Emma wohnte in einem Studentenwohnheim in der Nähe der Disko. Der Weg war nicht weit, nahm jedoch durch die vielen Stopps, die sie einlegten, die doppelte Zeit in Anspruch. Das junge Mädchen war sturzbetrunken und ihre Küsse wurden immer fordernder. Sie hätte vermutlich nichts dagegen gehabt, wenn Erik sie einfach hinter einen Busch gezogen und sie gleich dort genommen hätte. Aber er geduldete sich, bis sie endlich am Studentenwohnheim ankamen.

„Ich hab's gleich!" Emma kicherte, während sie zum wiederholten Male versuchte, den Schlüssel ins Schloss zu manövrieren. Erik stand dicht hinter ihr, öffnete von hinten ihren Hosenknopf, zog den Reißverschluss runter und fuhr mit der Hand in ihr Höschen. Emma stöhnte und kämpfte weiter erbittert mit dem Schloss.

Als die Tür endlich aufsprang, schafften es die beiden nicht einmal bis in Emmas Wohnung. Noch im dunklen Treppenhaus rissen sie sich gegenseitig die Kleidung vom Leib. Die Angst, dass sich plötzlich eine Tür öffnen und jemand sie in flagranti erwischen könnte, tat ihrer Lust keinen Abbruch, eher im Gegenteil. Emma schrie leise auf, als ihr nackter Rücken die kalten Fliesen berührte. Dann jedoch winkelte sie die Beine an und zog Erik zu sich heran.

Sven hatte einen harten Arbeitstag hinter sich, als er die Haustür aufschloss und das mal wieder vollkommen dunkle und stille Haus betrat. Er verzichtete darauf die Flurbeleuchtung einzuschalten, sondern bahnte sich im Licht der Straßenlaternen, das durch die Fenster ins Innere des Hauses fiel, seinen Weg durch den Flur und in die Küche.

Als er den Kühlschrank öffnete, fiel ein Streifen aus kaltem weißen Licht auf den Fliesenboden. Sven starrte einen Moment lang auf seine Stiefel, die er anbehalten hatte, obgleich er wusste, dass sich Sophia über den Dreck aufregen würde, den er damit ins Haus brachte. In seinen Ohren gellte noch immer der Lärm der vergangenen Stunden. Er hörte das dumpfe Aufprallen der Steine auf die Schilde, das Zischen des Pfeffersprays, die wilden Beschimpfungen der Demonstranten.

Wie sehr er diese Einsätze hasste.

Schon im Vorfeld war klar gewesen, dass die Situation eskalieren würde, dass einige Demoteilnehmer es von vornerein darauf anlegen würden, so viel Chaos und Schaden wie möglich zu verursachen. Die Stadt hatte versucht, die Demonstration zu verhindern, war aber gescheitert. Und so war die Polizei mit einer Hundertschaft in voller Kampfmontur angerückt, um die Demo zu bewachen und Ausschreitungen zu verhindern. Doch es kam, wie es kommen musste: Nachdem die Stimmung bereits hitzig wurde, als die Polizei erste Demoteilnehmer festnahm, die verbotene Parolen skandiert hatten, kochte sie in dem Moment über, als der Demonstrationszug auf eine Gruppe Gegendemonstranten traf. Steine und Flaschen flogen hin und her, und bald fand sich die Polizei als Prellbock zwischen den gegnerischen Lagern wieder. Nur durch intensiven Einsatz von Pfefferspray und Schlagstöcken schafften es Sven und seine Kollegen schließlich, die beiden Gruppen auseinander zu treiben und die Demonstration unter lauten Buhrufen aufzulösen. Anschließend ging es noch eine Weile weiter mit Festnahmen, Identitätsfeststellungen und Zeugenbefragungen, während parallel einige leicht verletzte Demonstranten sowie vier Polizisten von den angeforderten Sanitätern behandelt wurden. Sven und seine Kollegen schwiegen auf der Rückfahrt zum Revier, jeder verarbeitete stumm für sich die Szenen der letzten Stunden.

„Was ein Scheißtag!" Der Satz, mit dem der Dienstälteste Beamte die Stille durchbrach, als sie den Mannschaftswagen verließen, sprach wohl allen aus der Seele.

Sven schüttelte energisch den Kopf, um sich wieder ins Hier und Jetzt zu holen. Er fragte sich, wie lange er schon vor der offenen Kühlschranktür gestanden hatte und stellte dann fest, dass sich ohnehin kein Bier mehr darin befand. Seufzend schloss er die Tür und blieb eine Weile unschlüssig im Dunkeln stehen. Dann wandte er sich um und tastete sich durch die Küche, raus in den Flur und die Treppe hinauf. Noch immer trug er die schweren Stiefel, mehr aus einem kindischen Anflug von Trotz denn aus Gedankenlosigkeit. Er stellte sich bei jedem Schritt vor, wie sich der Dreck aus den Profilrillen löste und auf die säuberlich geputzten Stufen fiel. Sophia würde ausrasten!

Oben angekommen zögerte er nochmals, obwohl er sich auf dem Weg schon entschieden hatte, was er nun tun würde. Das letzte Mal war schon viele Jahre her, doch er erinnerte sich noch gut an das Gefühl der gedämpften Emotionen, an die flauschige Leere in seinem Kopf. Schließlich klopfte er leise an Alexanders Zimmertür. Als keine Reaktion kam, öffnete er sie und spähte in den dunklen Raum. Er lauschte kurz, um sicherzustellen, dass sich nicht doch jemand im Zimmer aufhielt, und schaltete dann das Licht ein.

Wie erwartet, war niemand da, nur die für seinen Sohn so typische Unordnung empfing ihn.

Sven sah sich um. Auf dem Schreibtisch neben dem PC stand wie üblich die grellbunte Bong. Er ging darauf zu, zog die Schublade darunter auf und nahm ein Feuerzeug, sowie das kleine Tütchen heraus, in dem Alex sein Haschisch aufbewahrte. Er zerbröselte ein wenig davon in den Kopf der Bong, zündete die Krümel an und zog kräftig an dem gläsernen Mundstück. Zu kräftig, wie er sogleich feststellen musste, denn ein starker Hustenreiz überkam ihn. Nachdem der Anfall vorbei war, zog er noch einige Male, diesmal vorsichtiger. Es dauerte nicht lange, bis sich ein zäher Nebel auf sein Hirn legte.

Wie Honig im Kopf, dachte Sven, doch als ihm einfiel, dass es einen Film mit diesem Titel gab, der sich um einen Demenzkranken

108

drehte, korrigierte er sich eilig und diesmal laut: „Wie Zuckerwatte. Flauschig und klebrig".

Und als säße ein Fremder in seinem Kopf, ergänzte der inzwischen völlig zugedröhnte Teil seines Gehirns in entzücktem Tonfall: Und rosa!

Er kicherte leise über seinen Dialog mit sich selbst und stellte die noch immer dampfende Bong zurück auf den Schreibtisch. Dann ging er in sein eigenes Schlafzimmer und warf sich in voller Montur auf das Bett. Während sich die Decke im Halbdunkeln über ihm drehte, überließ er sich ganz dem willkommenen Gefühl von Schwerelosigkeit.

„Hast du den Verstand verloren?" Die empörte Stimme versetzte seinen wirren Träumen ein jähes Ende.

Als Sven die Augen aufschlug, dauerte es einen Moment, bis er wusste, wo er sich befand. Noch immer blickte er auf die Zimmerdecke, doch jetzt war sie in grelles Lampenlicht getaucht. Er blinzelte, um sich an die Helligkeit zu gewöhnen.

„Sven, ich rede mit dir!"

Mühsam drehte er den Kopf und erkannte Sophia, die neben dem Bett stand, eine Hand wütend in die Hüfte gestemmt. In der anderen Hand hielt sie etwas Buntes. *Die Bong!*

Seltsam ungerührt dachte sich Sven, dass er wohl besser seine Spuren beseitigt hätte.

Er brauchte eine Weile, um sich eine in seinen Augen angemessene Antwort zurechtzulegen und murmelte dann entschuldigend: „Ich hatte einen schlechten Tag."

Das erschien ihm wie eine gute Erklärung und entsprach zudem der Wahrheit. Allerdings erzielten seine Worte nicht die gewünschte Wirkung.

„Einen schlechten Tag?" Zum Satzende hin wurde Sophias Stimme so schrill, dass sie fast überschnappte. „Na klar!!! Ab jetzt ziehen wir uns alle Drogen rein, wenn wir einen schlechten Tag hatten!"

Sie wedelte demonstrativ mit der Bong. „Hach Schatz, beim Einkaufen stand ich in der falschen Schlange. Ich glaub, ich gönn mir `nen Zug!" Geräuschvoll zog sie am Mundstück.

„Ach, und heute habe ich das Abendessen vergeigt!" Wieder zog sie an der Bong.

Sie nannte noch ein paar absurde Beispiele und Sven spürte, wie Wut in ihm aufstieg. Mühsam setzte er sich hin.

„Möchtest du denn gar nicht wissen, warum mein Tag so schlecht war?", fragte er sie in einem leisen und ruhigen Tonfall, der ihn selbst überraschte.

Sophia sah ihn einen Moment lang schweigend an und hinter ihrer Stirn schien ein stummer Kampf zu toben.

Dann schnaubte sie verächtlich. „Nein, ehrlich gesagt will ich das nicht, Sven. Und weißt du warum? Weil es mir einfach egal ist. Wir haben uns doch schon lange nichts mehr zu sagen. Was weißt du schon von meinem Alltag? Hast du dich mal gefragt, was ich den ganzen Tag mache?"

Die Worte *meinem* und *ich* spuckte sie ihm förmlich entgegen.

Sie machte eine Pause und Sven spürte, wie Panik in ihm aufstieg. Er wollte etwas erwidern, doch die Angst schnürte ihm die Luft ab.

Nein, sprich es nicht aus! Bitte sag es nicht! Lass uns weiterhin so tun als ob alles okay wäre! schrie es in seinem Kopf, doch kein Laut kam über seine Lippen.

Leider erfüllte Sophia seine stumme Bitte nicht, sondern fuhr mit schneidender Stimme fort: „Ich lass mich von meinem Schönheitschirurgen ficken! Ja, so sieht's aus, Sven. Nur weil du kein Interesse mehr an mir hast, heißt es nicht, dass es anderen auch so geht!"

Sie machte eine triumphierende Pause. Jetzt war es raus und nichts würde die Worte mehr ungesagt machen. Sven starrte sie nur an, unfähig auf die brutale Offenheit zu reagieren, mit der sie ihm ihre Affäre gestand.

Möglicherweise war es der schockierte Ausdruck in seinem Gesicht, der sie ein wenig milder stimmte, denn Sophia seufzte leise und setzte sich neben ihn auf die Bettkante.

„Hör mal Sven. Ich habe mir das nicht ausgesucht. Du und ich, wir sind doch schon seit Jahren kein richtiges Paar mehr. Es ist so lange her, dass ich mich als Frau gefühlt habe. Dass mich jemand begehrt hat. Ich war innerlich wie…" Sie machte eine kurze Pause. „Wie tot! Und als Gunnar dann Interesse an mir gezeigt hat, wusste ich endlich wieder, wie es ist, begehrt zu werden."

Sie erhob sich mit einem Ruck. Ihm den Rücken zudrehend, sprach sie weiter. „Ich möchte, dass du ausziehst, Sven. Ich kann nicht noch länger mit dir in einem Haus wohnen und so tun, als sei alles in Ordnung. Auch die Kinder merken ja, dass etwas nicht stimmt. Sabrina ist kaum noch zu Hause und Alex verkriecht sich den ganzen Tag in seinem Zimmer. Ich möchte die Chance haben, nochmal neu anzufangen!"

Sven wusste nicht, ob es die Nachwirkungen seines Arbeitseinsatzes war, das Haschisch, das ihm noch immer das Hirn vernebelte, oder die Härte, mit der Sophia ihn aus ihrem Leben verbannte. Was auch immer der Grund war, er war nicht im Stande, auch nur ein Wort zu entgegnen. Es kam ihm vor, als hätte sein Hirn die Rollläden runtergelassen. Er konnte Sophia einfach nur schweigend anstarren, bis diese schließlich auf dem Absatz kehrtmachte und den Raum verließ. Nicht ohne vorher die Bong lautstark auf den Nachttisch zu knallen.

Erik zog die Vorhänge auf und ließ die milchige Herbstsonne in das geräumige Schlafzimmer. „Entschuldige, dass ich jetzt erst komme, Mama. Ich habe gestern eine Frau kennengelernt und bin die Nacht über bei ihr geblieben."

Er setzte sich auf das Bett und küsste die Frau, die darin lag, sanft auf die Stirn. Wie immer erfolgte keine Reaktion. Ihre braunen Augen waren zwar geöffnet, blickten aber regungslos an die Decke.

Erik nahm ihre linke Hand und knetete sanft die Handfläche. Während er sich massierend den Arm hinaufarbeitete, erzählte er ihr von seiner Begegnung mit Emma, wobei er die pikanteren Details aussparte. Auch wenn seine Mutter nicht erkennen ließ, dass sie ihn überhaupt hörte: für den Fall, dass es doch so war, wollte er ihr zu viele Informationen zumuten. Als ihm nichts mehr einfiel, machte er schweigend weiter.

Nachdem er ihre Arme massiert und mobilisiert hatte, kümmerte er sich um ihre Beine.

„Jetzt hinsetzen, Mama."

Mit etwas Mühe schaffte es Erik, die reglose Frau in eine sitzende Position zu bringen, wobei er vorsichtig ihren Kopf stützte. Dann rieb er ihr sanft den Rücken, klopfte ihn ab und ließ sie anschließend vorsichtig auf das Bett zurücksinken. Dabei achtete er darauf, dass er sie in eine andere Liegeposition brachte als zuvor.

„So, Mama, jetzt gibt's erstmal Frühstück."

Erik stand auf und ging in die Küche, um eine Packung Sonden-
nahrung aus dem Kühlschrank zu holen. Bevor er sie mit geübten
Fingern an die Ernährungspumpe anschloss, wusch und desinfi-
zierte er sich ordentlich die Hände und spülte den Schlauch. Hätte
ihm jemand dabei zugesehen, so würde er automatisch davon aus-
gehen, dass Erik diese Prozedur schon seit vielen Jahren durch-
führte, so sicher und routiniert bewegte er sich.

Als die Pumpe schließlich leise brummte, verließ er das Zimmer
und bereitete sich dann selbst ein spätes Frühstück zu.

Nach ein paar Wochen bemerkte doch jemand, dass der Junge ganz allein zu Hause war. Vielleicht der Arbeitgeber seines Vaters, die Nachbarn oder irgendein anderer aufmerksamer Zeitgenosse. Auf jeden Fall erschien eines Tages eine fremde Frau im Sekretariat seiner Schule.

Als die Schulleiterin ihn aus dem Unterricht holte, war dem Jungen sofort klar, dass sich seine Situation nun grundlegend verändern würde, und ein leises Bedauern überkam ihn.

Die Schulleiterin stellte ihm die fremde Frau, die auf einem der Besucherstühle vor dem großen Schreibtisch saß, als Mitarbeiterin des örtlichen Jugendamtes vor und bat ihn, ebenfalls Platz zu nehmen. Dann übernahm die Frau das Gespräch.

Sie erklärte ihm, dass sie bereits mehrfach versucht hatte, seinen Vater zu erreichen, allerdings ohne Erfolg. Und dass sie daher in die Schule gekommen war, um nun Näheres von ihm zu erfahren.

Während sie sprach, überlegte der Junge fieberhaft, was er ihr erzählen könnte. Er hatte sich an seinen Alltag gewöhnt und wollte keine weiteren Veränderungen. Doch egal was er sich auch einfallen ließ, die freundliche Dame kaufte ihm keine seiner Ausreden ab, und so musste er schließlich zugeben, dass sein Vater vor einiger Zeit verschwunden war. Im nächsten Atemzug erkundigte er sich dann, ob er nicht weiterhin alleine wohnen könnte.

Diese aus Sicht des Jungen vollkommen harmlose Frage brachte die freundliche Dame ziemlich aus der Fassung.

Alleine? Mit nur zehn Jahren? Keinesfalls! Wenn sein Vater nicht wiederauftauchte, müsse sich ein anderer Erwachsener seiner annehmen.

Die Frau erkundigte sich, ob es Verwandte gäbe, die sich um ihn kümmern könnten, was der Junge jedoch verneinte.

Sein Vater kam aus Russland und hatte dem Land, und mit ihm auch seiner Familie und seinen Freunden, bereits vor vielen Jahren den Rücken gekehrt. Seine Mutter wiederum hatte keine Geschwister und ihre Eltern waren beide vor einigen Jahren an Krebs verstorben.

Nach dieser knappen Zusammenfassung seiner Situation, sah ihn die Dame vom Jugendamt ernst und ein wenig mitleidig an, was der Junge mit mildem Erstaunen zur Kenntnis nahm. Er hatte sich doch gut geschlagen. Warum traute sie ihm nicht zu, seinen Alltag weiterhin alleine zu meistern?

Die Frau legte ihm eine Hand auf den Arm und erklärte ihm, dass sie nun gemeinsam zu seiner Wohnung fahren würden. Auf dem Weg dorthin müsse sie ein paar Telefonate führen, denn sie kenne ein paar sehr nette Familien, die Kinder wie ihn aufnahmen.

Kinder wie mich? wunderte sich der Junge und fragte sich unwillkürlich, ob es wohl häufig geschah, dass ein Elternteil starb und sich das andere aus dem Staub machte.

Gleich am nächsten Morgen setzte Sophia ihn vor die Tür. Sie gab ihm lediglich die Zeit, ein paar Sachen zu packen. Seine Wahl fiel auf einige Kleidungsstücke, ein zweites Paar Schuhe, seinen Rasierapparat und ein paar Toilettenartikel, die er in die große Sporttasche packte, die Sophia ihm zu seinem 40. Geburtstag geschenkt hatte.

Als Sven damit die Treppe hinunterkam, wartete Sophia im Flur und begleitete ihn in tiefem Schweigen nach draußen. Zwar hatte sein Hirn die Rollläden zwischenzeitig wieder hochgezogen, aber noch immer ließ er alles mit sich geschehen, als wäre er ein Stück Treibholz in einem reißenden Fluss.

Erst als Sophia die Tür hinter ihm schließen wollte, erwachte in ihm ein Funken Widerstand.

„Warte!" Er fuhr herum und stemmte seine Hand gegen den Türrahmen. Im ersten Moment erhöhte Sophia den Druck von der anderen Seite und beim Gedanken an diese absurde Situation, spürte Sven ein hysterisches Lachen in seiner Kehle aufsteigen. Dann jedoch gab seine Frau nach und die Tür schwang auf, der Weg zurück ins Haus war frei! Sven sah Sophia ins Gesicht und der verzweifelte Ausdruck in ihren Augen, ließ seinen Widerstand in sich zusammenfallen wie ein Kartenhaus im Wind. Was würde es nutzen, wenn er jetzt darum kämpfte, im Haus zu bleiben? Etwas Grundlegendes war zwischen ihnen zerbrochen und wie es schien, waren sie beide nicht in der Verfassung, es wieder zu reparieren. Zumindest vorerst nicht. Sven senkte seine Hand und erwartete, dass Sophia die Gelegenheit nutzen, und die Tür vor seiner Nase zuknallen würde. Was sie jedoch nicht tat. Für einen Moment standen sich die beiden ratlos gegenüber. Dann seufzte Sven leise und wandte sich zum Gehen: „Lass uns bald darüber sprechen", bat er seine Frau mit bemüht fester Stimme und war erleichtert, sie nicken zu sehen.

Als Sophia schließlich die Tür hinter ihm geschlossen hatte, leise und vorsichtig, als wolle sie dem Rauswurf damit etwas von seiner Härte nehmen, trugen ihn seine Füße wie von allein zu seinem Auto. Wie in Trance fuhr er zur Polizeistation, wo er seinen Dienst antrat, als sei nichts passiert.

„Du siehst beschissen aus, Sven!" Das schien wohl Kellers Standardbegrüßung zu werden.

„Danke, Keller. Immer wieder erfrischend deine Ehrlichkeit."

Sein Kollege lehnte sich mit dem Hintern an Svens Schreibtisch.

„Noch immer Stress mit Sophia?"

Sven nickte und war dankbar, dass Keller ihm eine eigene Erklärung ersparte.

„Kommst du heute Abend trotzdem mit?"

„Heute Abend?" Sven sah ihn erstaunt an.

„Na, wir wollten doch was unternehmen. Vera hat auch zugesagt", Keller machte eine bedeutungsschwere Pause, bevor er hinzufügte: „Sie hat gefragt, ob sie ihren Freund mitbringen kann".

Einen Moment lang war Sven völlig damit beschäftigt, herauszufinden, welcher Wochentag es überhaupt war. Dann erst war er in der Lage, auf Kellers Worte zu reagieren.

„Das Küken hat einen Freund?"

Diese Neuigkeit überraschte ihn wirklich sehr. Er dachte an die eindeutigen Signale, die sie ihm immer wieder sendete, an die innige Umarmung erst vor ein paar Tagen.

Kellers Reaktion beschränkte sich darauf, die Schultern hochzuziehen.

In Svens Kopf ratterte es. Es war nicht so, dass ihn der Gedanke, dass Vera ihren Freund mitbrachte in irgendeiner Weise störte. Doch wenn Vera mit Begleitung zu ihrem Treffen kam, machte ihn das automatisch zum sprichwörtlichen fünften Rad am Wagen. Und er war sich nicht sicher, ob das seiner derzeitigen Stimmung besonders zuträglich wäre.

Dann jedoch ging ihm auf, dass ihm das Treffen zumindest für den heutigen Abend einen Ausweg aus seiner misslichen Lage bot. Schließlich hatte er gerade keinen Platz zum Schlafen.

„Könnte ich dann vielleicht bei euch pennen?", fragte er daher und fügte erklärend hinzu: „Dann bekomme ich nicht noch mehr Ärger mit Sophia, falls ich ein Bier zu viel trinke!"

Er zwang sich zu einem Lächeln und hoffte, dass seine Notlüge nicht allzu durchschaubar war.

„Klar, Mann. Ich sag` Theresa Bescheid, dass sie das Gästebett beziehen soll!" Keller schlug Sven freundschaftlich auf die Schulter und ging dann an seinen eigenen Platz zurück.

Es war bereits die zweite Nacht, die Erik bei Emma verbrachte. Für ihn war das etwas völlig Neues und in kurzen Abständen überkam ihn der Drang, wegzulaufen vor dem, was sich zwischen ihnen entwickeln könnte. Doch da war auch noch ein anderes, stärkeres Gefühl, das ihn letztendlich zum Bleiben bewegte: Neben der körperlichen Anziehungskraft, bestand eine tiefe seelische Verbundenheit zwischen ihnen. In Emmas Gegenwart war die Stimme des Kranichs nur ein leises Raunen im hintersten Winkel seines Verstandes und ohne sie fühlte er sich freier, weniger fremdbestimmt.

Am Nachmittag waren sie auf Emmas Wunsch hin in den Zoo gegangen. Als sie in der Schlange vor dem Eingang warteten, hatte sich Erik gefragt, ob er jemals hier gewesen war, doch egal wie tief er in seinem Gedächtnis kramte: der Anblick des geschwungenen Tors mit dem altmodischen Schriftzug weckte keinerlei Erinnerungen. Emma wiederum schien als Kind ein Dauergast im Zoo gewesen zu sein. Sie zog ihn von einem Gehege zum nächsten und ihre Begeisterung über die mal putzigen, mal imposanten Tiere erstaunte Erik. Er hatte nicht damit gerechnet, eine so fröhliche, unbeschwerte Seite an ihr zu entdecken.

„Welches Tier mochtest du am liebsten?" Arm in Arm schlenderten die beiden zur nahegelegenen Straßenbahnhaltestelle.

Erik musste nicht lange überlegen: „Den großen Silberrücken!", antwortete er prompt. Vor seinem inneren Auge erschien das Bild des gewaltigen Gorillamännchens, das direkt vor der Scheibe seines Geheges gesessen und sie mit intelligenten, braunen Augen gemustert hatte. Dabei hatte Erik sich des Gefühls nicht erwehren können, dass nicht der Gorilla, sondern die Zoobesucher die eigentliche Attraktion darstellten. Als sie schließlich weitergingen, hatte sich Erik im Geiste vor dem imposanten Tier verneigt.

Nach dem Zoobesuch verabschiedeten sie sich für ein paar Stunden, damit Erik sich um seine Mutter kümmern konnte. Zum ersten Mal führte er die routinierten Handgriffe mit kaum unterdrückter Eile aus und als er sich von ihr verabschiedete, meinte er, einen missbilligenden Ausdruck in ihren Augen zu erkennen. Er wusste jedoch, dass es sein eigenes, schlechtes Gewissen war, das sich in ihnen widerspiegelte. Er hauchte seiner Mutter einen zärtlichen Kuss auf die Stirn und eilte dann zur Haltestelle, wo er ungeduldig auf den Bus wartete, der ihn zum Universitätsgeländer bringen würde.

Den Abend verbrachten sie in Emmas Studentenwohnung, bei der es sich eigentlich nur um einen einzigen Raum mit einem winzigen Badezimmer handelte. Kochen konnten die Studierenden in der Gemeinschaftsküche, von der es in jedem Stockwerk eine gab, doch die war laut Emma in der Regel so verdreckt, dass sie sie noch nie genutzt hatte. Zum Abendessen bestellten sie sich daher eine Pizza und unterhielten sich beim Essen über alles Mögliche. Obwohl ihre Gespräche teilweise sehr tiefgründig waren, sprachen sie nicht über sich selbst. Die Fragen, die Erik gefürchtet hatte, blieben aus. Und Erik dankte Emma dafür, indem auch er ihr keine Fragen zu ihrem Leben oder ihrer Familie stellte.

Nach dem Essen duschten sie gemeinsam und legten sich dann noch immer nass ins Bett, wo sie sich gegenseitig die Wassertropfen von der Haut küssten und sich dann mit einer Leidenschaft liebten, die Erik trotz seiner vielen Abenteuer noch nie erlebt hatte. Irgendwann schlief Emma erschöpft ein, während Erik noch zu viel Adrenalin im Körper hatte, um zur Ruhe zu kommen. Mit einem zärtlichen Lächeln betrachtete er Emmas feines Gesicht, dessen Blässe einen starken Kontrast zu ihrem dunklen Haarschopf bildete. Mit einem Mal überkam ihn eine starke Beklommenheit, als er an die Verantwortung dachte, die eine Beziehung mit sich brachte. Er versuchte sich davon abzulenken und fuhr mit den Fingerspitzen zärtlich ihren Hals entlang, der in einer sanften Kurve in die schmalen Schultern überging. Er folgte der Linie ihres Schlüsselbeins, unter dem ihre festen, kleinen Brüste in einer sanften Rundung aufstiegen. Ihr Bauch und der Rest ihres Körpers waren unter der Bettdecke verborgen. Eriks Finger wanderten weiter zu ihrem linken Arm und stießen auf Höhe ihres Unterarms unvermittelt auf mehrere scharfkantige Linien. Im Licht der Nachttischlampe stellte Erik fest, dass es sich dabei um schlecht verheilte Verletzungen handelte, von denen es zu seiner Bestürzung etliche gab, alte und frische. Wie die Fäden eines Spinnennetzes zogen sich die Linien über Emmas Haut. Viele waren in dem schummrigen Licht kaum zu erkennen, manche aber waren erhaben und deutlich sichtbar. Die meisten Narben verliefen quer zu den blauen Adern, die sich unter der dünnen Haut des Handgelenks abzeichneten, ein paar jedoch folgten ihnen.

Bestürzt betrachtete Erik die sichtbaren Zeichen von Emmas Kummer und sein Herz zog sich schmerzhaft zusammen. Er spürte, dass sich eine leise Stimme in seinem Hinterkopf bemerkbar machen wollte, doch er drückte mit aller Kraft die Handflächen gegen seine Ohren und konzentrierte sich so lange auf seine Atmung, bis die Stimme wieder verstummt war. Dann ließ er sich ermattet auf das Kissen fallen und schlief trotz seiner Besorgnis ein.

In seinen Träumen kämpfte er in Gestalt eines Gorillas gegen einen gewaltigen, schwarzen Vogel, der ihn schließlich in einem Happen verschlang. Mit einem lauten Schrei, der weder menschlich noch wie der eines Tieres klang, stürzte Erik hinab in die bodenlose Schwärze seines Rachens.

„Hast du heute Abend schon etwas vor?" Emma fuhr zärtlich mit dem Zeigefinger über Eriks Brust.

Die beiden standen an der Zimmertür und hatten sich schon mehrfach verabschiedet, doch jeder Abschied endete erneut in einem langen Kuss. Hätte Emma nicht in einer Viertelstunde in den Hörsaal gemusst, wären sie vermutlich erneut im Bett gelandet. So aber versuchten beide ihrer Erregung Herr zu werden.

„Nicht wirklich. An was denkst du?"

„Ich wollte mit zwei Freundinnen ins Delano." Emma bemerkte seinen fragenden Blick und fügte erklärend hinzu: „Eine Disko hier um die Ecke. Vorher wollen wir noch etwas trinken gehen und vielleicht eine Runde Billard spielen... Hast du Lust mitzukommen?"

Erik dachte einen Moment lang nach. So wohl er sich in Emmas Gesellschaft auch fühlte, er war eigentlich nicht bereit für den nächsten Schritt. Es war etwas vollkommen anderes, Zeit zu zweit zu verbringen, als gemeinsam mit Freunden auszugehen. Der Gedanke, dass seine Zustimmung ihre Beziehung auf eine offizielle Ebene heben würde, mache ihn nervös.

Emma bemerkte sein Zögern und ein Schatten legte sich über ihr Gesicht. „Du hast wahrscheinlich keinen Bock mit drei albernen Studentinnen abzuhängen", bot sie ihm eine Ausrede an. Obwohl sie sich bemühte, ihrer Stimme einen festen Klang zu geben, hörte Erik das Beben darin.

Er stellte fest, dass er sie nicht enttäuschen wollte und küsste sie sanft. „Ich komme gerne mit. Treffen wir uns dort oder soll ich dich abholen?"

Der Schatten verschwand und ein Lächeln erhellte Emmas Züge.

„Hol mich um acht hier ab. Wir überraschen die beiden!"

Tatsächlich fand die freundliche Dame vom Jugendamt in Rekordzeit, nämlich noch auf dem Weg zu seiner Wohnung, eine Unterbringungsmöglichkeit für den Jungen: Ein Ehepaar, das schon seit vielen Jahren regelmäßig Kinder aufnahm, die von jetzt auf gleich von ihrer Familie oder einem Elternteil weggenommen wurden, oder durch einen Schicksalsschlag ohne einen Erziehungsberechtigten dastanden, hatte angeboten, den Zehnjährigen vorübergehend bei sich aufzunehmen.

„Du wirst sie mögen. Mark und Jeanette sind ganz tolle Menschen, die sich gut um dich kümmern werden. Sie freuen sich schon auf dich".

Der Junge nickte nur schweigend, wobei er sich fragte, wie sich jemand auf ihn freuen konnte, ohne ihn überhaupt zu kennen.

Die Dame vom Jugendamt warf ihm einen kurzen Seitenblick zu. Sie mochte den Jungen mit dem hübschen Gesicht und den vorbildlichen Manieren und sie bewunderte, wie gut er seine Situation bislang gemeistert hatte. Gleichzeitig aber hatte seine übermäßig beherrschte Art etwas Irritierendes und gänzlich Unkindliches an sich. Sie dachte an ihr Gespräch mit der Schulleiterin, die darin mehrfach beteuert hatte, dass sich der Junge vollkommen unauffällig verhalten habe und stets pünktlich und gut vorbereitet zum Unterricht erschienen sei, und sie fragte sich, ob es für eine Kinderseele gesund war, sich dermaßen anzupassen.

Als sie die Wohnung betraten, in der der Junge sein ganzes bisheriges Leben verbracht hatte, sah sich die Dame vom Jugendamt aufmerksam um. Vermutlich hatte sie mit einem riesigen Chaos gerechnet, mit Stapeln von schmutzigem Geschirr, schimmelnden Essensresten und dem Boden voller Spielsachen. Stattdessen aber erwarteten sie tadellos saubere und aufgeräumte Zimmer.

Für einen kurzen Moment keimte in dem Jungen ein Funken Hoffnung, die Frau könnte doch noch einsehen, dass er gut alleine zurechtkam, doch stattdessen bat sie ihn in einem freundlichen aber bestimmten Tonfall seine Tasche zu packen.

„Nimm dir Zeit. Du kannst alles einpacken, was du mitnehmen möchtest. Wenn du fertig bist, fahren wir zu Mark und Jeanette."

Wieder nickte der Junge nur schweigend und ging auf sein Zimmer, wo er eine Weile unschlüssig mitten im Raum stehen blieb.

Draußen dämmerte es bereits.

Der Junge trat ans Fenster und sah hinaus auf die Straße, auf der er vor ein paar Jahren mit Hilfe seines Vaters das Fahrradfahren gelernt hatte. Er dachte daran, wie aufgeregt sein Herz geschlagen hatte, als sein Vater, der sonst immer neben ihm hergelaufen war und ihn gestützt hatte, ihn zum ersten Mal losließ. Als das Rad dabei ein wenig ins Schlingern geriet, hatte er versucht anzuhalten, doch die Stimme seines Vaters trieb ihn an, weiter in die Pedale zu treten.

Und dann war die Angst plötzlich verflogen und er hatte den Fahrtwind und die Sonne in seinem Gesicht genossen, bis sein Vater ihm zurief, umzudrehen.

Heute schien die Sonne nicht. Stattdessen war der Asphalt regennass und das Dämmerlicht ließ alles trist und grau erscheinen. Schweigend wandte sich der Junge vom Fenster ab und überlegte, was er einpacken sollte. Er zog seinen Reisekoffer unter dem Bett hervor, wo er ihn nach dem letzten Urlaub verstaut hatte. Kurz bevor seine Mutter krank geworden war, hatten sie noch einen gemeinsamen Kurzurlaub an der See verbracht. Der Junge erinnerte sich an das Rauschen der Wellen und das Lachen seiner Mutter. Sie hatten Muscheln gesammelt, ihre Schätze gewaschen und anschließend von der Sonne trocknen lassen. Die schönsten Muscheln hatte der Junge mit nach Hause genommen. Er ging zum Regal und nahm ein kleines Holzkästchen heraus. Darin bewahrte er seine wertvollsten Erinnerungsstücke auf, darunter auch die Muscheln.

Das Kästchen war das erste, das der Junge in seinem Reisekoffer verstaute. Es folgten einige Kleidungsstücke und ein paar seiner Lieblingsbücher. Aus dem Badezimmer holte er Zahnbürste und Zahnpasta, aus dem Wohnzimmer ein Fotoalbum und das Bild seiner Mutter, das noch immer auf dem Stuhl am Esstisch klebte. Zuletzt griff er sich seinen Schulranzen, dann war er bereit zum Aufbruch.

Als die beiden das mehrstöckige Wohnhaus verließen, war die Dämmerung der frühen Nacht gewichen. Ohne einen Blick zurückzuwerfen, stieg der Junge zum zweiten Mal an diesem Tag in das klapprige Auto der freundlichen Dame vom Jugendamt. Während sie durch die Dunkelheit einer unbekannten Zukunft entgegenfuhren, erklärte diese ihm, dass er seine Schule vorerst nicht mehr besuchen könne.

„Ich informiere morgen früh die Schulleitung." Sie sah ihn von der Seite an, als sie ergänzte: „Gibt es sonst noch jemanden, dem ich Bescheid sagen soll?"

Der Junge schüttelte den Kopf, ohne auch nur eine Sekunde über ihre Frage nachzudenken. Da er sich in den vergangenen Monaten so sehr von seinen Klassenkameraden zurückgezogen hatte, gab es in dieser Stadt niemanden mehr, der ihn vermissen würde.

Nach Dienstschluss fuhr Sven zur nächsten Tankstelle und machte sich auf einer winzigen, verdreckten Toilette fertig für den Abend. Es widerstrebte ihm, Keller reinen Wein einzuschenken. Wie würde er dann dastehen? Wie ein absoluter Verlierer! Wieso hatte er sich überhaupt so einfach vor die Tür setzen lassen? Er hätte darauf bestehen sollen, alles erst einmal in Ruhe zu besprechen und außerdem die Kinder mit einzubinden. In der Zwischenzeit hätte er ja auf dem Sofa schlafen können. Stattdessen hatte er sich wie einen räudigen Straßenköter aus dem Haus jagen lassen. Und das nur, weil er ein wenig Haschisch geraucht hatte. Obendrein hatte ihm seine Frau mit schonungsloser Offenheit gestanden, dass sie fremdging und ihm dafür auch noch die Schuld gegeben.

Bei diesen Gedanken spürte Sven, wie ihm das Blut ins Gesicht schoss. Mit einem Wutschrei schmetterte er seine Faust gegen die weißen Kacheln an der Toilettenwand und biss die Zähne zusammen, als ein gleißender Schmerz durch seine Mittelhandknochen fuhr. Schwer atmend lehnte er seine Stirn an die Wand und ließ die schmählichen Szenen des Morgens noch einmal Revue passieren. Er war wütend auf Sophia, auf ihre Kaltblütigkeit mit der sie ihn vor die Tür gesetzt hatte, aber der weitaus größte Teil seiner Wut richtete sich gegen ihn selbst.

Nachdem er sich wieder ein wenig beruhigt hatte und der Schmerz in seiner Hand abgeflaut war, zog er sich um. Sven hatte sich für Jeans und ein etwas zerknittertes, pflaumenfarbenes Hemd entschieden. Das musste für heute Abend reichen. Bei der Wahl seines Gepäcks hatte er einen Partyabend nicht wirklich eingeplant. Er kämmte sich die dichten Haare, sprühte ein wenig Parfum auf seinen Hemdkragen und verließ dann die Toilette. In der Tankstelle besorgte er sich ein Sandwich und ein Bier und nahm auf dem Fahrersitz ein einsames Abendessen ein. Dann suchte er über sein Smartphone nach einem günstigen Hotel, in dem er die nächsten Tage wohnen konnte, bis es schließlich Zeit wurde, zu seinem Kollegen zu fahren.

Das Haus, in dem die Kellers lebten, war viel zu groß für zwei Personen. Im Obergeschoss gab es drei Schlafzimmer. Zwei davon waren ursprünglich für die Kinder gedacht gewesen, die dann nie gekommen waren. Ob es an Theresa oder an Keller lag, hatte Sven nie erfahren und natürlich auch nicht danach gefragt. Inzwischen war eines der Zimmer zum Gästezimmer umfunktioniert worden und in dem anderen Zimmer hatten sich die beiden einen kleinen Fitnessraum eingerichtet. Theresa war Physiotherapeutin und eine leidenschaftliche Sportlerin. Joggen, Radfahren, Schwimmen, Klettern, immer war sie aktiv. Keller dagegen war zwar sportlich, genoss aber durchaus auch gerne mal seine Ruhe.

Vielleicht war das ja das Geheimnis ihrer erfolgreichen Ehe: Sie hatten sowohl gemeinsame als auch individuelle Interessen und ließen einander den nötigen Freiraum.

Auf sein Klingeln hin öffnete Theresa ihm die Tür und umarmte ihn herzlich. Dann fiel ihr Blick auf sein Gepäck: „Oh, bleibst du länger?"

„Nee, keine Sorge. Ich hab` nur auf die Schnelle keine kleinere Tasche gefunden." Die Lüge kam ihm spielendleicht über die Lippen.

Theresa bat ihn herein. „Jan ist noch unter der Dusche. Magst du schon mal mit mir anstoßen?" Bei dieser Frage machte Svens Herz einen erfreuten Hüpfer und er nickte eifrig.

Theresa führte ihn in das große, offene Wohnzimmer, wo sie auf der modernen Kunstledercouch Platz nahmen. Auf dem Tisch vor ihnen standen fünf leere Gläser und eine geöffnete Flasche Wein bereit. Theresa schenkte Sven und sich eine großzügige Portion daraus ein und hob ihr Glas: „Auf einen schönen Abend!"

Während Theresa nur an ihrem Wein nippte, leerte Sven sein Glas in einem einzigen, durstigen Zug.

„Wow! Du meinst das mit dem Vorglühen aber ernst!" Theresa sah ihn belustigt an und füllte umgehend nach.

Obwohl sich Sven bemühte, diesmal langsamer zu trinken, hielt er bereits das dritte Glas in der Hand, als Keller kurze Zeit später zu ihnen ins Wohnzimmer kam. Er begrüßte seinen Kollegen mit einem Handschlag, setzte sich dann neben Theresa und küsste sie zärtlich auf die nackte Schulter, was Sven einen heftigen Stich versetzte. Er war schon immer ein wenig neidisch auf die beiden gewesen und heute war dieser Neid beinahe körperlich spürbar.

Theresa reichte ihrem Mann das Glas und hob ihr eigenes zum Toast. Doch bevor sie anstoßen konnten, klingelte es.

„Dann mache ich wohl gleich mal eine neue Flasche auf!" Sie verschwand in der Küche, während Keller zur Haustür ging, um Vera und ihren Freund hereinzulassen.

Überrascht stellte Sven fest, dass er neugierig auf den fremden Mann war. Ob er mir wohl ähnlich sieht? Er schüttelte den Kopf über seine Eitelkeit und leerte sein Glas in einem Zug.

Als er Veras Freund kurz darauf gegenüberstand und feststellen musste, dass dieser rein gar nichts mit ihm gemein hatte, war Sven fast ein wenig gekränkt. Gleichzeitig wurde ihm bewusst, dass er als Einziger aus der Runde schon etwas angetrunken war, und um sicherzugehen, dass es ihm die anderen bald gleichtaten, schlug er zum Aufwärmen ein Trinkspiel vor.

Als kurz darauf der Würfelbecher die Runde machte, leerte sich die Flasche Wodka, die Theresa kurzerhand herbeigezaubert hatte, zügig. Während die Stimmung im Raum immer ausgelassener wurde, hieß Sven den zunehmenden Nebel in seinem Hirn willkommen, der ihn seine aktuelle Situation zumindest für eine Weile vergessen und dadurch unbekümmert mit den anderen lachen ließ. Als die beiden Pärchen schließlich entschieden, tanzen zu gehen, folgte er ihnen bereitwillig in die fußläufig gelegene Disko.

Mark und Jeanette waren ein Paar mittleren Alters und der Junge fand die beiden auf Anhieb sympathisch. Jeanette war eine kleine, etwas untersetzte Frau mit schulterlangen Haaren, deren Farbe ihn an Kastanien erinnerte, die schon ein wenig getrocknet waren und ihren rötlichen Glanz verloren hatten. Mark war optisch das genaue Gegenteil seiner Frau: er war sehr groß und hager, hatte strohblonde Locken und strahlend blaue Augen, die er hinter einer altmodischen Hornbrille versteckte. Im Vergleich zu der kleinen Stadtwohnung, die er mit seinen Eltern geteilt hatte, kam dem Jungen das Haus des Paares wie eine richtige Villa vor. Die Dame vom Jugendamt hatte ihm auf der Fahrt erklärt, dass Mark und Jeanette mehr Wohnfläche besaßen, als sie für sich selbst benötigten, und dass sie deshalb vor ein paar Jahren entschieden hatten, die leerstehenden Räume sinnvoll zu nutzen, indem sie sie Kindern zur Verfügung stellten, die ihr Zuhause dauerhaft oder zeitweise verloren hatten.

Nach einer kurzen Begrüßung, führte Jeanette ihn die Treppe hinauf in sein neues Zimmer, während Mark mit der Dame vom Jugendamt unten blieb, um noch einige Details zu klären.

Das Zimmer war in freundlichem Gelb gestrichen und wohnlich und geschmackvoll eingerichtet. Alles, was ein Kind oder Jugendlicher benötigte, war vorhanden: ein mit fröhlich bunter Wäsche bezogenes Bett, daneben ein Nachttisch, der von einer kleinen Lampe in ein warmweißes Licht getaucht wurde, dazu ein Schrank, ein Schreibtisch mit einem gemütlich aussehenden Drehstuhl, sowie ein paar Regale. In den Regalen standen neben einigen Comics und Büchern sogar ein paar Actionfiguren, was dem Raum einen heimeligen Anstrich gab.

Nachdem sich der Junge in Ruhe umgeschaut hatte, legte ihm Jeanette sanft eine Hand auf die Schulter, um seine Aufmerksamkeit zu gewinnen. „Wenn du möchtest, kannst du deine Sachen schon mal einräumen. Ich zeige dir noch eben das Bad und lasse dich dann erstmal alleine."

Da der Junge nicht widersprach, führte sie ihn aus dem Zimmer in das Badezimmer zwei Türen weiter. Auf dem Weg dorthin informierte sie ihn, dass er derzeit der einzige Gast in ihrem Haus war.

„Mark und ich haben unser eigenes Badezimmer. Im Moment hast du dieses also ganz für dich allein."

Der Junge warf einen kurzen Blick in das Bad, in dem ebenfalls alles Nötige vorhanden war, dann begleitete Jeanette ihn zurück auf sein Zimmer und verabschiedete sich fürs Erste. Sie ließ die Tür offenstehen, als sie die Treppe hinabging, um sich zu ihrem Mann und der Dame vom Jugendamt zu gesellen.

Der Junge stand einen Moment lang regungslos im Zimmer, schüttelte dann seine Erstarrung ab und begann in aller Seelenruhe seinen Koffer auszupacken.

Emmas Freundinnen hatten nicht erwartet, dass sie mit einem Mann auftauchen würde, erst recht nicht mit einem deutlich älteren. Nach dem ersten Überraschungsmoment akzeptierten sie Erik jedoch nur zu gern als Hahn im Korb und widmeten ihm ihre volle Aufmerksamkeit. Beide Mädchen waren sehr hübsch und wussten ihre Reize gezielt einzusetzen und Erik ertappte sich immer wieder dabei, dass er fast automatisch auf ihr Flirten einging. Emma, die dicht neben ihm saß, wurde zusehends stiller. Und je stiller sie wurde, desto schneller leerte sie ihr Glas.

Als die Mädchen schließlich entschieden, in die Disko zu gehen, war sie bereits so betrunken, dass Erik sie stützen musste.

In der Disko war es brechend voll. House Musik dröhnte aus den Lautsprechern, eine Diskokugel an der Decke warf bunte Farbkristalle auf die tanzende Menge und über ihren Köpfen zuckten die Lichter mehrerer Scheinwerfer.

„Komm, lass uns tanzen!" Emmas Freundinnen packten seine freie Hand und zogen ihn mit sich auf die Tanzfläche, während er Emma, die ihnen nur widerwillig folgte, mit der anderen Hand festhielt.

Natürlich war Erik bewusst, was der Grund für Emmas düstere Stimmung war und er bemühte sich redlich, möglichst viel Abstand zu ihren flirtfreudigen Freundinnen zu halten. Das war jedoch nicht gerade leicht, zum einen herrschte dichtes Gedränge auf der Tanzfläche, zum anderen verhielt sich Emma so abweisend, dass er sich zunehmend zwingen musste, sich weiter um sie zu bemühen. Irgendwann legte der DJ einen langsamen Kuschelsong auf und endlich erwachte Emma aus ihrer Lethargie. Sie schlang ihre Arme um Eriks Hals und schmiegte sich eng an ihn, während sie sich, von einem Bein aufs andere schaukelnd, langsam zur Musik bewegten.

Als er mit seinen Freunden die Disko betrat, brachen der Lärm und die stickige Luft wie eine Welle über Sven zusammen. Er hatte keine vier Schritte getan, da hatte er seine Begleiter auch schon aus den Augen verloren.

Mühsam um sein Gleichgewicht kämpfend, bahnte Sven sich einen Weg zur Theke. In der Sicherheit des Bartresens und mit einem kühlen Bier in der Hand nutzte er dann die Gelegenheit, sich erst einmal umzusehen.

Auf der Tanzfläche herrschte dichtes Gedränge. Die Lichter der Scheinwerfer jagten über die Menschenmenge und ließen alle Bewegungen seltsam zuckend erscheinen. Trotz der schlechten Lichtverhältnisse konnte Sven auf einen Blick sehen, dass er und seine Begleiter den Altersdurchschnitt um einige Jahre anhoben. Der Großteil der Diskobesucher war weitaus jünger und bestand vermutlich aus Studentinnen und Studenten der umliegenden Universität.

Er wollte gerade einen Schluck aus seinem Bier nehmen, da fiel sein Blick auf ein kleines Grüppchen am Rand der Tanzfläche. Erstaunt ließ er das Glas sinken.

Erik!

Der junge Mann stand dort mit drei Mädchen. Eines der Mädchen, eine zierliche Brünette mit Kurzhaarschnitt, schlang gerade ihre Arme um seinen Hals und zog ihn zu sich hinunter. Sven starrte wie gebannt auf den langen Kuss der folgte. Immer wieder verschwanden die beiden im Schatten, nur um kurz darauf erneut vom Scheinwerferlicht erfasst zu werden.

Svens Kehle wurde trocken. Er konnte auch dann noch nicht den Blick abwenden, als sich das Paar voneinander löste.

Sven beobachtete, wie das Mädchen Erik etwas ins Ohr rief, woraufhin er sich in Richtung Bar wandte. In dem Moment trafen sich ihre Blicke. Als Erik sich aus der kleinen Gruppe löste und auf ihn zukam, war Svens erster Impuls, wegzulaufen. Er spürte, wie ihm der Schweiß ausbrach und fragte sich unwillkürlich, ob er in seinem Hemd nicht viel zu spießig aussah. Dann war Erik schon bis auf wenige Schritte herangekommen und für eine Flucht war es zu spät.

„Sven!" Erik reichte ihm die Hand und wieder sandte die kurze Berührung Stromstöße durch Svens Körper. „Was machst du denn hier?"

Svens Mund machte sich selbstständig und spuckte eine Antwort aus, die nicht wirklich zu der gestellten Frage passte: „Meine Frau hat mich rausgeworfen."

Erik sah ihn bestürzt an und rieb sich mit der Hand über den Nacken. „Oha. Das tut mir leid. Willst du darüber reden?"

Svens Blick fiel über Eriks Schulter auf die drei Mädchen, die am Rand der Tanzfläche standen und zu ihnen hinübersahen.

„Vielleicht ein anderes Mal. Ich möchte dir nicht den Abend verderben."

Erik lächelte sein leicht schiefes Lächeln. „Das würdest du nicht. Keine Sorge."

Die beiden schwiegen einen Moment, während um sie herum die Bässe wummerten.

„Hast du Lust, am Sonntag Billard spielen zu gehen?" schlug Erik schließlich vor.

Sven nickte erfreut. „Gerne."

Wieder schwiegen sie. Erik schien unschlüssig, was er nun tun sollte. Vermutlich fühlte er sich nicht ganz wohl dabei, Sven allein zu lassen. Gleichzeitig aber wartete seine Begleitung auf ihn. Schließlich gab er sich einen Ruck. „Alles klar, dann sehen wir uns Sonntag! Halt die Ohren steif".

Er legte eine Hand auf Svens Schulter und wie beim letzten Mal berührten seine Finger wie zufällig Svens Hals. Eine Gänsehaut breitete sich von dieser Stelle über seinen ganzen Körper aus.

Sven kämpfte noch immer gegen die heftigen Empfindungen, als Erik bereits wieder bei den drei Mädchen stand.

„Einen Whiskey bitte!" Sven hatte sich wieder zur Bar umgedreht und so Erik und den Mädchen den Rücken zugewandt. Er konnte es nicht ertragen, den Vieren noch länger zuzuschauen. Jeder Kuss zwischen Erik und dem kurzhaarigen Mädchen löste bei ihm eine heftige Übelkeit aus. Er leerte den Whiskey in einem Zug.

Als er das Glas etwas heftig auf die Theke knallte, stellte jemand sogleich ein volles daneben. Erstaunt hob Sven den Blick und schaute in das Gesicht eines jungen Mannes, der ihn strahlend anlächelte. Sven überlegte kurz, ob er ihn von irgendwoher kannte, war sich aber schnell sicher, dass sie sich noch nie zuvor begegnet waren.

Der Mann hob sein Glas und bedeutete Sven es ihm nachzutun.

„Prost! Auf einen schönen Abend!"

Die nächsten Stunden ertranken in einem Strudel aus Diskolicht, Lärm und Alkohol. Sven unterhielt sich lange mit dem jungen Mann, der sich ihm als Vincent vorstellte und Student im sechsten Semester war. Wobei er sogleich betonte, dass es sich bereits um sein zweites Studium handelte, das erste hatte er nach der Hälfte abgebrochen. Sven konnte sich am nächsten Tag nicht mehr daran erinnern, worüber sie sonst noch so geredet hatten. Er wusste nur noch, dass sie viel gelacht hatten und sich dabei immer nähergekommen waren. Irgendwann war ihm aufgefallen, dass Vincents Hüfte die seine berührte. Dass seine Lippen, wenn er ihm wegen des Lärms um sie herum etwas ins Ohr rief, sein Ohrläppchen streiften.

Irgendwann hatte Vincent ihm dann die eine Frage gestellt: „Magst du noch mit zu mir kommen? Ich wohne gleich um die Ecke!"

Sven hatte genickt und war Vincent wie in Trance aus der Disko gefolgt.

Draußen hatte es zu regnen begonnen und als sie an dem Wohnheim ankamen, in dem sich Vincents Wohnung befand, waren sie bis auf die Haut durchnässt.

Im Wohnzimmer zog Vincent erst sich, dann Sven das nasse Hemd aus. Während seine Hände und Lippen Svens nackten Oberkörper liebkosten, begann sich der Raum um Sven zu drehen und er hatte das Gefühl, als senke sich ein dichter Nebel über ihn. Sein Atem ging immer schneller und flacher. Als Vincent die Schnalle seines Gürtels löste und eine Hand in seine Hose gleiten ließ, stöhnte Sven laut auf. Er gab sich vollkommen dem fantastischen Gefühl hin, das Vincents Berührungen ihm schenkten. Schließlich nahm er den anderen Mann, wie er seine Frau noch nie genommen hatte.

Nachdem er zum Höhepunkt gekommen war, verharrte er noch einen Moment lang in seiner Position, dann löste er sich von Vincent und sank erschöpft neben ihm auf den Teppich.

Eine Weile blieben sie schwer atmend nebeneinanderliegen. Als sich Vincent schließlich zu ihm umdrehte und versuchte, ihn zu küssen, wich Sven ihm aus. Schwerfällig stand er auf und hatte kurz das Gefühl, auf einem Schiff zu stehen, so sehr schien der Boden unter seinen Füßen zu wanken.

„Tut mir leid, ich muss jetzt gehen. Meine Freunde suchen mich bestimmt schon…", murmelte er entschuldigend und schlüpfte unbeholfen in seine Hose, wobei er es vermied, Vincent anzusehen.

Als er sich sein Hemd anzog und der nasse, kalte Stoff seine nackte Haut berührte, holte er zischend Luft, lehnte das Shirt, das Vincent ihm anbot, jedoch entschieden ab. Sogar in seinem volltrunkenen Zustand fragte er sich, was so plötzlich über ihn gekommen war. Es hielt sich für sehr tolerant, was gleichgeschlechtliche Liebe anging, hatte selbst aber noch nie ein Verlangen danach verspürt.

Sven hoffte, dass sein Abenteuer mit Vincent bald nur noch als vage Erinnerung in irgendeiner schummrigen Ecke seines Gedächtnisses existieren würde, neben vielen anderen, die er im Laufe seines Lebens angesammelt hatte und auf die er nicht unbedingt stolz war.

Vincents T-Shirt würde die Erinnerung an seinen Träger unweigerlich zurück ins Tageslicht zerren.

Sven wandte sich zur Tür und Vincent, der sich inzwischen ebenfalls angezogen hatte, folgte ihm eilig.

„Du kannst jederzeit vorbeikommen, wenn du möchtest", bot er an. In seiner Stimme lag ein flehender Unterton.

Sven nickte und zwang sich, Vincent endlich wieder ins Gesicht zu sehen. Während er den jungen Mann musterte, der seinem Körper so unerwartet heftige Reaktionen entlockt hatte, verharrte seine Hand auf dem Türgriff. Vincent bemerkte sein Zögern und der Ausdruck in seinen Augen wandelte sich von bedauernd zu hoffnungsvoll. Er tat einen vorsichtigen Schritt auf Sven zu.

In dem Moment siegte Svens Fluchtinstinkt. Bevor sein Körper ihn erneut verraten konnte, riss er eilig die Tür auf.

„Danke, Vincent." Mit diesen Worten flüchtete er hinaus in das dunkle Treppenhaus und jagte in halsbrecherischem Tempo die Stufen hinab.

Als sich Erik wieder zu den drei Mädchen auf der Tanzfläche gesellte, bemerkte er augenblicklich die schlechte Stimmung, die zwischen Emma und ihren Freundinnen herrschte. Anscheinend hatten sie sich in seiner Abwesenheit gestritten und Erik konnte sich ziemlich gut vorstellen worüber. Emmas Wangen waren feuerrot. Ihre Freundinnen hingegen wirkten leicht betreten und verabschiedeten sich nach kurzer Zeit, um sich ein wenig umzusehen.

Da Emma nicht mehr nach Tanzen zumute war, schlug Erik vor, in ihre Wohnung zurückzukehren, was sie dankend annahm.

Den ganzen Weg zum Wohnheim schwieg Emma und Erik fiel nichts ein, womit er das Eis hätte brechen können. Als er hinter ihr die Treppe zu ihrem Stockwerk hinaufging, sah er, wie ihre Schultern vor unterdrücktem Weinen zuckten.

„Emma…", versuchte er es sanft, doch ihre einzige Reaktion bestand darin, schneller zu laufen.

Kaum waren sie an ihrem Zimmer angekommen, brach Emma in Tränen aus. „Diese miesen Schlampen!", schimpfte sie schluchzend.

Als Erik sie tröstend an sich ziehen wollte, stieß sie ihn wütend von sich. „Spar dir das. Du bist doch sogar darauf eingegangen!"

Dann drehte sie ihm den Rücken zu und kämpfte, aufgewühlt und betrunken wie sie war, eine Weile mit dem Schlüsselloch. Als die Tür endlich aufsprang, riss sie sie so heftig auf, dass Erik aus dem Weg springen musste, um nicht getroffen zu werden. Dann stürzte sie in ihr Zimmer und zog die Tür hinter sich mit einem lauten Knall zu.

Seufzend lehnte Erik sich mit dem Rücken an die Wand und überlegte, wie er sich nun verhalten sollte. Da Emma nicht abgeschlossen hatte, erwartete sie vermutlich, dass er ihr folgte. Doch zunächst sollte er ihr wohl besser Gelegenheit geben, sich wieder zu beruhigen.

Nachdem er langsam bis Hundert gezählt hatte, öffnete er vorsichtig die Tür und schaute in das Zimmer. Emma saß auf ihrem Bett und hatte sich über den Nachttisch gebeugt, dessen oberste Schublade offenstand. Das Licht eines Feuerzeugs erhellte ihr Gesicht und Erik sah, dass sie einen Löffel, in dem eine Flüssigkeit blubberte, über die kleine Flamme hielt. Beunruhigt und fasziniert zugleich beobachtete er Emmas nächste Handgriffe. Wie sie eine Spritze aus der Schublade nahm, damit die Flüssigkeit aus dem Löffel aufzog und sich dann mit einer Art Gürtel den Oberarm abband.

„Emma, du…" Emmas Kopf fuhr herum, als er einen vorsichtigen Schritt auf sie zumachte, und ihr Gesichtsausdruck ließ ihn augenblicklich stehen bleiben. Mit gebleckten Zähnen und einem wilden Blick in den Augen, glich sie einem Raubtier, das kurz davorstand, sich auf einen Eindringling zu stürzen. Hilflos sah er zu, wie sie die Nadel in ihre Armbeuge stach, den Kolben runterdrückte und dann eilig den Gurt an ihrem Oberarm löste. Mit einem fast ekstatischen

Stöhnen ließ sie sich auf ihr Bett fallen und blieb dann regungslos liegen.

Erik zögerte noch einen Moment, dann ging er langsam zu ihr. Emma starrte zu ihm hinauf, schien ihn jedoch nicht wirklich wahrzunehmen. Ihr Gesicht hatte einen entrückten Ausdruck angenommen, ihre großen, braunen Augen blickten glasig. Ein wenig Speichel trat zwischen den geöffneten Lippen hervor und sammelte sich in ihrem Mundwinkel. Einen Moment lang überkam Erik Angst, dass etwas nicht in Ordnung war, dass sie sich, bewusst oder versehentlich, eine falsche Dosis gespritzt hatte. Doch als er sah, wie sich ihre Brust in einem gleichmäßigen Rhythmus hob und senkte, beruhigte er sich. Mit spitzen Fingern hob er die Spritze auf, die neben ihrer schlaffen Hand auf der Bettdecke lag, und legte sie neben den rußgeschwärzten Löffel auf den Nachttisch. Dann setzte er sich neben sie auf das Bett, den Rücken gegen die Wand gelehnt. Während er zärtlich über ihre kurzen Haare streichelte, betrachtete er nachdenklich das Drogenbesteck, das seltsam bedrohlich wirkte. Sein Blick wanderte weiter zu der offenen Schublade. Darin herrschte ein wildes Durcheinander aus Pillendosen, Schreibutensilien und Plastiktütchen. Er sah mehrere Kondompackungen, Einwegspritzen und überall dazwischen zerknüllte Papierkugeln.

Der Schubladeninhalt einer kranken Seele, dachte er traurig und schloss erschöpft die Augen.

Als er erwachte, kniete Emma über ihm und zerrte an seiner Hose. Während sein Hirn noch damit beschäftigt war, den Schlaf abzuschütteln, reagierte sein Körper bereits in Erwartung auf das Bevorstehende. Emma, die sich ausgezogen hatte, während er schlief, ließ sich auf ihn herabsinken und begann sich erst langsam, dann immer schneller auf und ab zu bewegen. Fast zeitgleich kamen sie zum Höhepunkt und als Erik ihr dabei ins Gesicht sah, erschrak er über den Ausdruck in ihren Augen. Wieder lag darin die raubtierhafte Wildheit, die er kurz zuvor bereits gesehen hatte, doch diesmal wurde sie überschattet von einer dunklen Verzweiflung.

Noch während der Orgasmus in heftigen Wogen durch seinen Körper lief, begann die Haut auf seinem Rücken zu kribbeln, als würden Tausende von Ameisen über ihn herfallen.

Als Sven das Wohnheim hinter sich gelassen hatte, sah er auf seinem Handy zwei verpasste Anrufe und eine Nachricht von Keller. Die Nachricht war erst vor ein paar Minuten eingegangen und informierte ihn darüber, dass sich die Vier inzwischen auf den Heimweg gemacht hatten, und dass sie ihm den Haustürschlüssel unter die Fußmatte legen würden, falls er noch unterwegs sei.

Sven fuhr sich durch die nassen Haare. Er fühlte sich nicht dazu in der Lage, Keller und Theresa unter die Augen zu treten und sich ihren unvermeidlichen Fragen zu stellen. Also wanderte er noch eine lange Zeit über den nächtlichen Campus, auf dem trotz der späten Stunde reger Betrieb herrschte.

Viele Fenster in den Wohnheimen waren hell erleuchtet, Paare und kleinere Gruppen von Studenten bewegten sich über die gepflasterten Wege, er hörte Lachen, betrunkenes Gegröle und Gesang. Dabei kam er sich schrecklich fehl am Platz vor, ein Gefühl, das sich jedes Mal verstärkte, wenn ihn die jungen Leute, die ihm entgegenkamen, neugierig beäugten.

Irgendwann ließ er sich auf eine Bank fallen, die ein wenig abseits der Hauptwege stand, und vergrub das Gesicht in den Händen. Sein Kopf fühlte sich an wie ein außer Kontrolle geratenes Karussell, das sich mal schneller, mal langsamer drehte und zwischendurch auch noch die Richtung änderte. Er kämpfte mit aller Kraft gegen den

Brechreiz an, der ihn plötzlich mit voller Wucht überkam. So tief, dass er den Studenten vor eine ihrer Bänke kotzte, wollte er nun wirklich nicht sinken.

Als die Übelkeit allmählich abebbte, stellte er fest, dass seine Hose von dem feuchten Holz der Bank nass geworden war. Seufzend erhob er sich und kehrte langsamen Schrittes zum Haus der Kellers zurück.

Im Haus war alles dunkel, auch durch die Ritzen der Rollläden vor dem Schlafzimmer drang kein Licht. Sven atmete erleichtert aus und bückte sich, noch immer leicht schwankend, um den Schlüssel unter der Fußmatte hervorzuholen. Was für ein absurd leichtsinniges Versteck! schoss es ihm durch den Kopf, während er sich damit abmühte das störrische Metallstück in das Schlüsselloch zu befördern. Als ihm das endlich gelungen war, schlich er, so leise wie es ihm in seinem Zustand möglich war, durch den dunklen Flur und die Treppe hinauf, bei jedem Schritt in Sorge, dass sich die Tür zu Kellers Schlafzimmer plötzlich öffnete und er seinem Kollegen Rede und Antwort stehen müsste.

Doch seine Befürchtungen waren unbegründet und er erreichte unbehelligt das Gästezimmer. Dort angekommen, ließ er sich in voller Montur auf das Bett fallen. Er fühlte sich gleichzeitig todmüde und hellwach. Bilder und Gesprächsfetzen jagten durch seinen Kopf und sein Körper erschauderte abwechselnd vor Erregung und Kälte, die der feuchte Stoff seiner Kleidung auf seiner Haut hinterließ. Irgendwann schlief Sven ein und fiel in einen traumlosen Schlaf.

Sein Gedächtnis funktionierte besser, als er erwartet hatte, denn das erste, das ihm beim Aufwachen in den Sinn kam, war der Gedanke an Vincents nackten Körper. Vincent selbst, sein Gesicht und seine Stimme, waren hingegen nur ein blinder Fleck in seiner Erinnerung. Tatsächlich war es Eriks Stimme, die er hörte, als er versuchte, sich das Gespräch mit Vincent ins Gedächtnis zu rufen. Und es waren Eriks weiche Gesichtszüge, die er an Vincents Stelle vor sich sah.

Sven blieb eine Weile liegen und verdrängte mühsam seine Gedanken. Schließlich stand er schwerfällig auf und wankte zur Zimmertür. Gerade als er sie öffnete, kam Theresa die Treppe hinauf

„Guten Morgen Schlafmütze!" Sie lächelte ihn fröhlich an, wirkte aber selbst nicht gerade ausgeschlafen.

Sven fuhr sich verlegen über die Haare. „Guten Morgen. Seid ihr schon lange wach?"

Theresa schüttelte den Kopf. „Wir haben gerade erst Frühstück gemacht. Magst du dich dazusetzen?"

„Ehrlich gesagt, würde ich vorher gerne kurz unter die Dusche springen."

Theresas betrachtete Sven, der mit wirren Haaren und zerknitterten Klamotten vor ihr stand, und kam wohl zu dem Schluss, dass er eine Dusche in der Tat gut vertragen konnte. Sie deutete auf die Badezimmertür. „Nur zu, Sven, Handtücher sind im Schrank. Bedien' dich einfach."

Sven musste sich zwingen, die Duschbrause nach ein paar Minuten auszustellen. Zwar konnte das Wasser nicht die Erinnerungen der letzten Stunden von ihm abwaschen, aber zumindest kehrten seine Lebensgeister allmählich zurück. Nachdem er sich abgetrocknet hatte, fühlte er sich endlich bereit, sich zu Keller und Theresa zu gesellen.

Als er in die Küche trat, saßen die beiden noch am Esstisch, hatten das Frühstück aber beendet. Theresa sprang auf, um ihm einen Kaffee zu machen. Sven setzte sich an den Esstisch, gegenüber von Keller, der ihn breit angrinste.

„Na, Baumann? Wohin bist du heute Nacht denn so plötzlich verschwunden? Du hast dich doch nicht etwa abschleppen lassen?"

Sven spürte, wie er errötete. „Quatsch!"

Das kam härter raus als er beabsichtigt hatte, doch glücklicherweise schien sein Tonfall Keller klarzumachen, dass er das Thema nicht weiter vertiefen sollte. Da sein Kollege noch nichts von Sophias Rauswurf wusste, ging er wahrscheinlich davon aus, dass Sven sich wegen eines Seitensprungs schämte.

Der Junge gewöhnte sich schnell an sein neues Leben mit seinen Pflegeeltern. Mark arbeitete in der IT-Abteilung einer Firma in der Nachbarstadt. Er fuhr dreimal die Woche dorthin und verbrachte die übrigen zwei Tage im Homeoffice, was bedeutete, dass er die meiste Zeit in seinem Büro saß und seinen Kollegen telefonisch oder per Fernwartung in technischen Fragen zur Seite stand.

Jeanette war Lehrerin, hatte den Beruf aber vor einigen Jahren aus gesundheitlichen Gründen aufgegeben. Stattdessen kümmerte sie sich nun um Kinder wie ihn. Kinder, die sonst niemanden hatten. Naturgemäß war es ihr wichtig, dass die Schulbildung ihrer Schützlinge nicht zu kurz kam. Jeden Morgen nach dem Frühstück setzte sich der Junge zu ihr an den Esstisch und ließ sich den Unterrichtsstoff erklären, den seine Schule ihm zugeschickt hatte. Anschließend kümmerte sich Jeanette um den Haushalt, während der Junge den Stoff wiederholte und seine Hausaufgaben erledigte. Die Nachmittage standen ihm dann zur freien Verfügung und unterschieden sich gar nicht so sehr von der Zeit, die er allein in der Wohnung seiner Eltern verbracht hatte. Meistens las er oder sah sich seine Lieblingsserien im Fernsehen an. Sobald Mark jedoch Feierabend hatte, gesellte er sich zu ihm und war sichtbar erfreut, wie dankbar der Junge für die Zeit war, die er ihm widmete. Auch erwies er sich als sehr wissbegierig und so überlegte sich sein Pflegevater jeden Tag etwas

Neues, um seinen Wissensdurst zu befriedigen. Sie spielten strategisch anspruchsvolle Brettspiele, er erklärte ihm diverse Computerprogramme und nahm ihn mit in das technische Museum der Stadt, wo sie einen wunderbaren Nachmittag miteinander verbrachten.

Vermutlich war es ein glücklicher Zufall, dass der Junge in dieser Zeit das einzige Pflegekind im Haus war, denn so konnten sich Mark und Jeanette vollkommen auf ihn konzentrieren. Zum ersten Mal in all den Jahren begannen sie Gefühle zu einem Schützling zu entwickeln, die weit über das übliche Pflichtbewusstsein hinausgingen.

Mit jedem Tag, den er bei ihnen verbrachte, wurde der Junge ein Teil ihrer Familie und nach einigen Gesprächen mit dem Jugendamt, von denen der Junge nichts mitbekam, teilten Mark und Jeanette ihm mit, dass sie ihn gerne dauerhaft bei sich aufnehmen würden. Der Junge nahm diese Nachricht in der ihm so eigenen, unaufgeregten Art entgegen und willigte ohne zu zögern ein.

Nachdem sich Sven von Jan und Theresa verabschiedet hatte, machte er sich auf den Weg ins Hotel. Es handelte sich um ein schäbiges Bed & Breakfast am Stadtrand, weit genug von seinem Haus und der Polizeiwache entfernt, um weder Sophia und den Kindern, noch seinen Arbeitskollegen zufällig über den Weg zu laufen. Beim Einchecken versicherte ihm die junge Frau an der Rezeption, dass er seine Buchung bei Bedarf problemlos verlängern könne.

„Wir finden in dem Fall bestimmt einen Sondertarif für Sie", flötete sie in bester `Der Kunde ist König' Manier.

Sven bedankte sich und bezog sein Zimmer: einen kleinen, unpersönlichen Raum mit einem winzigen Badezimmer. Die Einrichtung bestand aus einem schmalen Bett mit der typischen weißen Hotelbettwäsche, einem offenen Kleiderschrank und einem kleinen Schreibtisch mit wackeligem Holzstuhl davor. An den Wänden hingen unpersönliche, nichtssagende Bilder. Das Bad, erleuchtet durch kaltweiße LEDs, glich einer Reise in die Vergangenheit: die beigefarbenen Fliesen reichten bis zur Decke und die farblich passende Badkeramik stammte augenscheinlich aus den fernen 80ern. Die kleine Duschwanne besaß eine Einstiegshöhe, die für mobilitätseingeschränkte Menschen eine enorme Herausforderung darstellen musste und in modernen Bädern undenkbar wäre. Erschwerend kam hinzu, dass die Falttüren nur eine sehr schmale Öffnung freigaben, die schon einen durchschnittlich breiten Mann wie ihn zwang, sich umständlich in die Dusche zu quetschen. Schlimmer wäre wohl nur noch einer dieser unsäglichen Vorhänge gewesen, die einem bei jeder Bewegung am nassen Hintern kleben blieben.

Sven seufzte. Home Sweet Home, dachte er bitter.

Dann ließ er sich auf das Bett fallen und schrieb zwei Nachrichten, eine an seine Tochter und eine an seinen Sohn. Während von Alex keinerlei Reaktion kam, schickte ihm Sabrina zumindest ein Daumen-hoch-Emoji als Antwort auf seine Frage, wie es ihr gehe.

Anschließend besuchte Sven einen kleinen Supermarkt um die Ecke und deckte sich mit allerlei ungesundem Zeug ein: Instantnudeln, Chips, Softdrinks, Bier und Wodka, dazu noch eine Packung Plastikbesteck und anstandshalber ein Viererpack Joghurt.

Noch auf dem Rückweg zum Hotel gönnte er sich das erste Bier, zurück im Zimmer dann den ersten Wodka. Und als draußen die Dunkelheit hereinbrach und das kleine Zimmer in Schatten ertränkte, war er auch schon sturzbetrunken auf dem Hotelbett eingeschlafen. In voller Montur – was ihm anscheinend zur Gewohnheit wurde.

Am nächsten Tag waren Sven und Keller zur Streife eingeteilt. Es war verkaufsoffener Sonntag und in der Stadt war viel los. Die beiden fuhren abwechselnd mit dem Polizeiwagen herum oder gingen zu Fuß durch die Einkaufsstraße. Wie erwartet, war alles ruhig und friedlich, und Sven fühlte sich fast wohl, als er sich mit seinem Kollegen einen Weg durch die Menschenmassen bahnte, auch wenn ihn der Anblick der vielen fröhlichen Familien immer wieder schmerzhaft an seine missliche Lage erinnerte.

Als sie kurz vor Dienstschluss zum Revier zurückfuhren, ging eine Funkmeldung bei ihnen ein und informierte sie über einen schweren Auffahrunfall auf der Stadtautobahn.

„Ein Lkw liegt quer, die Straße ist komplett dicht".

Die Leitstelle gab ihnen die genauen Koordinaten durch und der Zufall wollte es, dass sich die beiden in dem Moment genau auf Höhe der nächst gelegenen Zufahrt befanden. Keller schaltete Blaulicht und Martinshorn ein und lenkte den Wagen entgegen der Fahrtrichtung auf die mehrspurige Straße. Schon nach wenigen Sekunden stießen sie auf den Lastwagen, der auf die Seite gestürzt war und die Fahrbahn über die gesamte Breite versperrte.

Keller stellte den Wagen ab und die beiden Polizisten rannten los. Während sich sein Kollege an der Kabine hochhangelte, um nach dem Fahrer zu sehen, lief Sven um den Lastwagen herum.

Was er dort sah, ließ ihn einen Moment vor Schreck erstarren: Ein Auto war in das Fahrgestell des Lkw gerast, dabei hatte sich die Front zusammengeschoben wie eine Ziehharmonika. Rauch stieg aus den Überresten der Motorhaube auf. Zwei Männer zerrten an der Fahrertür, die jedoch hoffnungslos verzogen war.

Sven eilte zur Beifahrertür und versuchte es dort. Gemeinsam mit einem weiteren Helfer schaffte er es, die Tür soweit zu öffnen, dass er sich in den verrauchten Innenraum quetschen konnte. Eine junge Frau hing in einer unnatürlichen Körperhaltung hinter dem Steuer. Sie schrie vor Schmerzen und Panik und versuchte, sich freizukämpfen. Sven konnte ihre Beine aufgrund des ausgelösten Airbags nicht sehen, was vermutlich ein Segen war. Das Fahrzeug war so sehr zusammengedrückt, dass ihr das Lenkrad fast gegen die Brust stieß und von ihren Beinen war vermutlich nicht mehr viel übrig.

Der Rauch in der Kabine wurde immer dichter und Sven musste husten. „Bleiben Sie ruhig, ich helfe Ihnen!"

Er löste den Sicherheitsgurt, was die Frau in ihrer Panik noch nicht getan hatte, und hob den schlaffen Airbag an. Der Anblick, der sich ihm darunter darbot, ließ ihn schlucken. Wie erwartet, war der Fußraum auf ein Minimum zusammengestaucht und die Beine der Frau klemmten zwischen einer undefinierbaren Masse aus Metall und Kunststoff.

In dem Wirrwarr aus Materialen bemerkte Sven einen hellen Lichtschein. Winzige Flammen drangen durch die Ritzen, die sich zum Inneren der Motorhaube aufgetan hatten, und leckten gierig an der Innenverkleidung. Der stechende Geruch von schmelzendem Plastik stieg Sven in die Nase und er kämpfte erfolglos gegen einen Hustenanfall. Eilig langte er nach unten und tastete nach den Beinen der Frau, in der widersinnigen Hoffnung sie doch irgendwie befreien zu können. Die Frau hatte endlich aufgehört zu schreien, sie hustete nun ebenso wie er. Sven kam mit der Hand bis zu ihrem Unterschenkel, dann verlor sich der Rest ihres Beines unter der zusammengedrückten Innenausstattung. Er glaubte, ein Stück des Gaspedals zu ertasten, dann fühlte er zerbeultes Plastik und plötzlich einen schmerzhaften Stich am Ellbogen. Mit einem erstickten Schrei riss er den Arm zurück und klopfte eilig die Glut an seinem Jackenärmel aus.

In dem Moment begann die Frau zu kreischen. Die Flammen hatten sie anscheinend erreicht und im Gegensatz zu Sven konnte sie sich ihnen nicht entziehen.

Verzweifelt zerrte Sven an ihrem Oberschenkel, wohlwissend, wie unsinnig das war. Inzwischen war der Innenraum so verraucht, dass er die Eingeklemmte kaum noch erkennen konnte, obwohl ihn nur wenige Zentimeter von ihr trennten. Seine Brust brannte wie Feuer und er spürte, dass er einer Ohnmacht nahe war.

Während sich sein Sichtfeld zunehmend verengte, drangen die Umgebungsgeräusche umso deutlicher an seine Ohren: das Knistern der Flammen und die Schreie neben ihm. Er hörte nun auch Sirenen, die sich schnell näherten.

Plötzlich spürte er, wie zwei Hände nach ihm griffen. Während ihn jemand durch die Seitentür ins Freie zog, ergriff Sven die Hand der Frau und hielt sie so lange fest, wie er konnte. Dann jedoch entglitt sie ihm und er stand unvermittelt im Freien. Jemand stützte ihn und führte ihn weg vom Auto, das inzwischen lichterloh brannte. Hustend brach Sven am Straßenrand zusammen.

Es war Keller, der ihn aus dem Wagen gezogen hatte. Die Feuerwehr war gerade eingetroffen und der Löschtrupp verlegte eilig die Schlauchleitungen. Svens Kehle brannte, als hätte er sich eine Flasche Säure genehmigt. Noch hier auf dem Seitenstreifen spürte er die Hitze des Feuers, dessen zuckende Flammen die Umgebung in ein apokalyptisch anmutendes Licht tauchten.

Als Svens Hustenanfall etwas nachgelassen hatte, half Keller ihm auf die Beine und führte ihn um den Lkw herum zu einem der wartenden Rettungswagen. Dort kümmerten sich die Rettungskräfte bereits um den Lkw-Fahrer. Auch Sven wurde von einem Sanitäter untersucht und bekam zur Sicherheit Sauerstoff verabreicht.

Selbst von dieser Seite des Lastwagens aus, konnte er den Feuerschein auf der anderen Seite sehen und sein Magen krampfte sich beim Gedanken an die junge Frau, die dort in ihrem Wagen verbrannte, schmerzhaft zusammen. Sven wusste, dass er nichts für sie hätte tun können. Doch er fühlte sich entsetzlich schuldig, weil er das Auto hatte verlassen können, sie jedoch nicht.

Sven kam zur Beobachtung ins Krankenhaus, wurde aber am nächsten Morgen wieder entlassen. Keller erwartete ihn bereits auf dem Parkplatz.

„Wie geht es dir?" Er musterte seinen Kollegen eingehend.

„Soweit ganz gut…, denke ich."

Keller packte ihn fest an den Schultern und sah ihm ernst ins Gesicht. „Sven, du hättest gestern in dem Auto draufgehen können. Was hast du dir dabei gedacht?"

Sven senkte den Blick, verteidigte sich dann aber. „Du hättest nicht anders reagiert, wenn du an meiner Stelle gewesen wärst."

Keller schwieg einen Moment. Dann schüttelte er den Kopf.

„Doch. Ich glaube, das hätte ich. Die Frau war nicht zu retten, Sven. Du hast völlig sinnlos dein Leben riskiert."

Er blieb noch eine Weile so stehen, die Hände auf Svens Schultern, und betrachtete seinen Kollegen besorgt. Als keine weitere Reaktion von ihm kam, ließ er die Arme sinken.

Als sie im Auto saßen, steckte Keller den Schlüssel ins Schloss, startete den Wagen jedoch nicht.

„Warum hast du mir eigentlich nicht erzählt, dass Sophia dich rausgeworfen hat?"

Sven starrte angestrengt durch die Windschutzscheibe, unfähig dem fragenden Blick seines Kollegen zu begegnen. Er wusste sehr genau, warum er seine missliche Lage vor seinem Kollegen verheimlicht hatte. Weil er sich so dumm vorkam, wie ein absoluter Versager! Und das wollte er Keller nicht unbedingt auf die Nase binden.

„Ich musste das erstmal selbst verdauen, Jan."

Es war einer der seltenen Momente, in dem er seinen Kollegen mit dessen Vornamen ansprach und Keller verstand es als Wink, das Thema vorerst ruhen zu lassen.

„Die Chefin will gleich direkt mit dir sprechen", warnte er ihn noch und drehte dann den Zündschlüssel um.

Sven seufzte. Na prima. Noch jemand, der ihm den Kopf waschen wollte!

Nachdem klar war, dass der Junge nun dauerhaft bei ihnen bleiben würde, eröffneten seine Pflegeeltern ihm, dass die Zeit des Heimunterrichts nun ein Ende habe und dass er ab sofort wieder zur Schule gehen würde. Es war ihm anzusehen, dass ihm diese Veränderung nicht sonderlich gefiel, doch der Junge widersprach mit keinem Wort, sondern nickte nur pflichtschuldig.

Jeanette hatte sich dafür eingesetzt, dass er an einem Privatgymnasium am anderen Ende der Stadt aufgenommen wurde, da es einen hervorragenden Ruf genoss. Der erste Schultag verlief völlig unaufgeregt. Der Neuling in der Klasse stieß bei den anderen Schülern weder auf besonderes Interesse noch auf Ablehnung. In den folgenden Tagen beobachteten seine neuen Mitschüler den schweigsamen Jungen aus sicherer Entfernung, fast als müssten sie ihn erst ein wenig beschnuppern. Da er selbst keinerlei Anstalten machte, sich ihnen anzunähern, taten seine Klassenkameraden schließlich den ersten Schritt, und nicht lange darauf besaß der Junge bereits einen recht großen Freundeskreis, dem er selbst jedoch nur wenig Wichtigkeit beizumessen schien. Denn es waren grundsätzlich die anderen Kinder, die auf ihn zugingen, um ihn zu irgendwelchen Aktivitäten einzuladen. Der Junge selbst blieb passiv und reagierte lediglich auf seine Umwelt. Es schien ihm nicht im Traum einzufallen, sein eigenes Schicksal in die Hand zu nehmen.

Das Gespräch mit Regina verlief besser als befürchtet, anscheinend hatte Keller ihr nicht gesagt, wie knapp Sven aus dem Fahrzeug entkommen war.

Nachdem sie ihm ein paar Fragen zu seinem Befinden gestellt hatte, sah Svens Vorgesetzte ihn mit ernster Miene an. „Ich würde dich bitten, dich bei Dr. Dresmann vorzustellen, Sven. Du bekommst sicher direkt einen Termin."

Frau Dr. Dresmann war eine Psychologin, die das Personal der städtischen Polizeiwachen betreute. Die Beamten konnten zu ihr gehen, wenn sie ein traumatisches Ereignis erlebt hatten, oder mehrere Erlebnisse, die in ihrer Summe ein Trauma auslösen konnten.

Sven versicherte Regina nochmals, dass er völlig in Ordnung sei, versprach ihr jedoch auf ihren skeptischen Blick hin, sich gleich im Anschluss bei der Psychologin zu melden.

Was er nicht tat. Stattdessen vertiefte er sich in die in den letzten Tagen liegengebliebene Büroarbeit. Zuletzt verfasste er seinen Bericht über den Unfall, wobei ihm die Schreie der Frau nicht aus dem Kopf gehen wollten, und fuhr dann den PC herunter, um Feierabend zu machen.

„Wie wär's mit einem Feierabendbier?" Keller rollte seinen Bürostuhl in seinen Weg und zwang ihn damit zum Stehenbleiben.

Sven schüttelte den Kopf. Er hatte keine Lust auf weitere Gespräche, weder auf ernste noch aufmunternde.

„Sorry, Keller. Ich bin ziemlich platt. Ich denke, ich leg mich früh hin." Er klopfte seinem Kollegen zum Abschied kurz auf die Schulter und verließ dann eilig das Büro.

Nachdem er sich im Hotel einige Flaschen Bier und zwei Gläser Wodka genehmigt hatte, setzte er sich in den Bus und fuhr zum Universitätsgelände.

Dort irrte er eine Weile herum, bis er glaubte, das Gebäude zu erkennen, in dem Vincents Wohnung lag. Auf der Klingelanlage standen gut 20 Namen, der Großteil davon nur Nachnamen.

Sven hatte keine Ahnung, welcher davon zu Vincent gehörte. Obwohl sein Hirn vollkommen vom Alkohol vernebelt war, sagte ihm ein Rest von Vernunft, dass es nicht ratsam war, sich sturzbetrunken durch das Haus zu klingeln. Die Gefahr, dass jemand die Polizei rief, war zu groß, und in seinem jetzigen Zustand wollte Sven nur ungern auf einen seiner Kollegen treffen.

Eine Weile strich er noch um das Gebäude herum, wie ein Drogensüchtiger um eine Apotheke und zog dann unverrichteter Dinge davon.

In den kommenden Tagen hegte Sven den Verdacht, dass seine Chefin ihn absichtlich auf Trab hielt, ihn aber nur für harmlose Aufgaben einteilte und außerdem darauf achtete, dass er immer einen seiner engsten Kollegen zur Seite hatte.

Als er am Ende der Arbeitswoche das Polizeirevier verließ, fühlte er sich dennoch vollkommen ausgelaugt. Auf dem Rückweg ins Hotel rief er seine Tochter an, landete jedoch zum wiederholten Mal auf der Mailbox. Er hinterließ ihr eine kurze Nachricht und versuchte es dann bei seinem Sohn. Diesmal ging zwar keine Mailbox dran, sein Sohn aber genauso wenig. Sven überlegte kurz und scrollte dann ein paar Namen weiter, bis er die Person gefunden hatte, die er suchte.

Die einzige Person, in deren Gegenwart er sich noch lebendig und weniger zerbrochen fühlte.

Erik war froh, dass Emma sich während der folgenden Woche auf eine wichtige Prüfung vorbereiten musste und daher keine Zeit hatte, sich mit ihm zu treffen. In ihm tobte ein Sturm der Gefühle, mit dem er nur schwer umgehen konnte. Er kannte die Verzweiflung, die er in Emmas Augen gesehen hatte, diese Leere, diese Todessehnsucht. Und auch der Kranich hatte sie wahrgenommen. Erik hatte seine Unruhe spüren können, das Heben und Senken seiner schwarzen Schwingen auf seinen Schulterm, was ihm üblicherweise seinen nächsten Auftrag ankündigte. Normalerweise hätte er diesen mit Freuden angenommen, empfand er es doch als eine große Ehre, dem Himmelsboten dienen zu dürfen. Zum ersten Mal aber, seitdem der Kranich in sein Leben getreten war, wehrte sich alles in ihm gegen den Gedanken, eine Seele auf die Reise zu schicken.

Als sein Handy klingelte, war er gerade beim Joggen, in der Hoffnung, dass ihm die sportliche Betätigung ein wenig Ablenkung verschaffen würde.

Erik ging regelmäßig laufen, einerseits um sich fit zu halten, andererseits um der quälenden Unruhe zu entkommen, die ihn hin und wieder erfasste. An solchen Tagen rannte er, anstatt zu laufen und seine Füße waren wie ein Trommelfeuer auf dem Asphalt. Manchmal stellte er sich vor, dass sich die tätowierten Schwingen auf seinen Armen ausbreiten und ihn in die Luft tragen würden, wenn er es nur schaffte, noch ein wenig schneller zu werden. Doch egal wie sehr er sich verausgabte, fliegen würde er niemals können. Er war lediglich ein Gehilfe, kein himmlischer Bote mit übermenschlichen Kräften.

„Sven ruft an", verkündete die automatische Stimme in seinem Kopfhörer plötzlich, woraufhin Erik seinen Lauf verlangsamte und das Gespräch annahm.

Kurze Zeit später sammelte Sven ihn an der nächsten Haltestelle ein. Die beiden hatten sich zu einem spontanen Getränk in einer nahegelegenen Bar verabredet.

Als Erik zu Sven ins Auto stieg, erschrak er über dessen Anblick. Sven sah bleich und übernächtigt aus und wirkte noch ausgelaugter als bei ihrer letzten Begegnung.

Während der Fahrt tauschten sie ein paar Belanglosigkeiten aus. Die Stimmung war angespannt und Erik fragte sich, warum Sven ihn angerufen hatte, wenn er sich in seiner Gesellschaft doch anscheinend unwohl fühlte. Erst als sie schließlich in der Bar saßen, schien sich Sven ein wenig zu entspannen.

„Wie geht es dir?" wollte Erik wissen.

„Gut", Svens Antwort klang wie die einer schlecht programmierten KI: steif und künstlich.

Erik hob eine Augenbraue und sah Sven, der unter seinem Blick zu schrumpfen schien, zweifelnd an.

„Es ging mir schon besser", murmelte der schließlich.

Erik nickte, er hatte nichts Anderes erwartet. Bevor er etwas erwidern konnte, brachte ihnen eine Kellnerin die bestellten Getränke. Erik hatte sich wie üblich ein alkoholfreies Bier bestellt. Er lehnte Rauschmittel jeglicher Art ab, da er es nicht mochte, wie sie seinen Geist schwächten. Und so sehr Erik die Schwächen seiner Mitmenschen akzeptierte, so vehement lehnte er sie bei sich selbst ab. Sein Blick fiel auf Svens Hände, die merklich zitterten, als er das Glas an die Lippen führte.

„Wer war denn deine hübsche Begleitung letzte Woche?" Die Frage, die Sven undeutlich in sein Bier genuschelt hatte, kam völlig unerwartet und Erik brauchte einen Moment, um sich eine Antwort zurechtzulegen.

„Eine Freundin. Oder vielleicht besser meine Freundin. Schwer zu sagen..." Er fuhr sich verlegen mit der Hand durch die Haare.

Daraufhin warf Sven ihm einen Blick zu, den Erik nicht zu deuten wusste, und senkte dann den Kopf.

„Seid ihr schon länger zusammen?", fragte Sven und starrte dabei so angestrengt in sein Bier, als habe er darin etwas äußerst Interessantes entdeckt.

Erik schüttelte den Kopf. „Nein, wir haben uns erst vor kurzem kennengelernt."

„Aha." Sven setzte das Glas erneut an und leerte es in einem einzigen Zug. Sofort bedeutete er der Bedienung, ihm ein neues Bier zu bringen.

Erik runzelte die Stirn. „Sag mal, müssen Polizisten bei einer Kontrolle eigentlich auch einen Alkoholtest machen?"

Er hatte die Frage bewusst in einem humorvollen Ton gestellt und erzielte damit die beabsichtigte Wirkung.

Sven rieb sich den Nacken und lachte verschämt. „Du hast recht. Ich sollte es wohl besser ein wenig langsamer angehen lassen."

„Und du wohnst jetzt erstmal im Hotel?"

Die beiden hatten die Bar verlassen und Sven begleitete Erik zur S-Bahn Haltestelle .

„Ja, ich wusste auf die Schnelle keine bessere Alternative. Die einzigen Bekannten, die ich in der Stadt habe, sind Sophias Geschwister und meine Arbeitskollegen. Und von denen wollte ich niemanden fragen."

Wie armselig sich das anhörte! Was für ein Verlierer musste er in Eriks Augen sein? Ein von seiner Frau verlassener, einsamer Endvierziger mit zu hohem Alkoholkonsum.

Eine Weile liefen sie schweigend nebeneinander her.

„Hast du seit dem Rauswurf mit Sophia gesprochen?", erkundigte sich Erik mit einem leichten Zögern in der Stimme. Vermutlich war er unsicher, ob er das Thema wirklich anschneiden sollte.

Sven schüttelte nur schweigend den Kopf. Tatsächlich hatte er sich nicht dazu durchringen können Sophia anzurufen, geschweige denn, sie zu besuchen. Er fühlte sich derzeit nicht in der Lage, sich erneut ihren verletzenden Worten auszusetzen. Und auch die Tatsache, dass seine Kinder nicht daran interessiert zu sein schienen, ihn zu sehen oder seine Variante der Geschehnisse zu hören, nahm ihm jeglichen Kampfeswillen.

Inzwischen waren sie am Bahnsteig angekommen. Die S-Bahn näherte sich bereits und durchschnitt die Dunkelheit über den Gleisen mit ihren Scheinwerfern .

„Wir sehen uns bald wieder. Pass auf dich auf, Sven!" Erik umarmte ihn und wieder überkam Sven der inzwischen vertraute Schauer.

Besorgt darüber, dass Erik seine körperliche Reaktion spüren könnte, löste er sich eilig aus der Umarmung.

Erik sah ihn einen kurzen Moment lang ernst an und stieg dann in die fast leere Bahn. Sven beobachtete ihn, wie er durch den erleuchteten Waggon ging und sich auf einen der vielen freien Plätze setzte. Eine Woge der Einsamkeit erfasste ihn, kaum, dass sich die Türen mit einem lauten Zischen schlossen und ihn von seinem Freund trennten.

Sven stand noch immer am Bahnsteig, eine einsame, dunkle Gestalt, als die Rücklichter längst um die nächste Kurve verschwunden waren.

Im Haus der Familie lebte auch eine Katze. Mark hatte sie Queen Latifah getauft, weil er fand, dass ihr samtiges und zugleich forsches Maunzen der Stimme ihrer Namenspatin ähnelte. Die Katze stammte aus dem Tierheim und als der Junge das erfuhr, fragte er sich zum wiederholten Mal, wo das große Interesse des Ehepaars an verlassenen Kreaturen herrührte.

Queen Latifah, der Einfachheit kurz Queenie gerufen, war eine freundliche, gesellige Katzendame, die sich immer dort aufhielt, wo sich mindestens eines der Familienmitglieder befand. Wenn der Junge abends ins Bett ging, legte sie sich oft unten auf seine Bettdecke und der Junge genoss die Wärme ihres Körpers an seinen Füßen.

Queenie war eine hochbetagte Katze. Jeanette hatte ihm erklärt, dass sie in Menschenjahren schon über 90 Jahre alt sei. Das hohe Alter merkte man ihr allerdings auch deutlich an. In den ersten Monaten, in denen der Junge bei den Beckers lebte, kämpfte sich Queenie bereits mit schwerfälligen Schritten die Treppe hinauf. Ein knappes Jahr später schaffte sie es nicht einmal mehr bis auf die erste Stufe. Dann stand sie laut maunzend am Fuß der Treppe und wartete darauf, dass jemand sie nach oben trug.

Auch wurde sie zunehmend unsauber und hinterließ Urinlachen, wo immer sie eine längere Zeit geschlafen hatte. Jeanette verteilte Inkontinenzunterlagen an all ihren Lieblingsplätzen und tauschte sie regelmäßig gegen frische. Doch konnte auch das nicht verhindern, dass stets ein Hauch von Ammoniak in der Luft lag, ähnlich wie in den Unterführungen an Bahnhöfen, in denen sich Betrunkene und Obdachlose regelmäßig erleichterten.

Also brachte Jeanette Queenie zum Tierarzt, in der Hoffnung, dass sich die Inkontinenz der Katzendame zumindest lindern ließ. Der Junge begleitete die beiden und beobachtete interessiert, wie der Tierarzt Queenie genauestens untersuchte. So entging ihm auch nicht der besorgte Blick, mit dem der freundliche Mann mit der dicken Hornbrille Queenies Bauchraum abtastete. Als er mit der Untersuchung fertig war, wandte er sich an Jeanette.

„Ich würde gerne eine Ultraschalluntersuchung machen, wenn Sie nichts dagegen haben."

Er schilderte kurz den Ablauf und Jeanette willigte ein.

Während der Tierarzt mit dem Ultraschallkopf über Queenies frisch geschorenen Bauch fuhr, hielten Jeanette und der Junge die Katzendame fest und kraulten sie beruhigend. Dennoch waren ihre Pupillen vor Angst geweitet und der Junge spürte ihr rasendes Herz unter seinen Fingerspitzen.

Der Grund für Queenies Blasenschwäche war bald gefunden. Ein großer Tumor drückte auf ihre Harnblase. Eine OP käme zwar infrage, erklärte der Tierarzt, während seine, durch die Brillengläser unnatürlich vergrößerten Augen Jeanette und den Jungen mitleidig ansahen, aber aufgrund des hohen Alters der Katze würde er davon abraten.

Als der Veterinär ihnen seine Diagnose mitteilte, spürte der Junge zum ersten Mal seit langem, wie ihm die Kontrolle über seine Gefühle entglitt. In seinen Ohren sauste es und weiße Punkte tanzten vor seinen Augen, so dass er sich an der Wand festhalten musste, um nicht das Gleichgewicht zu verlieren. Er schloss die Augen und konzentrierte sich auf seine Atmung, die viel zu flach und schnell war. Zitternd holte er tief Luft und ließ sie dann langsam und kontrolliert wieder aus seinem Mund strömen. Allmählich ließ das Summen in seinen Ohren nach und seine Sicht normalisierte sich.

Jeanette hatte von all dem nichts mitbekommen. Sie war vollkommen auf den Tierarzt konzentriert, der ihr die zu erwartende Entwicklung und die entsprechenden Handlungsmöglichkeiten erläuterte. Der Junge klinkte sich in dem Moment in das Gespräch ein, als der Tierarzt seine Assistentin bat, Queenie wieder in die Transportbox zu setzen.

Der freundliche Mann legte Jeanette in einer tröstenden Geste eine Hand auf die Schulter. „Überlegen Sie es sich in Ruhe und machen Sie es Queenie in der Zwischenzeit so angenehm wie möglich."

Auf der Rückfahrt sprachen sie kein Wort miteinander. Jeanette konzentrierte sich auf den Verkehr und kämpfte gleichzeitig mit den Tränen. Der Junge saß auf dem Rücksitz, neben sich die Transportbox, und kraulte Queenie durch die geöffnete Klappe. Die alte Katze schnurrte laut.

Du kannst froh sein, dass du nicht weißt, was dir bevorsteht, Queenie, dachte der Junge und sein Herz krampfte in seiner Brust.

„Und was willst du jetzt machen?" Marks Stimme drang laut und deutlich aus der Küche bis ins Wohnzimmer, in dem der Junge vor dem Fernseher saß und das Gespräch der beiden aufmerksam verfolgte.

„Ich bringe es nicht übers Herz, sie einschläfern zu lassen, Mark. Woher soll ich denn wissen, ob sie wirklich bereit ist zu gehen?" Jeanettes Stimme war leise, der Junge musste sich sehr anstrengen, um ihre Worte zu verstehen.

Mark seufzte. „Aber was, wenn sie Schmerzen hat, Jeanette? Katzen leiden stumm, das weißt du doch."

Auf diesen Satz folgte ein langes Schweigen.

Als Jeanette schließlich antwortete, war ihre Stimme laut und resolut. „Ja, ich weiß Mark, aber ich kann das nicht. Zumindest noch nicht. Auch wenn das vielleicht egoistisch und feige von mir ist!"

Der Junge hörte, wie sie die Küche verließ und stellte eilig die Lautstärke des Fernsehers hoch, um nicht beim Lauschen erwischt zu werden. Ein dicker Kloß saß ihm im Hals und wieder bemerkte er, wie flach sein Atem ging und wie schnell sein Herz gegen seine Rippen hämmerte.

Die Entscheidung, zu ihrem Haus zu fahren, traf Sven ganz spontan nach dem Aufstehen. Er hatte das Wochenende durchgearbeitet und sich heute freigenommen. Sophia dagegen würde wohl im Büro sein, die Kinder in der Schule. Das würde ihm die Gelegenheit geben, ungestört ein paar Sachen zu holen, die er dringend brauchte.

Als er die Stufen zur Haustür hinaufging, fühlte er sich wie ein Einbrecher und er ärgerte sich darüber.

Es ist auch mein Haus, dachte er trotzig. Sophia hatte kein Recht dazu, mich einfach so rauszuwerfen.

Dennoch ertappte er sich dabei, wie er den Schlüssel möglichst leise in das Schloss schob und vorsichtig umdrehte.

Wie erwartet, war niemand da. Sven atmete tief den vertrauten Duft seines Zuhauses ein. Er zog die Schuhe aus, um keine Spuren zu hinterlassen, und ging langsam von Raum zu Raum.

Die Küche war aufgeräumt, nur auf dem Esstisch standen die üblichen Reste vom Frühstück der Kinder. Aus reiner Gewohnheit öffnete Sven den Kühlschrank. An seinem Inhalt erkannte man, dass Sophia eine gesunde Ernährung sehr am Herzen lag. Er erblickte reichlich frisches Gemüse, dazu einige Milchprodukte. Der Platz, an dem sonst sein Bier gestanden hatte, war von einer Packung Bio-Hackfleisch in Beschlag genommen worden. Er warf die Kühlschranktür wieder zu und sein Blick fiel auf die Fotos, die mit Magneten daran befestigt waren. Es versetzte Sven einen schmerzhaften Stich, als er feststellte, dass er selbst auf keinem der Fotos mehr zu sehen war.

So schnell wird man also ausgelöscht! Dieser Gedanke ließ ihn schaudern.

Nach einem kurzen Blick ins Wohnzimmer, in dem alles unverändert schien, ging Sven nach oben. Im Zimmer seines Sohnes roch es wie üblich nach Marihuana. Das Bett war ungemacht und auf dem Boden lag ein buntes Mosaik aus Klamotten. Svens Blick fiel auf den Nachttisch. Neben dem Wecker lag ein Foto, das bis zu seinem Rauswurf am Kühlschrank gehangen hatte. Es zeigte ihn und Alex beim Angeln. Sven hatte einen Arm um die Schultern seines Sohnes gelegt, der stolz eine silbrig schimmernde Forelle vor sich hielt. Beim diesem Anblick stieg ein warmes, tröstliches Gefühl in ihm auf. Also war er doch nicht vollends aus dem Leben seiner Kinder verschwunden!

Im Zimmer seiner Tochter fand er kein derartiges Zeichen von Sehnsucht nach ihrem Vater. Sven blieb eine Weile in dem ordentlichen Raum stehen und fragte sich, wann er die Verbindung zu seinen Kindern verloren hatte. Wenn er an die letzten Jahre zurückdachte, musste er sich eingestehen, dass er einen Großteil davon auf der Polizeiwache oder im Fitnessstudio verbracht hatte. Natürlich war er auch oft genug zuhause bei seiner Familie gewesen, allerdings hatten sich die gemeinsamen Stunden eher darauf beschränkt, sich zufällig im selben Raum aufzuhalten. Er konnte sich beim besten Willen nicht daran erinnern, wann er zuletzt ein längeres Gespräch mit seinen Kindern geführt hatte. Sven seufzte niedergeschlagen und verließ Sabrinas Zimmer.

Als er kurz darauf Sophias und sein Schlafzimmer betrat, fiel ihm direkt der fremde Geruch auf, der in der Luft hing. Sie würde doch nicht…! Mit schnellen Schritten durchquerte er den Raum und blieb neben dem Bett stehen. Die Bettwäsche war zwar ordentlich zusammengelegt, doch es war deutlich zu erkennen, dass beide Bettseiten benutzt waren. Auch seine!

Absurderweise kam ihm bei dieser Feststellung ein Satz aus Schneewittchen in den Sinn: *Wer hat in meinem Bettchen geschlafen?*

Blinde Wut stieg in ihm hoch. Was fiel Sophia ein? Hatte sie den Kindern ihren Geliebten schon als neues Familienmitglied vorgestellt? Hatte der Gesichtsklempner, wie Sven ihn insgeheim getauft hatte, ohne jede Gnadenfrist seinen Platz eingenommen?

Sven begann durch den Raum zu tigern wie ein Raubtier auf der Suche nach Beute. Am liebsten hätte er etwas zerschlagen, seine Wut zum Beispiel an dem großen Standspiegel ausgelassen, in dem Sophia und er sich in den guten alten Zeiten selbst beim Liebesspiel zugeschaut hatten. Der Sex mit ihr war fantastisch gewesen, zumindest in den Anfangsjahren ihrer Beziehung.

Sven erinnerte sich noch genau an ihre erste Begegnung. Es war Hochsommer und er war noch nicht lange Polizist gewesen. Mit einem Kollegen war er gerade Streife gefahren, als sie zu einem Unfall beordert wurden, ein Auto hatte beim Abbiegen ein Fahrrad gestreift. Während sich sein Kollege um den Autofahrer kümmerte, war Sven zu der verunglückten Radfahrerin gegangen, um ihre Aussage zum Unfallhergang aufzunehmen. Ein Sanitäter hatte bereits die Schürfwunden an ihren Armen und Beinen verarztet, ein großes Pflaster verdeckte ihr Kinn.

Trotz des eben erst geschehenen Unfalls machte die Frau, die er auf Anfang Zwanzig schätzte, also nur ein paar Jahre jünger als er selbst, einen sehr gefassten Eindruck. Während sie ruhig und sachlich den Unfallhergang beschrieb, sah sie ihn mit ausdrucksstarken blauen Augen an. Nachdem sie ihre Schilderung beendet hatte, stand Sven eine Weile nur schweigend da und starrte sie an, und die hübsche, junge Frau hielt seinem Blick lange stand, bevor sie schließlich ein wenig verlegen den Kopf senkte. Sven erinnerte sich noch bildhaft an die leichte Röte, die ihr ins Gesicht gestiegen war.

Als er sie dann um ihre Kontaktdaten für den Polizeibericht bat, fügte er mit einem verschmitzten Grinsen hinzu, ob er ihre Nummer auch für einen privaten Anruf nutzen dürfe, wohlwissend, wie unprofessionell eine solche Frage für einen Polizisten war. Die Frau wurde noch eine Spur röter, nickte dann jedoch und senkte wieder verlegen den Kopf. Dabei löste sich eine Strähne ihres blonden Haares aus dem locker gebundenen Zopf und Svens Finger kribbelten noch jetzt, als er daran dachte, wie gerne er sie ihr zärtlich hinter die Ohren gestrichen hätte.

Seufzend rieb er sich mit den Händen über das Gesicht und kämpfte sich zurück in das Hier und Jetzt. Er war vor dem Standspiegel stehen geblieben und sein Blick fiel auf den hochgewachsenen Mann, der ihm daraus entgegenblickte. Sein Gesicht war bleich, tiefe Schatten lagen unter seinen Augen und das kantige Kinn war übersäht von mehrere Tage alten Bartstoppeln.

Was für ein kaputter Typ, dachte er abfällig und ihn überkam das seltsame Gefühl, einen völlig Fremden vor sich zu haben.

Geistesabwesend öffnete Sven seinen Gürtel und fuhr sich mit der Hand in die Hose. Während er seinem fremden Ich im Spiegel fest in die Augen sah, bewegte sich seine Hand auf und ab, erst langsam, dann immer schneller. Kurz vor dem Höhepunkt trat er an die Bettseite, auf der er bis vor kurzem geschlafen hatte, und verteilte sein Sperma großzügig über das Kopfkissen.

„Kleines Geschenk für dich, Arschloch!" knurrte er.

Emma hatte sich die ganze Woche nicht bei ihm gemeldet und er sich auch nicht bei ihr. Zum einen nahm er an, dass sie zu tun hatte, zum anderen war er es nicht gewohnt, eine feste Beziehung zu haben, und er war daher gar nicht auf die Idee gekommen, dass sie auf eine Nachricht von ihm warten könnte.

Umso erstaunter war er, als Emma ihn am Freitagabend völlig aufgebracht anrief. „Wieso meldest du dich nicht mehr?"

Erik bemühte sich, sie zu beruhigen, bekam aber als einzige Reaktion nur ein hemmungsloses Schluchzen.

„Ich bin gleich bei dir, Emma!" Er hoffte, dass sie ihn gehört hatte und machte sich eilig auf den Weg ins Wohnheim.

Sobald sie ihm die Tür geöffnet hatte, fiel Emma ihm um den Hals und küsste ihn stürmisch. Erik war von ihrem Stimmungswandel zunächst ein wenig überfordert, ließ dann aber zu, dass sie ihn auszog und mit den Lippen liebkoste. Als sie später erschöpft in Emmas Bett lagen, bemerkte er die grellroten Linien an ihrem linken Unterarm und berührte sie vorsichtig mit den Fingern.

„Emma, was…?"

Sie entriss ihm ihren Arm und gab ihm stattdessen einen langen Kuss. „Nicht wichtig", nuschelte sie an seinen Lippen und sprang dann eilig aus dem Bett.

„Lass uns einen Film gucken!", schlug sie vor und ging ohne seine Antwort abzuwarten, zum Schreibtisch um ihren Laptop zu holen. Eriks Blick folgte ihr. So eine kaputte Seele in so einem schönen Körper, dachte er bedauernd.

Als Emma den Laptop auf den Nachttisch stellte, fragte Erik sich unwillkürlich, wie oft sie die Schublade darunter in den vergangenen Tagen wohl geöffnet hatte.

Nach kurzem Suchen entschied sich Emma für ein Psychodrama. Es war ein tiefsinniger, verwirrender Film über die Schicksale dreier Menschen, die durch einen Autounfall miteinander verflochten waren. Erik lag hinter Emma und hielt sie im Arm, die Nase in ihren duftenden Haaren vergraben.

„Kannst du dir vorstellen, dass ich auch schon mal ein Kind abgetrieben habe?" Emmas Frage kam völlig unerwartet am Ende einer Szene, die sich um eben dieses Thema drehte.

Erik schwieg, davon ausgehend, dass Emma keine Antwort von ihm erwartete, sondern einfach nur reden wollte.

Und tatsächlich fuhr sie nach einer kurzen Pause fort: „Es war von meinem ersten Freund, ich war erst 15. Wir hatten nicht aufgepasst und dann ist es passiert. Es war keine große Sache..." Ihre Stimme brach und strafte sie dadurch Lügen.

Nachdem der Film zu Ende war, drehte Emma sich zu ihm um.

„Glaubst du an die menschliche Seele?"

Erik bejahte ihre Frage ohne auch nur einen Moment zu zögern. Natürlich glaubte er an die Existenz der Seele. Es war dieser Glaube, der ihn antrieb das zu tun, was er für seine Pflicht hielt: einer Seele ihre Freiheit zu schenken, wenn sie danach verlangte, mit dem Kranich zu fliegen.

Emma schien lange über seine Antwort nachzudenken. Dann überraschte sie ihn mit ihren nächsten Worten. „Ich glaube auch an die Seele, aber ich fürchte, dass meine eigene kaputt ist."

Erik runzelte die Stirn und streichelte ihr zärtlich über die Wange.

„Warum denkst du so was?"

„Na ja. Ich... ich fühle mich so tot. So leer. Und das schon, seit ich denken kann." Sie lachte rau. „Das klingt echt albern, oder?"

Erik schüttelte den Kopf und wartete, ob sie weiterreden würde.

Als sie jedoch schwieg, zog er sie tröstend an sich und küsste sie sanft auf die Lippen.

Einige Tage waren vergangen, seitdem der Tierarzt die Diagnose gestellt hatte. Queenie schlief inzwischen noch mehr als sonst und ließ sich auch kaum noch zum Fressen motivieren. Im Vorratsraum stapelten sich verschiedenste Katzenfuttersorten, die Jeanette in der Hoffnung besorgt hatte, dass Queenie zumindest etwas davon schmecken würde. Doch meist schnüffelte die Katzendame nur kurz an ihrem Napf und legte sich dann wieder schlafen. Hin und wieder wachte sie auf und stieß ein klägliches Maunzen aus. Der Tierarzt hatte Jeanette gewarnt, dass der Tumor irgendwann anfangen würde, Schmerzen zu verursachen und ihr vorsorglich Tropfen mitgegeben, um diese zu lindern.

An diesem Abend legte sich Queenie wie so oft auf das Bettende des Jungen. Während die alte Katze laut zu seinen Füßen schnarchte, lag der Junge wach und durchlebte wieder und wieder den Streit seiner Eltern im Krankenhaus. Wie in einer Endlosschleife hallten die Worte seiner Mutter durch seinen Kopf. *Du elender Feigling! Du elender Feigling! Du elender Feigling!*

Irgendwann hielt es der Junge nicht mehr aus. Er setzte sich vorsichtig auf, ohne Queenie dabei zu wecken, und schaltete die Nachttischlampe an. Dann beugte er sich vor und streichelte der alten Katze, die augenblicklich zu schnurren begann, sanft über den Rücken. Eine ganze Weile saß der Junge schweigend da, während seine

Hand unentwegt über das struppig gewordene Fell des Tieres fuhr.

Als er dann sprach, klang seine Stimme heiser.

„Du brauchst keine Angst zu haben, Queenie. Ich bin kein Feigling. Ich werde dich nicht leiden lassen!"

Mit zitternden Fingern griff der Junge nach seinem Kopfkissen und hielt es eine Weile unschlüssig in den Händen. Dann beugte er sich vor und legte das Kissen auf die Katze. Als diese sich nicht wehrte, änderte er seine Position, so dass er das Kissen mit Armen und Oberkörper fest auf sie pressen konnte. Durch die Daunen spürte er die leichten Bewegungen des Tieres und drückte daraufhin noch etwas fester zu. Tränen liefen über seine Wangen und tropften auf den Kissenbezug. Nach einiger Zeit erstarben Queenies Bewegungen. Der Junge drückte noch einige Minuten lang auf das Kissen, bevor er es vorsichtig hochhob und die leblose Katze betrachtete.

„Leb wohl, Queenie!" flüsterte er leise.

Dann legte er sich hin und schlief augenblicklich ein, völlig erschöpft von seiner Tat.

In dieser Nacht erschien dem Jungen im Traum ein Kranich. Er stand ganz plötzlich neben seinem Bett und sah ihn aus klugen, bernsteinfarbenen Augen an. Der große Vogel, mit dem spitzen Schnabel und den langen Beinen, war nicht golden wie die Kraniche auf der Urne seiner Mutter, sondern pechschwarz. Die Schwärze pulsierte über seinen schlanken Körper, als wäre sie etwas Lebendiges. Den Jungen befiel das unbehagliche Gefühl, dass der Blick des Kranichs bis in die hintersten Winkel seiner Seele blicken konnte und angstvoll erwartete er sein Urteil. Nach langem Schweigen verneigte sich der Vogel leicht und gleichzeitig vernahm der Junge eine tiefe, kehlige Stimme. Sie erklang direkt in seinem Kopf, ohne den Umweg über seine Ohren zu nehmen. Es war die Stimme des Kranichs, der ihm dafür dankte, dass er Queenies Seele die Freiheit geschenkt hatte und ihm versprach, sie mit sich in den Himmel zu tragen. Nach diesen Worten berührte der Kranich das Gesicht des Jungen zärtlich mit seiner schwarzen Schwinge und löste sich vor seinen Augen in grauen Nebel auf, der nach und nach verblasste, bis er schließlich ganz verschwunden war.

Der Anruf von Sophia kam noch am selben Abend.

„Hallo Sophia. Was gibt's?" Sven versuchte seine Stimme möglichst beiläufig klingen zu lassen, obwohl ihm das Herz bei der Erinnerung an seine Aktion vom Vormittag bis zum Hals klopfte.

„Sven, warst du heute bei uns im Haus?"

Svens Hirn war benebelt von etlichen Gläsern Wodka, die er sich genehmigt hatte, nachdem er wieder im Hotel angekommen war. Er spürte ein hysterisches Kichern in sich aufsteigen und kämpfte mit aller Kraft dagegen an. Daher klang seine Stimme gepresst, als er ihr antwortete: „Nein. Wie kommst du darauf?"

Am anderen Ende der Leitung herrschte Stille. Vermutlich überlegte Sophia ob und wie sie ihren unappetitlichen Verdacht äußern sollte.

„Ach, nur so", sagte sie schließlich und verfiel erneut in Schweigen.

„Wie geht es den Kindern?", fragte Sven um das Thema zu wechseln. Er war erleichtert, als Sophia ohne Umschweife auf seine Frage einging.

„Gut. Sabrina hat sich endlich ein Kleid für den Abiball ausgesucht. Und Alex hat eine zwei in Mathe geschrieben."

„Das freut mich." Sven machte sich eine gedankliche Notiz, seine Tochter nach dem Kleid zu fragen. Vielleicht würde sie ihm diesmal etwas ausführlicher antworten als mit den üblichen Emojis.

„Ich möchte, dass du den Haustürschlüssel abgibst, Sven!" Sophias Stimme klang heiser, die Bitte schien ihr nicht leicht über die Lippen zu kommen.

„Aber es ist doch auch mein Haus." Sven hörte selbst, wie schwach er seinen Einwand vorbrachte.

„Ach Sven...", begann Sophia, brach dann aber ab.

Was sollte sie auch sagen? Sophia wusste nur zu gut, dass sie nicht das Recht hatte, ihm den Schlüssel wegzunehmen. Doch Sven ließ es nicht auf einen Kampf ankommen.

„Ich komme morgen Abend vorbei. Dann nehme ich noch ein paar Klamotten mit und lasse dir den Schlüssel da."

Schwächling! zischte eine Stimme in seinem Kopf und hörte sich dabei wesentlich nüchterner und kraftvoller an, als er sich fühlte.

Nachdem er aufgelegt hatte, taumelte Sven ins Bad und erbrach sich über der Toilettenschüssel.

Als er am nächsten Abend auf sein Haus zuging, schlug ihm das Herz bis zum Hals. Diesmal waren die Fenster hell erleuchtet und Sven sah Sophia in der Küche hin- und herlaufen.

Er blieb eine Weile im Schutz der Dunkelheit stehen, bis er genügend Mut gesammelt hatte, um die Treppen zur Haustür hinaufzusteigen und zu klingeln. Das Klackern von Sophias Absätzen war sogar hier draußen zu hören. Es war ein befremdliches Geräusch, da sie sonst nie Schuhe im Haus getragen hatte. Sven fragte sich, ob sie ihrem Treffen dadurch einen offizielleren Charakter geben wollte. Vielleicht wollte sie sich mithilfe der Absätze größer machen. Vielleicht gab es aber auch gar keinen speziellen Grund, aus dem sie ihre Schuhe anbehalten hatte und seine Fantasie ging einfach mit ihm durch.

Die Tür öffnete sich und seine Frau stand vor ihm. Dank der Absätze reichte sie ihm bis zum Kinn. Ihre dunkelblonden Haare fielen ihr offen über die Schultern. Sie trug ein dunkelblaues Cocktailkleid und schaffte es, mit der ihr eigenen Lässigkeit darin nicht overdressed auszusehen.

Sie ist wirklich wunderschön, ging es Sven durch den Kopf und wieder wunderte er sich über die emotionale Leere in ihm.

„Hallo, Sophia!", seine Stimme klang ein wenig heiser.

"Sven!" Sophia nickte ihm kurz zu und trat dann beiseite, um ihn hereinzulassen.

Sie führte ihn in die Küche, nicht ins Wohnzimmer, wie er es eigentlich erwartet hatte.

„Wo sind die Kinder?" Sven blieb kurz am Treppenabsatz stehen und sah nach oben.

„Nicht zuhause!" Sophias Antwort war knapp und unterband jede weitere Frage.

Sven seufzte enttäuscht. Also würde er wieder keine Gelegenheit haben, die Beiden zu sprechen.

„Möchtest du etwas trinken?"

Sven schüttelte den Kopf. „Machen wir es kurz, Sophia, okay?"

Er sah, wie sie unter seinen Worten zusammenzuckte und begriff, dass er sich gerade um eine mögliche Aussprache mit seiner Frau gebracht hatte. Einerseits tat ihm das leid. Andererseits hatte er im Moment nicht die Kraft für ehrliche Worte.

„Ich habe dir schon mal Einiges in Kartons gepackt. Sie stehen oben im Schlafzimmer. Nimm mit, was du brauchst."

Sven starrte sie einen Moment lang an, fassungslos über die Effizienz, mit der sie ihn aus ihrem Leben drängte. Dann drehte er sich wortlos um und ging hinauf ins Schlafzimmer.

Svens erster Blick fiel auf das Bett. Wie erwartet, hatte Sophia die Bettwäsche gewechselt. Seine Mundwinkel zuckten, doch als sein Blick auf die Kartons fiel, die fein säuberlich vor dem Kleiderschrank aufgereiht waren, wurde er augenblicklich wieder ernst. Mit schwarzem Edding hatte Sophia den jeweiligen Inhalt notiert:

Pullis & T-Shirts

Socken & Unterhosen

Hosen & Hemden

Schuhe & Bücher

Gemischtes

Sven öffnete probeweise den Deckel des letzten Kartons und blickte auf ein sortiertes Chaos aus Toilettenartikeln, Fotoalben, Medaillen, Aktenordnern und diversem Kleinkram.

Sie hat mich einfach in diesen Pappkartons entsorgt, dachte er voller Verbitterung.

Sophia ließ sich nicht blicken während er die Kartons nach draußen trug. Erst als er fertig war, trat sie aus der Küche, ein halbleeres Glas Wein in der Hand. Sven bemerkte, dass ihre Augen vom Weinen gerötet waren. Instinktiv machte er einen Schritt auf sie zu, um sie in den Arm zu nehmen, blieb dann aber kurz vor ihr stehen. Die wenigen Zentimeter, die zwischen ihnen lagen, waren für ihn zu einer unüberbrückbaren Distanz gewachsen. Sein Herz zog sich schmerzhaft zusammen. War dies also wirklich das Ende?

Eine Weile schwiegen sie beide. Dann streckte Sophia ihren Arm aus und hielt ihm auffordernd ihre offene Handfläche hin. Ihre Hand zitterte und sie sah ihm nicht ins Gesicht, sondern richtete den Blick auf seinen Oberkörper. Sven zog den Haustürschlüssel aus seiner Hosentasche und legte ihn nach kurzem Zögern in ihre Handfläche. Sofort schlossen sich ihre perfekt manikürten Finger um das Metall, so als habe sie Angst, dass er es sich anders überlegen könnte. Das Schweigen zwischen ihnen dehnte sich aus und trieb Sven in Richtung Haustür.

Bevor er hinausging, drehte er sich noch einmal zu ihr um. „Bitte sag den Kindern, dass ich sie liebhabe und dass ich mich freuen würde, wenn sie sich melden."

Sophia nickte nur, eine Träne löste sich aus ihrem Auge und lief über ihre Wange. Bevor es ihm ähnlich ergehen konnte, flüchtete Sven die Stufen hinunter und hinein in sein Auto. Die Reste seines bisherigen Lebens stapelten sich hinter ihm auf dem Rücksitz.

„Was war der schönste Moment in deinem Leben?" Emma hatte ihren Kopf auf seine Brust gebettet und starrte auf die Zimmerdecke. „Mmmm..." Eine wirklich schwierige Frage. Erik ging in Gedanken die Höhepunkte seines Lebens durch, von denen es nicht sonderlich viele gab, auch wenn er sich nicht für einen unglücklichen Menschen hielt.

„Ich glaube, das erste Weihnachtsfest an das ich mich erinnern kann, dürfte der schönste Moment in meinem Leben gewesen sein", meinte er schließlich gedehnt, während er sich bemühte, sich die Eindrücke von damals ins Gedächtnis zu rufen.

Emma drehte sich zu ihm und musterte ihn neugierig, das Kinn auf eine Hand gestützt. Sie schien überrascht. Vermutlich hatte sie mit einer spektakuläreren Antwort gerechnet.

„An was erinnerst du dich denn?", fragte sie dann mit ehrlichem Interesse.

Wieder dachte er eine Weile nach.

„Ich habe eigentlich keine konkrete Erinnerung. Es ist eher eine Mischung aus kurzen Momenten, Geräuschen und Gerüchen. Das Klingeln eines Glöckchens, der Duft von Braten, der leuchtende Weihnachtsbaum..."

Noch während Erik sprach, erschienen auf einmal längst vergessen geglaubte Bilder vor seinem inneren Auge. Er war überrascht, wie intensiv die Erinnerungen waren, die plötzlich auf ihn einstürzten.

Als er fortfuhr klang seine Stimme belegt. „Ich erinnere mich an das strahlende Gesicht meiner Mutter, als sie mir beim Geschenke auspacken zugesehen hat. Ich weiß gar nicht mehr, was ich geschenkt bekommen habe, nur, dass ich mich darüber wahnsinnig gefreut habe." Er brach ab und spürte, wie sich sein Herz in einem seltenen Moment der Sehnsucht schmerzhaft zusammenzog.

„Und was war dein schönster Moment?", fragte er Emma, um sich von seinen eigenen Gefühlen abzulenken.

„Als ich von zuhause ausgezogen bin", kam ihre Antwort wie aus der Pistole geschossen.

Erik zog eine Augenbraue hoch, obgleich er mit einer Aussage dieser Art gerechnet hatte.

„Und warum war ausgerechnet das dein schönster Moment?"

Emma schnaubte. „Ich wäre am liebsten schon viel früher ausgezogen. Zuhause hat mich alles genervt. Alles hat sich immer nur um meinen kleinen Bruder gedreht. Thomas war schwerstbehindert. Seit seiner Geburt. Und ab dem Zeitpunkt war ich für meine Eltern nicht mehr als ein Geist. Meine Mama hat ihren Job aufgegeben, um ganz für Thomas da zu sein. Mein Papa hat dafür umso mehr arbeiten müssen. Den ganzen Tag hieß es nur Thomas hier, Thomas da."

Als sie fortfuhr, verstellte sie ihre Stimme und gab Erik dadurch eine vage Vorstellung von der Heftigkeit vergangener Diskussionen.

„In den Urlaub fahren? Wo denkst du hin? Ein Wochenendausflug? Thomas geht es dafür nicht gut genug!"

Emma verstummte und ihr mühsam unterdrückter Zorn schwang sogar in ihrem Schweigen mit.

Einen Augenblick später fuhr sie fort. „Irgendwann ist es meinem Papa dann zu viel geworden und er ist gegangen. Ich dachte, er würde mich mitnehmen, damit ich endlich wieder ein normales Leben führen könnte. Aber nein! Er wollte nicht, weil er sich angeblich vor lauter Arbeit nicht um mich kümmern konnte. Als hätte sich vorher jemand um mich gekümmert!"

Emmas Fingernägel krallten sich in Eriks Unterarm und er musste die Zähne zusammenbeißen, um nicht vor Schmerzen aufzustöhnen.

„Das Schlimmste war, dass ich meinen Bruder so sehr gehasst habe. Er konnte ja nichts dafür, aber er hat mein Leben zerstört." Emma begann zu weinen.

Erik wollte sich gerade zu ihr umdrehen und sie in den Arm nehmen, da fuhr sie mit erstickter Stimme fort. „Ich wollte, dass er stirbt. So sehr! Und dann ist er plötzlich wirklich gestorben. Und es tat mir so leid. Und nichts ist dadurch besser geworden. Meine Mama hat nur noch geweint, sie wusste gar nichts mehr mit sich anzufangen. Und obwohl Thomas weg war, hat sie mich genauso wenig beachtet wie vorher. Ich hab` mir Thomas wieder zurückgewünscht, aber er war weg. Mein kleiner Bruder war weg."

Nun schluchzte sie hemmungslos und Erik zog sie an sich, damit sie sich an seiner Schulter ausweinen konnte. Lange blieben sie engumschlungen liegen, bis Emmas Schluchzen allmählich nachließ.

Das Schicksal war dem Jungen nicht wohlgesonnen. Kurz nach seinem sechzehnten Geburtstag erreichte Jeanette ein Anruf von Marks Arbeitgeber. Ihr Mann war auf der Herrentoilette zusammengebrochen. Als ein Kollege ihn dort fand, hatte er vermutlich schon einige Zeit auf dem Boden gelegen. Beim Sturz hatte er sich eine Platzwunde zugezogen und sehr viel Blut verloren. Der Blutverlust war allerdings nicht tödlich, wohl aber der Herzinfarkt, weswegen er ohnmächtig geworden war. Die Sanitäter, die schnell zur Stelle waren, konnten nur noch seinen Tod feststellen.

Der Junge wich in den kommenden Tagen nicht von Jeanettes Seite. Er schlief sogar bei ihr im Bett, auf ihrer Bettseite, denn Jeanette hatte sich auf Marks Seite gelegt, um noch für eine Weile seinen Geruch um sich herum zu haben, wie sie sagte. Der Junge hatte die unbestimmte Angst, dass Marks Tod auch Jeanette mit sich reißen würde, so wie der Tod seiner Mutter seinen Vater. Erst als mehrere Wochen vergangen waren, in denen Jeanette sich trotz ihrer Trauer genauso verhielt wie zuvor, verging diese Angst allmählich. Der Junge gewann die Zuversicht, dass Jeanette ihn nicht alleine lassen würde und er dankte ihr dafür, indem er ihr all seine Zuneigung schenkte.

Marks Ableben hinterließ eine große Lücke im Leben der beiden. Das Haus schien plötzlich zu groß und zu still für sie allein. Daher war es fast eine Erleichterung, als irgendwann das Jugendamt anrief und sie darum bat, kurzfristig ein weiteres Pflegekind aufzunehmen. In den letzten Jahren hatte der Junge viele Pflegekinder kommen und gehen sehen. Die meisten blieben nur ein paar Wochen und zu keinem von ihnen hatte er eine Beziehung aufbauen können. Oft waren die Kinder traumatisiert von den Erlebnissen, die sie hierhergebracht hatten, und da der Junge nicht wusste, wie er mit ihnen umgehen sollte, ging er ihnen möglichst aus dem Weg.

Das neue Pflegekind war ein stilles, ernstes Mädchen. Sie war nur wenig älter als der Junge, wirkte aber viel reifer, und als er ihr das erste Mal gegenüberstand, kam er sich vor wie ein kleiner, dummer Schuljunge. Sie war nicht sonderlich hübsch. Ihre Züge waren etwas derb und passten nicht so recht zu ihrer zierlichen Gestalt. Ihr Lächeln, das wenig Wärme ausstrahlte, entblößte eine Reihe leicht schiefer Zähne, eine Ecke ihres linken Schneidezahns war abgebrochen. Aber sie hatte eine Wildheit an sich, die der Junge aufregend fand.

Er wusste nicht, warum man sie ihrer Familie weggenommen hatte, fragte sie aber auch nie danach. Anders als die meisten Pflegekinder, zog sich das Mädchen nicht zurück. Stattdessen suchte sie ganz gezielt seinen Kontakt und kam immer wieder ungebeten in sein Zimmer, wo sie sich einfach wortlos auf sein Bett warf und ihm bei seiner jeweiligen Beschäftigung zusah.

Anfangs irritierte ihn ihr aufdringliches Verhalten.

„Was willst du?" Sein Tonfall war ungewollt grob und augenblicklich lag ihm eine Entschuldigung auf der Zunge.

Wieder einmal war das Mädchen einfach so hereingekommen und hatte sich hinter ihn gestellt, während er an seinem Schreibtisch saß und über komplizierten Matheaufgaben brütete, bei denen ihm Mark noch vor wenigen Monaten geholfen hätte.

„Nichts. Ich bin einfach nur gerne bei dir".

Die beiden sahen sich einen Moment schweigend an, dann zuckte der Junge die Achseln und widmete sich wieder seinen Hausaufgaben.

Irgendwann begann das Mädchen sich sogar nachts in sein Zimmer zu schleichen, jedoch nur, wenn sie sicher sein konnte, dass Jeanette schlief und nichts von ihrem Treiben mitbekam. Obwohl sie dabei kaum ein Geräusch machte, wurde der Junge wach, sobald sie sein Zimmer betrat, die Tür hinter sich schloss und leise in sein Bett kletterte. Der Junge tat stets so, als schliefe er tief und fest, war sich ihres Körpers jedoch nur zu bewusst. Er war kein Kind mehr, sondern entwickelte sich zum Mann und so war es nur logisch, dass aus dem harmlosen Beieinanderliegen irgendwann mehr wurde.

Stets war es das Mädchen, das den ersten Schritt machte. Zunächst, indem sie ihre Arme von hinten um ihn legte; dann, indem sie ihre Hände unter sein Shirt und wenige Tage später in seine Unterhose gleiten ließ.

Eines Nachmittags verkündete Jeanette dem Mädchen, dass das Jugendamt entschieden hatte, es zurück zu seiner Familie zu lassen.

In dieser Nacht drehte sich der Junge zum ersten Mal zu ihr um, anstatt wie sonst still zu liegen und einfach nur ihre Berührungen zu genießen. Der erste Kuss war sanft und vorsichtig, der zweite innig und fordernd. Anschließend setzte sich das Mädchen auf und zog ihr Nachthemd aus. Sie nahm seine Hände und legte sie sanft auf ihre Brüste, woraufhin der Junge leise keuchte. Eine Weile blieb sie so sitzen und ließ ihn ihren Körper erkunden, wobei ihr das Zittern seiner Finger und sein hektischer Atem seine jugendliche Unerfahrenheit verriet. Dann streifte sie ihr Höschen ab und zeigte ihm wiederum, wie er sie zu berühren hatte. Endlich wurde der Junge forscher, sein Instinkt übernahm und er zog sich ebenfalls aus. Kaum hatte er sich auf sie gelegt und ein paar Mal vorsichtig zugestoßen, da verlor er auch schon die Kontrolle über seinen Körper und kam zum Höhepunkt. Bevor er sich entschuldigen konnte, verschloss das Mädchen seinen Mund mit einem sanften Kuss.

Eine Weile blieben sie so liegen und lauschten auf ihr unterdrücktes Keuchen. Dann tastete das Mädchen nach dem Lichtschalter und der Junge kniff die Augen zusammen, als es plötzlich hell wurde.

„Sieh` mich an". Der Ton des Mädchens war befehlend und der Junge gehorchte nur zu gern.

Es war das erste Mal, dass er einen nackten Frauenkörper aus der Nähe betrachten konnte. Was er sah, gefiel ihm, auch wenn sie ein wenig zu dünn für seinen Geschmack war.

Ein Detail lenkte seine volle Aufmerksamkeit auf sich: auf der rechten Brust des Mädchens ruhte der keilförmige Kopf einer riesigen Schlange. Der Tätowierer, der dieses Tier erschaffen hatte, musste ein wahrer Meister seiner Kunst sein. Die runden Augen des Reptils erweckten den Eindruck, als seien sie lebendig und der schuppige Körper, der sich an der rechten Körperseite des Mädchens entlangschlängelte, kurz vor ihrem Bauchnabel einen Bogen machte und schließlich hinter ihrem Rücken verschwand, wirkte durch ein sorgfältig ausgearbeitetes Schattenspiel täuschend echt. Staunend fuhr der Junge mit beiden Händen über die Tätowierung.

„Willst du wissen, was die Schlange bedeutet?", fragte das Mädchen mit einem herausfordernden Unterton.

Der Junge nickte, ohne den Blick von dem aus Tinte gestochenen Tier abzuwenden.

„An sich gibt es viele Bedeutungen", begann das Mädchen leise.

„Schlangen gelten als Beschützer und als Todesbringer. Sie stehen für den Kreislauf des Lebens und für Weisheit." Sie machte eine Pause und als sie weitersprach, glühten ihre Augen. „Aber mir gefällt am meisten ihre Rolle als Verführerin." Mit diesen Worten löschte sie das Licht und zog ihn wieder zu sich herab.

Während vor den Fenstern die Dämmerung hereinbrach und sich die ersten Umrisse aus der Dunkelheit des Zimmers herausschälten, liebten sie sich noch einmal. Diesmal dauerte es länger, bis der Junge zum Höhepunkt kam und das Mädchen schien zufrieden. Nachdem sie sein Zimmer verlassen hatte, drehte sich der Junge um und schlief augenblicklich ein.

As er Stunden später erwachte, wusste er, dass das Mädchen bereits fortgegangen war und dass er sie nie wiedersehen würde. Ihr Gesicht und ihre Stimme hatte er bald vergessen. Ihre kunstvolle Tätowierung jedoch blieb ihm lebhaft im Gedächtnis, und bald begann in seinem Kopf eine Idee heranzureifen.

Das Mädchen war das letzte Pflegekind, das sie bei sich aufnahmen. Kurz darauf begann Jeanette wieder zu arbeiten und das Haus war immer öfter still und leer, wenn der Junge von der Schule nach Hause kam. Umso wertvoller erschien ihm dadurch die Zeit, die er und Jeanette gemeinsam verbrachten. Sie kochten und aßen zusammen, sahen sich Filme an, spielten Karten oder unterhielten sich. Als der Junge sein Abitur gemacht hatte und sich auf das Studium vorbereitete, beschloss Jeanette das Haus zu verkaufen und eine Wohnung für sie beide zu erwerben. Von der beträchtlichen Summe, die übrigblieb, legte sie einen Großteil auf den Namen des Jungen an.

Kurz vor ihrem Umzug in die neue Wohnung kehrte der Vater des Jungen für einen kurzen Augenblick in sein Leben zurück. Niemals würde der Junge den Moment vergessen, in dem er die Haustür öffnete und das bekannte und doch so fremde Gesicht vor sich sah. Hatte er beim letzten Mal noch den Kopf in den Nacken legen müssen, um seinem Vater ins Gesicht zu sehen, so überragte er ihn nun um einige Zentimeter. Auch an geistiger Größe war er ihm weit überlegen, und während sein Vater mit gesenktem Kopf vor ihm stand, richtete sich der Junge stolz auf und dankte ihm für seinen Besuch. Dann gab er ihm zu verstehen, dass er ihn nicht mehr wiedersehen wollte. Während sein Vater noch versuchte, ihn umzustimmen, schloss der Junge die Tür vor seiner Nase und verabschiedete sich damit ein zweites Mal von ihm. Diesmal endgültig.

„Einfach nur den Moment vergessen, sich auflösen. Es ist so ein tolles Gefühl!" Während sie sprach, rollte Emma ein kleines Tütchen zwischen ihren Fingern hin und her.

Erik küsste sie auf die nackte Schulter.

„Warum willst du den Moment vergessen?", fragte er mit den Lippen auf ihrer Haut und hätte beinahe hinzugefügt, dass sie doch glücklich miteinander seien. Doch er sprach diesen Gedanken nicht aus, denn er wusste, dass er nicht der Wahrheit entsprach. Emma war nicht glücklich. Und sie würde es auch nie sein. Weder mit ihm, noch mit jemand anderem. Vielleicht hatte sie ja recht und ihre Seele war kaputt. Zerbrochen in den vielen Jahren der Einsamkeit.

Ein tiefes Schweigen war die einzige Antwort auf seine Frage. Emma ließ das kleine Tütchen über ihrem Gesicht baumeln und betrachtete das weiße Pulver darin voller Sehnsucht. Erik registrierte ihren Blick mit zunehmendem Unwohlsein. In der Hoffnung, sie auf andere Gedanken bringen zu können, fuhr er mit der Zunge ihren Hals hinauf und biss sie sanft in ihr Ohrläppchen. Doch der Wunsch nach Vergessen war stärker als die Lust. Emma schüttelte ihn fast unwirsch ab und machte sich an die Prozedur, die er bereits mehrfach mitangesehen hatte.

Als sie die Spritze aufgezogen hatte, drehte sie sich zu ihm um und sah ihn herausfordernd an. „Möchtest du es mal probieren?"

Ihre Frage schockierte ihn. Ohne auch nur mit der Wimper zu zucken, würde sie ihn mit sich in die Sucht reißen.

Er schüttelte heftig den Kopf, woraufhin Emma nur gleichgültig die Schultern hob und ihm dann wieder den Rücken zuwandte. Leichte Übelkeit überkam ihn, als er sie dabei beobachtete, wie sie sich die Spritze setzte und sich die Flüssigkeit in die Vene jagte. Er konnte sich fast bildlich vorstellen, wie die Droge durch ihren Körper raste und ihr Gehirn flutete.

Es dauerte wieder nur ein paar Sekunden, bis Emma sich mit glasigen Augen in die Kissen fallen ließ. Erik setzte sich aufrecht hin und betrachtete sie eingehend, ihren nackten, wohlgeformten Körper, die festen kleinen Brüste, die schlanken Arme. Sanft streichelte er die weiche Haut ihrer Brust, woraufhin Emma leise stöhnte. Was sie wohl gerade wahrnahm?

Seine Finger wanderten über ihren Körper und verharrten dann auf den frischen Schnitten an ihren Handgelenken. Die Kanten waren scharf, es musste stark geblutet haben. Erik vergrub das Gesicht an ihrem Hals und atmete tief ihren Duft ein. Auf seinem Rücken spürte er die unruhigen Bewegungen des Kranichs, und sein Herz zog sich bei den Gedanken an seine nächsten Schritte schmerzhaft zusammen. Am liebsten hätte er sich einfach neben Emma gelegt und gewartet, bis sie ihren Drogenrausch ausgeschlafen hatte.

Feigling! zischte eine weibliche Stimme in seinem Kopf. Wie gerne hätte sich Erik einfach die Ohren zugehalten, um diese Stimme auszusperren, doch er wusste, dass es zwecklos war. Daher zwang er sich, sich von Emma zu lösen, kletterte aus dem Bett und zog sich leise an. Seine Bewegungen wirkten steif und gezwungen und zeugten von dem Kampf, der in seinem Inneren tobte. Schließlich nahm er das noch halbvolle Tütchen vom Nachttisch und führte sorgfältig die Schritte durch, die er bei Emma gesehen hatte.

Er hatte mehr von dem Pulver genommen, als sie es sonst tat, und die Spritze war randvoll.

Ein letztes Mal zögerte er, bevor er den Gurt, der lose an Emmas Arm hing, wieder festzog. Dabei fiel ihm auf, dass seine Hände unkontrolliert zitterten. Er atmete einige Male tief ein und aus, bis das Zittern nachließ. Dann setzte er ihr eilig die Spritze, wohlwissend, dass er den Mut verlieren würde, falls er auch nur einen Augenblick länger zögerte, und jagte ihr den gesamten Inhalt in die Vene. Anschließend löste er den Gurt und wartete.

Emma lag eine Weile still da, dann begann ihr ganzer Körper plötzlich unkontrolliert zu zucken. Erik zog sie sanft in seine Arme und wiegte sie wie ein Kind. Er lauschte auf ihren Atem, der immer angestrengter wurde und spürte das Rasen ihres Herzens an seiner Brust. Tränen liefen ihm über die Wangen, als er wieder und wieder ihr Gesicht küsste.

Irgendwann erschlaffte ihr Körper in seinen Armen. Ihr Atem war kaum noch wahrnehmbar, ihr Herzschlag nur noch ein leichtes Flattern, das immer schwächer wurde und schließlich ganz erstarb. Erik hielt sie noch lange fest, während ihr Körper allmählich erkaltete. Bevor er das Zimmer verließ, gab er ihr noch einen letzten liebevollen Kuss auf die Lippen, die inzwischen eine leicht bläuliche Farbe angenommen hatten.

Die Nächte im Hotel hatten bereits große Löcher in seinen Kontostand gefressen, zumal auch die Raten für das Haus weiterhin abgebucht wurden. So lange Sophia mit den Kindern allein im Haus lebte, würde er sie weiterhin klaglos zahlen. Sollte sich jedoch der *Gesichtsklemptner* in seinem Haus breitmachen, würde er sich zur Wehr setzen. Jedes Mal, wenn er daran dachte, spürte Sven, wie sich sein Herzschlag vor Wut beschleunigte.

Leider war es gar nicht so einfach, eine Alternative zum Hotel zu finden. Da der Markt an Mietwohnungen leergefegt war, suchte Sven stattdessen nach einer Ferienwohnung, die jemand außerhalb der Saison für wenig Geld vermietete. Er hatte Glück und fand schließlich eine recht zentral gelegene Zwei-Zimmer-Wohnung, die er direkt für drei Monate mieten konnte.

Nachdem er die noch immer unausgepackten Kartons in die Wohnung gebracht hatte, füllte er als Erstes den Kühlschrank auf. Er hatte es sich zur Gewohnheit gemacht, den Abend mit ein paar Bier zu beginnen und dann auf etwas Stärkeres umzusteigen. Erst, wenn er sich einen gewissen Alkoholpegel angetrunken hatte, traute er sich ins Bett. Zu düster waren sonst seine Gedanken, zu schlecht seine Träume. War er zu nüchtern, durchlebte er in der Dunkelheit seines Schlafzimmers wieder und wieder die Geschehnisse der vergangenen Wochen.

Oft träumte er von Sophia, sah ihr Gesicht vor sich und musste sich erneut ihre grausamen Worte anhören. Dann stand anstelle von Sophia plötzlich Erik vor ihm, sprach aber mit Vincents Stimme und noch während er redete, verwandelten sich Eriks weiche Züge in das von Panik verzerrte Gesicht der jungen Frau, die in ihrem Auto verbrannte.

Überhaupt war das Feuer in seinen Träumen allgegenwärtig. Autos brannten, sein Haus, seine Kinder und er selbst, bis er endlich mit einem Schrei erwachte, zitternd und schweißüberströmt. Nein! Solche Nächte konnte und wollte er einfach nicht länger ertragen.

Also stellte er sicher, dass er vor lauter Trunkenheit wie ohnmächtig in sein Bett fiel und erst am nächsten Morgen wiedererwachte. Den brummenden Schädel nahm er dafür gerne in Kauf, schließlich ließ sich das mit einer Kopfschmerztablette und einem Glas Wodka zum Frühstück wieder beheben.

Erik klopfte leise an die Schlafzimmertür, wohl wissend, wie unsinnig das eigentlich war.

„Guten Morgen Mama!" Er zog die Rollläden hoch und ließ das fahle Morgenlicht in das Zimmer. „Heute soll endlich mal wieder die Sonne scheinen."

Er blieb eine Weile am Fenster stehen und starrte hinaus in den kalten Herbstmorgen. Silbergraue Wolken hingen am Himmel, doch im Gegensatz zu den vergangenen Tagen blitzte hin und wieder etwas Sonnenlicht hindurch. Es war allerdings ein kaltes weißes Licht, das wenig Wärme versprach.

Eriks Gedanken wanderten zu Emma. Hatte wohl schon jemand ihre Leiche entdeckt? Er war gestern zum Studentenwohnheim gefahren und hatte ausdauernd an ihre Wohnungstür geklopft. Irgendwann war die Tür der Nachbarwohnung aufgegangen und ein Mädchen in Emmas Alter hatte ihn gefragt, was der Lärm zu bedeuten habe. Als er ihr erklärte, dass er sich Sorgen um seine Freundin mache, hatte das Mädchen nur mit den Achseln gezuckt und nach ein paar beruhigenden Worten ihre Tür geschlossen. Sie würde wohl kaum die Polizei anrufen, weil sie sich Sorgen um den Verbleib ihrer Nachbarin machte.

Erik wollte nicht, dass Emmas Tod lange unentdeckt blieb, dass ihr schöner Körper schon erste Verwesungserscheinungen aufwies, wenn ihn jemand fand. Aber noch hielt er es für verfrüht, selbst die

Polizei zu informieren, weshalb er schließlich unverrichteter Dinge nach Hause gefahren war.

Beim Gedanken an Emmas leblosen Körper verwandelte sich sein Herz in einen glühenden Klumpen, der sich durch seine Brust zu brennen schien. Er lehnte die Stirn an das kalte Glas des Fensters und atmete einige Male zitternd ein und aus.

In dem Moment klingelte es an der Haustür und Erik fuhr erschrocken zusammen. Ein schneller Blick auf die Uhr verriet ihm, wer der Besucher sein würde, und er entspannte sich wieder.

„Ich bin sofort wieder da, Mama!", versprach er der reglosen Frau im Bett.

Kurz darauf kehrte er mit einer Frau Mitte Fünfzig, die eine blütenweiße Arbeitskleidung trug, in das Schlafzimmer zurück. Henrike Ott, die von allen nur Hettie genannt wurde, war eine von vier Pflegekräften, die ihn abwechselnd bei der Versorgung seiner Mutter unterstützten. Den Großteil der Pflege erledigte Erik alleine, nur für die aufwendigeren Arbeiten wie das Waschen, nahm er die Hilfe des Pflegedienstes in Anspruch. Hettie war ihm von allen Pflegerinnen die Liebste. Sie hatte eine zupackende aber unaufdringliche Art, und auch wenn seine Mutter sich nicht äußern konnte, glaubte Erik zu spüren, dass sie sich in Hetties Gegenwart wohl fühlte.

Hettie und er waren ein eingespieltes Team, in einträchtigem Schweigen arbeiteten sie Hand in Hand. Hin und wieder kommentierten sie die nächsten Arbeitsschritte, um Eriks Mutter darauf vorzubereiten.

Als diese schließlich frisch gewaschen und umgezogen wieder in ihrem Bett lag, lud Erik Hettie auf eine Tasse Kaffee ein. Er tat das jedes Mal, obwohl er genau wusste, dass Hettie ablehnen würde. So auch diesmal.

„Lieb von dir, Erik. Aber du weißt ja, dass wir immer zu wenig Zeit haben."

Erik lächelte. „Ja, das weiß ich, Hettie."

An der Haustür blieb die ältere Frau kurz stehen und sah Erik aufmerksam an. „Du siehst sehr traurig aus, Erik. Ist alles in Ordnung?"

Erik musste schlucken. Wie gerne hätte er ihr sein Herz ausgeschüttet, doch das war natürlich nicht möglich.

„Alles in Ordnung, Hettie. Ich hatte einfach nur eine stressige Woche", beeilte er sich ihr zu versichern.

Hettie musterte ihn noch einen Moment prüfend, dann nickte sie.

„Erik, du weißt, dass du Anspruch auf mehr Unterstützung hast. Falls es dir mal zu viel wird, meld` dich bitte."

Erik winkte ab. „Mach dir keine Sorgen. Es wird mir schon nicht zu viel. Ich kümmere mich gerne um meine Mutter."

Völlig unerwartet trat die ältere Frau vor und zog ihn an sich. Erik erstarrte, spürte dann aber wie sich sein Körper entspannte und sich einen Moment des Trostes in Hetties Umarmung gönnte.

„Du bist ein guter Mensch, Erik!" Mit diesen Worten entließ sie ihn aus ihren Armen und verließ die Wohnung.

Erik blieb im Türrahmen stehen und blickte ihr hinterher. Ihre Worte hallten in seinem Kopf nach und unwillkürlich fuhren seine Hände über den Stoff seines Pullis, unter dem sich die Flügelspitzen des Kranichs verbargen.

Ein guter Mensch, wiederholte er in Gedanken. War er das wirklich? War er überhaupt ein Mensch? Schließlich verlangte der Kranich Unmenschliches von ihm. Es war ihm schon zuvor nicht immer leichtgefallen, seine Pflicht zu erfüllen und die Seelen, die sich danach sehnten, vom Kranich in den Himmel getragen zu werden, zu befreien. Aber einen Menschen gehenzulassen, den er wirklich mochte, hatte ihm alles abverlangt.

Er hatte erst in dem Moment, als Emmas nackter Körper in seinen Armen abkühlte, verstanden, dass er sich zum ersten Mal in seinem Leben verliebt hatte. Jedes Mal, wenn ihr Gesicht vor seinem inneren Auge erschien, kämpfte er entschieden dagegen an, aus Angst nur aus purem Egoismus an ihr festzuhalten.

Als er schließlich die Tür hinter Hettie schloss, zog er das Handy aus der Tasche und wählte Svens Nummer. Es war an der Zeit Emma zu finden!

Es fiel dem Jungen schwer, sich für die Dauer seines Studiums von Jeanette zu verabschieden. Er hätte sich auch an einer Universität in der Nähe beworben, doch Jeanette hatte darauf bestanden, dass er das Studentenleben voll auskostete. Und ihrer Meinung nach bedeutete das, weit weg von der eigenen Familie in einer Studentenbude zu leben und sich die Nächte um die Ohren zu schlagen.

Der Junge gewöhnte sich ebenso schnell an das Studentenleben, wie er sich auch an alle bisherigen Veränderungen in seinem Leben gewöhnt hatte. Er war bei seinen männlichen und weiblichen Kommilitonen gleichermaßen beliebt und selten allein.

Seine Wohnung teilte er sich mit Angela, einer Kunststudentin im zweiten Semester, und mit Manuel, der wie er selbst Informatik studierte, allerdings schon vier Semester hinter sich hatte. Die beiden waren das explosivste Paar, das der Junge jemals erlebt hatte. Während Angela sehr lebhaft und temperamentvoll war, war Manuel redselig und stur. Die beiden diskutierten mit Hingabe, stritten lautstark und versöhnten sich mit einer Leidenschaft, die dem Jungen mitunter die Schamesröte ins Gesicht trieb. Auch wenn er sich hin und wieder nach etwas mehr Ruhe sehnte, genoss der Junge das WG-Leben und verstand sich gut mit seinen beiden Mitbewohnern.

Als er eines nachmittags nach Hause kam, saß Angela am Esstisch und war in eine Zeichnung vertieft. Manuel stand mit verschränkten

Armen neben ihr und gab hin und wieder kurze Anweisungen. Der Junge gesellte sich zu ihnen und schaute neugierig über Angelas Schulter. Das Papier war noch größtenteils weiß, aber er erkannte die Umrisse einer Eule.

„Was zeichnest du?"

„Mein neues Tattoo", antwortete Manuel an Angelas Stelle.

Manuel sammelte Tätowierungen wie andere Menschen Briefmarken, und sein Körper hatte sich mit den Jahren in ein Kunstwerk auf zwei Beinen verwandelt. Besonders angetan hatten es ihm die amerikanischen Ureinwohner. Auf seiner Haut fand sich so ziemlich jedes Motiv, das man sich zu diesem Thema vorstellen konnte. Männliche und weibliche Indianer mit und ohne Federschmuck, kunstvoll verzierte Tipis, Traumfänger, Friedenspfeifen, Wölfe, Bisons, Adler und weitere Tiere – alles eingebettet in eine Landschaft aus Felsen und Tannen.

Der Junge beobachtete aufmerksam, wie die Eule unter Angelas Händen Form annahm und staunte nicht zum ersten Mal über ihre Kunstfertigkeit. Strich um Strich erweckte ihr Bleistift das Tier auf dem Papier zum Leben. Die riesigen Augen der Eule schienen dem Betrachter auf Schritt und Tritt zu folgen. Dem glänzenden Schnabel war seine Kraft deutlich anzusehen und die Federn wirkten so weich, dass der Junge sie am liebsten gestreichelt hätte, um sich zu vergewissern, dass sie wirklich nur gezeichnet waren.

„Und, zufrieden?" Angela legte den Stift beiseite und drehte sich zu ihrem Freund um. Manuel nickte nur.

„Würdest du für mich auch ein Tattoo entwerfen, Angela?",
fragte der Junge mit belegter Stimme.

„Na klar. Für einen Fuffi die Stunde tue ich alles". Sie grinste ihn
verschmitzt an, wurde aber gleich wieder ernst als sie den drängen-
den Ausdruck in seinen Augen sah. „Nein, Quatsch! Klar würde ich
das. An was für ein Motiv denkst du?"

Der Junge beschrieb ihr detailliert, was er sich vorstellte und Angela versprach, sich noch am selben Abend an die Arbeit zu machen.

Eine Woche später betraten die drei Manuels Lieblingsstudio. Der
Tätowierer, ein untersetzter Mann in Flipflops, auf dessen Körper es
vermutlich ebenso wenig freie Hautstellen gab, wie auf Manuels, begrüßte sie per Handschlag und sah sich dann die mitgebrachten
Zeichnungen an.

Einen Moment später klatschte er laut in die Hände „Alles klar.
Wer von euch zwei Vogelfreunden will denn anfangen?"

In dieser Nacht schlief der Junge auf dem Bauch und das Summen
der Tätowiernadel begleitete ihn bis in seine Träume. Immer wieder
fuhr er kurz aus dem Schlaf hoch und das Brennen und Jucken auf
seinem Rücken fühlte sich an, als würde der tätowierte Vogel zum
Leben erwachen.

Als er am nächsten Morgen reichlich übermüdet in die Küche
kam, warteten Manuel und Angela bereits auf ihn.

„Wir haben uns überlegt, heute Abend eine Tattoo-Einweihungs-
feier zu machen", eröffnete Manuel ihm freudestrahlend.

Der Junge musste trotz seiner Müdigkeit grinsen. Seine Mitbewohner fanden immer einen Grund zu feiern und je abwegiger dieser war, desto unterhaltsamer waren mitunter die Partys.

„Klingt gut!" Er goss sich eine Tasse von dem Kaffee ein, den die beiden bereits aufgebrüht hatten, und setzte sich zu ihnen. Während er ihrer Partyplanung zuhörte, dachte er sich, wie zufrieden er mit seinem Leben war.

Auf dem Weg zur Uni klingelte sein Handy.

Sven parkte den Wagen vor dem Mehrfamilienhaus, in dem sich seine Übergangsbleibe befand. Er fühlte sich zutiefst erschöpft, denn heute war sein Dienst zum ersten Mal seit dem Unfall wieder fordernder gewesen. Er hatte mit einigen Kollegen eine Demo begleitet und die üblichen Rangeleien und Beschimpfungen waren nicht ausgeblieben.

Als er gerade seine Wohnungstür aufschließen wollte, öffnete sich die Tür auf der anderen Seite des Flurs.

Sven kannte die Frau, die dort mit ihrem Sohn wohnte, nur von kurzen Begegnungen auf dem Parkplatz. Bis auf einen kurzen Gruß oder eine Belanglosigkeit über das Wetter, hatten sie sich jedoch noch nicht länger unterhalten.

„Herr Baumann! Wie gut, dass ich Sie treffe!", rief ihm seine Nachbarin fröhlich entgegen.

Ihre Formulierung kam Sven recht unpassend vor, schließlich wirkte diese Begegnung alles andere als ein zufälliges Treffen.

Bevor er sich jedoch eine angemessene Reaktion überlegen konnte, plapperte seine Nachbarin bereits weiter.

„Ich habe ein Problem mit meinem Fernseher und wollte Sie fragen, ob Sie sich das mal ansehen könnten." Sie sah ihn erwartungsvoll an.

Sven rieb sich unschlüssig den Nacken und fragte sich, ob er sich auf den windigen Vorwand einlassen sollte beziehungsweise wollte. Als er an die Alternative dachte, die Stille und Einsamkeit seiner Wohnung, nickte er. Ein breites Lächeln erhellte die Züge seiner Nachbarin und sie winkte ihn schnell zu sich herein, bevor er es sich noch einmal anders überlegen konnte.

Ihre Wohnung war ähnlich aufgeteilt wie seine, besaß jedoch ein zusätzliches Zimmer, dessen Tür mit Aufklebern gepflastert war, auf denen einladende Sprüche standen wie *Sperrgebiet* oder *Betreten bei Todesstrafe verboten.*

„Das sieht aber schwer nach Teenager aus!", bemerkte Sven grinsend.

Seine Nachbarin blieb stehen. „Ja, das ist das Zimmer von meinem Sohn. Tom ist 17." Dann fügte sie eilig hinzu: „Er ist diese Woche bei seinem Vater."

Sven nickte. „Mein Sohn ist 16. Ein schwieriges Alter."

Das Lächeln seiner Nachbarin wackelte ein wenig. „Ach, Sie haben eine Familie...".

Sven überlegte kurz, ob er ihr seine derzeitige Situation erklären, oder ihre Frage einfach bejahen und seinem Besuch damit wohl ein frühzeitiges Ende setzen sollte.

Aber er war neugierig geworden und entschied sich daher für die Detailversion. „Na ja, ich hatte eine. Meine Frau hat mich vor kurzem rausgeschmissen. Sie hat einen anderen."

Im Gesicht seiner Nachbarin mischten sich Bestürzung und Freude zu einem etwas seltsamen Gesichtsausdruck. Sven musste ein Schmunzeln unterdrücken.

„Das ist ja schrecklich. Tut mir wirklich leid für Sie!" Sie streckte ihm die Hand hin und Sven fiel auf, dass sie hübsche schmale Finger und ordentlich lackierte Nägel hatte.

„Ich bin Annika. Darf ich Sie zu einem Kaffee einladen?" Sven schüttelte ihre Hand und hielt sie dabei einen Moment länger fest als nötig. „Sven. Aber bitte kein Sie." Er warf einen Blick auf seine Armbanduhr. „Für einen Kaffee ist es etwas spät, aber zu einem Bier würde ich nicht nein sagen, falls du welches dahast."

Annika strahlte über das ganze Gesicht und führte ihn in den Wohnraum, der wie bei ihm Wohnzimmer, Essecke und Küche in einem war. Sie nahm zwei Bierflaschen aus dem Kühlschrank und die beiden setzten sich an den Tisch. Das Problem mit ihrem Fernseher war vergessen und wahrscheinlich ohnehin frei erfunden gewesen. Sven leerte das Bier in der ihm üblichen Geschwindigkeit und lehnte sich dann entspannt auf dem Stuhl zurück. Eine angenehme Aufregung breitete sich in ihm aus, er war gespannt auf den weiteren Verlauf des Abends.

Sie plauderten eine Weile, dann legte Annika ihm eine Hand auf den Arm und beugte sich ein wenig zu ihm hinüber.

„Es ist vielleicht etwas forsch, aber ich finde, die Uniform steht dir wirklich unverschämt gut!"

Sven lachte amüsiert. Es war nicht das erste Mal, dass er dieses Kompliment zu hören bekam.

„Ich hab` mal gelesen, dass es mehrere Gründe gibt, warum Frauen auf Männer in Uniform stehen", entgegnete er gelassen und zählte die Gründe auf, an die er sich erinnerte, wobei ihm sehr wohl bewusst war, dass Annikas Hand weiterhin auf seinem Arm lag. „Und, trifft einer davon auf dich zu?" Sven stützte das Kinn auf seine freie Hand und sah sie herausfordernd an.

Annika schürzte die Lippen und tat so, als dächte sie angestrengt nach. „Ich denke, der Punkt mit der Autorität. Das finde ich schon ziemlich sexy!"

Sie ahmte seine Position nach und die beiden blickten sich eine Weile in die Augen.

Mal sehen, wie lange sie sich Zeit lässt. Er hatte den Gedanken kaum zu Ende gedacht, da beugte sich Annika auch schon vor und küsste ihn.

Sven fackelte nicht lange. Er erwiderte den Kuss, stand auf und zog sie dabei mit sich hoch. Schnell hatte er ihr das Oberteil ausgezogen, auch der BH war kein großes Hindernis. Annika nestelte an den Knöpfen seines Hemdes, zog es ihm von den Schultern und machte sich dann an seinem Gürtel zu schaffen. Die daran befestigten Handschellen klirrten leise.

„Wirst du mich jetzt verhaften?", fragte sie neckend.

Sven schmunzelte. „Eigentlich keine schlechte Idee." Mit einer gewichtigen Geste löste er die Handschellen von seinem Gürtel.

„Ich verhafte dich wegen Vorspiegelung falscher Tatsachen. Von wegen Probleme mit dem Fernseher."

Annika kicherte als er ihr die Handschellen anlegte. Er drückte sie auf das Sofa, zog ihre Hose samt Unterwäsche herunter und entledigte sich dann schnell seiner eigenen. Annika hielt die gefesselten Hände über den Kopf und sah ihn mit großen Augen an.

„Bereit für die Strafe?" fragte er grinsend.

Als er kurz darauf in seine Wohnung zurückkehrte, war Sven aufgekratzt. Der spontane Sex hatte ihm gutgetan, auch wenn ihn Annika als Person nicht wirklich interessierte.

Er zuckte zusammen, als das Handy in seiner Tasche plötzlich vibrierte. Beim Blick auf das Display machte sein Herz einen aufgeregten Satz. *Erik!*

„Ja?" Seine Stimme klang noch immer etwas atemlos.

„Sven? Ich hoffe, ich störe nicht."

„Du störst nie!" Svens Antwort kam wie aus der Pistole geschossen und entsprach der Wahrheit. Vermutlich hätte er sich sogar zehn Minuten früher, während er seine Nachbarin vögelte, über Eriks Anruf gefreut. Noch nie hatte ihn ein Mensch so sehr berührt, abgesehen vielleicht von Sophia in den ersten Jahren ihrer Beziehung.

„Ich wollte nur mal hören, wie es dir geht!"

Sven lag ein *großartig* auf der Zunge, doch er stutzte, als er Eriks belegten Tonfall wahrnahm.

Er senkte seine Stimme. „Mir geht's soweit gut. Was ist mit dir? Du klingst angespannt."

Für einen Moment herrschte Stille in der Leitung.

„Ich mache mir Sorgen um meine Freundin", hörte er Erik dann leise sagen. „Sie reagiert nicht auf meine Anrufe. Und öffnet auch nicht die Tür."

„Habt ihr euch gestritten?"

„Nein!" Eriks Stimme war ungewohnt heftig und Sven fragte sich unwillkürlich ob er die Wahrheit sagte.

„Vielleicht ist sie verreist?"

„Das hätte sie mir doch gesagt."

Sven äußerte noch weitere Möglichkeiten, wegen der Emma nicht erreichbar sein könnte, doch Erik wiegelte sie alle ab. Er schien wirklich sehr beunruhigt.

Schließlich gestand er Sven den Grund für seine Besorgnis.

„Weißt du Sven, sie nimmt Drogen. Zumindest hin und wieder. Ich habe Angst, dass dabei etwas schiefgegangen sein könnte."

Das überzeugte Sven. „Wenn du möchtest, fahren wir gemeinsam zu ihr. Und wenn sie dann immer noch nicht ans Handy oder an die Tür geht, rufe ich die Feuerwehr, damit sie die Tür aufbrechen. In Ordnung?"

Erik schien sehr erleichtert. Er beschrieb Sven, wo sie sich treffen sollten und legte dann auf.

Noch am selben Abend war der Junge zurück in seinem Heimatort. Das Krankenhaus war nicht weit vom Bahnhof entfernt und so stand er kurz nach seiner Ankunft an der Rezeption und erkundigte sich nach Jeanette. Eine nette Frau erklärte ihm den Weg zur Intensivstation und der Junge musste sich zusammenreißen, um nicht den ganzen Weg dorthin zu rennen.

Auf der Station angekommen, nahm ihn ein junger Arzt in Empfang und führte ihn zu einem Fenster, durch das man in eines der Zimmer blicken konnte. Der Junge blieb lange dort stehen und betrachtete mit regloser Miene die blasse Frau in dem hohen Krankenhausbett. Eine Beatmungsmaske verdeckte die Hälfte ihres Gesichts, mehrere Schläuche führten von ihrem Körper zu den blinkenden Geräten, die um das Bett herumstanden.

Irgendwann fragte ihn der junge Arzt: „Sind Sie der Sohn?"

Der Junge zögerte. War er das?

Jeanette war ihm viele Jahre wie eine Mutter gewesen, aber er hatte sie nie so genannt.

Dann jedoch nickte er entschlossen und antwortete mit fester Stimme: „Ja, das ist meine Mutter!"

Erik musste nicht lange warten, bis er Svens Wagen auf den Parkplatz abbiegen sah. Sofort eilte er ihm entgegen. Einerseits kam er sich schäbig vor, ausgerechnet den Menschen zu benutzen, der ihm wirklich wichtig war. Anderseits konnte er sich keine andere Person vorstellen, die er in dieser Situation lieber an seiner Seite hätte haben wollen.

Natürlich ging Emma weder an ihr Handy, noch öffnete sie die Tür. Und so rief Sven wie versprochen die Feuerwehr, die ohne langes Zögern gleich nach ihrem Eintreffen die Wohnungstür aufbrach.

Erik drängte sich unwirsch an ihnen vorbei.

Emma lag noch genauso da, wie er sie verlassen hatte. Allerdings lag inzwischen ein aufdringlicher, süßlicher Geruch in der Luft. Erik setzte sich auf die Bettkante und zog sie vorsichtig in seine Arme, wobei er darauf achtete, sich nicht an der Spritze zu stechen, die er neben ihr auf dem Bett hatte liegen lassen. Die Totenstarre war wieder aus ihrem Körper gewichen, doch ihre Haut war so kalt, dass Erik erschrocken zurückzuckte, als er sie berührte. Der Kummer schnürte ihm die Kehle zu und für einen kurzen Moment überkam ihn der Wunsch, einfach das Atmen einzustellen und sich zum Sterben neben seine tote Freundin zu legen. Das aber ließ sein Körper nicht zu, sondern zwang ihn schließlich, schluchzend Luft zu holen. Während Erik Emma in seinen Armen wiegte, rief er immer wieder ihren Namen. Er hätte sie am liebsten geschüttelt, in der irren Hoffnung, sie damit wieder aufwecken zu können. Nie zuvor hatte er so an sich gezweifelt.

Als Sven ihn schließlich von Emma wegzog, wehrte Erik sich kurz, ließ sich dann aber von ihm aus dem Zimmer führen. Einige Türen in dem langen Flur standen offen und mehrere Köpfe schauten hinaus, in der Hoffnung, die Ursache der plötzlichen Unruhe zu erfahren. Sven lenkte Erik, der die Schaulustigen gar nicht zu bemerken schien, hinaus in das Treppenhaus. Dort setzten sie sich auf die oberste Stufe, woraufhin Erik schluchzend das Gesicht in seinen Händen vergrub. Sven legte ihm einen Arm um die Schultern und wartete geduldig, bis das Schluchzen nachließ. Dann fragte er leise: „Wann hast du sie das letzte Mal gesehen?"

Erik wusste nicht, ob es an seinem schlechten Gewissen lag, oder an der Tatsache, dass Sven Polizist war, auf jeden Fall fühlte er sich augenblicklich wie in einem Verhör, und er spürte wie Panik in ihm aufstieg.

Als er Sven antwortete, hörte er seine eigene Stimme wie durch Watte. „Vor zwei Tagen. Ich war abends bei ihr. Wir… wir hatten Sex und danach bin ich nach Hause gefahren."

Sven atmete hörbar ein. „Emma war noch nackt", stellte er dann nüchtern fest.

Erik sah ihn an, konnte Svens aufmerksamen Blick aber nicht standhalten und senkte den Kopf. „Vielleicht ist es gleich nachdem ich gegangen bin passiert", murmelte er unsicher.

„Meinst du, sie hat es absichtlich getan?"

Svens Frage hallte laut in Eriks Kopf. Er fand darauf keine Antwort, denn er wollte seinem Freund keine Lügengeschichte auftischen.

Sven schien sein Schweigen als Bestätigung zu interpretieren, denn er fragte weiter: „Hast du eine Idee warum?"

Erik schwieg.

„Und ihr habt euch wirklich nicht gestritten, bevor du gegangen bist?"

Auf die erneute Nachfrage hin schüttelte Erik heftig den Kopf. *Nein!* Sven durfte auf keinen Fall auf die Idee kommen, dass er schuld an Emmas Tod sein könnte.

Zu seiner Erleichterung bohrte Sven nicht weiter nach.

Schweigend blieben die beiden dicht nebeneinander sitzen und Erik war froh über das tröstende Gewicht von Svens Arm auf seinen Schultern.

Nach einer Weile ging das Licht im Treppenhaus mit einem lauten Klicken aus und Dunkelheit umhüllte sie, die erst wieder verschwand, als ein Feuerwehrmann die Tür zum Flur öffnete und sie über das Eintreffen des Notarztes informierte.

Fast zeitgleich mit dem Notarzt trafen auch zwei Kollegen aus Svens Polizeiwache ein. Falls die beiden über seine Anwesenheit überrascht waren, zeigten sie es zumindest nicht. Nachdem der Arzt offiziell Emmas Tod festgestellt hatte, musste Erik noch einige Fragen beantworten.

„Wir würden Sie bitten, in den kommenden Tagen erreichbar zu sein", teilte ihm einer der Polizisten anschließend mit.

Erik nickte mit gesenktem Kopf. Als der Beamte ihn dann aufforderte, Emmas Wohnung zu verlassen, sah Sven, wie sich der Körper seines Freundes versteifte. Er trat zu ihm und legte ihm eine Hand auf die Schulter.

„Komm, Erik, es wird Zeit zu gehen!" Da Erik nicht auf seine Worte reagierte, zog Sven ihn mit sanfter Gewalt zu sich. Unter seinen Fingerspitzen spürte er deutlich das Zögern in den Bewegungen seines Freundes, doch schließlich folgte Erik ihm mit hölzernen Schritten hinaus in das Treppenhaus. Als sich Sven auf dem Weg zu seinem Auto noch einmal zum Gebäude umdrehte, sah er, wie sich hinter einigen Fenstern die Vorhänge bewegten.

Heute wird es im Wohnheim reichlich Gesprächsstoff geben, dachte er beklommen.

Er legte Erik den Arm um die Schultern. „Soll ich dich nach Hause bringen?"

Als die beiden schließlich vor der Tür zu Eriks Wohnung standen und Sven sich zum Gehen wenden wollte, griff Erik nach seinem Arm.

„Lass mich bitte nicht allein!" In Eriks Augen lag nackte Angst und Sven spürte den festen Druck seiner Finger selbst durch den dicken Stoff seiner Jacke.

„Natürlich nicht!"

Trotz seiner Zustimmung hielt Erik ihn noch einen Moment lang fest, so als fürchte er, dass Sven sich losreißen und davonlaufen könnte. Dann ließ er ihn schließlich los und kramte den Wohnungsschlüssel aus seiner Hosentasche. Seine Finger zitterten so stark, dass er drei Anläufe brauchte, bis er endlich das Schlüsselloch traf.

Als sie die Wohnung betraten, sah sich Sven neugierig um. Er hatte sich schon öfter gefragt, wie Erik wohl lebte und Nervosität überkam ihn, nun, da er es endlich erfahren würde. Der Hausflur war so unspektakulär, wie ein Flur nur sein konnte. Direkt neben der Eingangstür stand eine klassische Garderobe, an der zwei einsame Jacken hingen. Auf dem Boden daneben standen drei Paar Sneaker in einer ordentlichen Reihe. Vom Flur gingen vier Türen ab, von denen eine offenstand, eine angelehnt und zwei verschlossen waren.

Erik führte ihn durch die offene Tür in ein geräumiges Wohnzimmer, dessen Einrichtung modern und zweckmäßig war: eine graue Couch in L-Form, davor ein gläserner Esstisch. An der Wand hing ein Flachbildfernseher und hinter einem großen Vorhang vermutete Sven die Tür zum Balkon.

„Magst du etwas trinken? Ich habe leider kein Bier da…" Erik stand in der Tür zur Küche und wirkte schmal und verletzlich.

„Ein Wasser reicht völlig", beruhigte Sven ihn und stellte fest, dass dies der erste Abend seit langem war, an dem er keinen Alkohol trinken würde. Bei diesem Gedanken stieg ein leichtes Unbehagen in ihm auf.

Während Erik in die Küche ging, sah sich Sven noch etwas genauer um. Auf einem weiß lackierten Sideboard hatte er einige Bilder entdeckt und trat näher, um sie sich anzusehen. Zwei Bilder zeigten Erik als Jugendlichen gemeinsam mit einer braunhaarigen Frau. Sven ging davon aus, dass es sich dabei um seine Mutter handelte. Auf einem weiteren, deutlich älteren Bild, waren sie zu dritt. Erik, die dunkelhaarige Frau und ein freundlich dreinblickender Mann mit Brille und lockigen Haaren.

Erik kehrte mit zwei Gläsern Wasser zurück und sah Sven vor dem Bild stehen.

„Meine…", ein kaum merkliches Zögern, „Eltern." Er wies mit dem Glas in der Hand auf das Foto. „Mein Vater ist gestorben, als ich noch jung war und meine Mutter liegt seit zehn Jahren im Wachkoma." Sven sah ihn bestürzt an, woraufhin Erik leise seufzte.

„Ich erzähl es dir. Komm wir setzen uns."

Sie nahmen nebeneinander auf dem Sofa Platz und Erik begann zu erzählen.

Von dem Arzt erfuhr der Junge, dass Jeanette beim Einkaufen zusammengebrochen war. Man hatte sie mit dem Rettungswagen ins nächste Krankenhaus gebracht und dort nach ein paar Untersuchungen festgestellt, dass sie eine Hirnblutung erlitten hatte. Für die weitere Behandlung war sie in ein künstliches Koma versetzt worden, aus dem sie seitdem nicht mehr erwacht war.

Der Junge verbrachte die folgenden Tage fast ununterbrochen im Krankenhaus. Wann immer er durfte, saß er an Jeanettes Bett und horchte auf das leise Zischen des Beatmungsgerätes. Er sprach leise mit ihr und berührte sie dabei immer wieder an den Händen, den Schultern und im Gesicht. Der behandelnde Arzt hatte ihm dazu geraten, in der Hoffnung, dass eine vertraute Stimme oder eine zärtliche Berührung seine Mutter wieder ins Bewusstsein zurückholen könnte.

Tatsächlich stabilisierte sich ihr Zustand nach wenigen Tagen und Jeanette konnte vom Beatmungsgerät genommen und kurz darauf auf eine normale Station verlegt werden. Eines Morgens öffnete sie sogar die Augen, gerade in dem Moment, als sich der Junge über sie beugte, um sie zu begrüßen. Aufgeregt rief er nach dem Pflegepersonal. Leider stellte sich schnell heraus, dass Jeanette nicht wirklich bei Bewusstsein war. Sie lag im Wachkoma, gefangen in einem Zustand zwischen Ohnmacht und Bewusstsein.

Dieser Zustand sollte sich verfestigen. Jeanette sprach auf keinerlei Therapieansätze an. Sie war physisch gesund, doch ihr Hirn weigerte sich, seine Arbeit wiederaufzunehmen und so blieben ihre Körperfunktionen auf ein Minimum beschränkt.

Der Junge brach sein Studium ab und begann stattdessen eine Ausbildung zum Krankenpfleger. So konnte er Jeanette nah sein und gleichzeitig Erfahrungen sammeln, die ihm später nützlich sein könnten. Nach einem Jahr gaben die Ärzte die Behandlung auf, da sie nichts weiter für Jeanette tun konnten, und ein Wiedererwachen nach der langen Zeit höchst unwahrscheinlich geworden war.

Der Junge ließ Jeanette in die gemeinsame Wohnung verlegen. Dank einer guten Pflegeversicherung musste er sich keine Sorgen um ihre Versorgung machen. Er beauftragte einen Pflegedienst, der ihn bei der Betreuung unterstützte, übernahm aber im Laufe der Zeit mehr und mehr Aufgaben selbst, so dass die Pflegekräfte immer seltener kommen mussten. Nachdem er seine Ausbildung abgeschlossen hatte, arbeitete er noch eine Weile im Krankenhaus, wurde jedoch entlassen, nachdem zwei Patienten während seines Dienstes verstorben waren. Zwar gab ihm niemand offiziell die Schuld an den Todesfällen, doch wollte die Klinikleitung vermutlich kein Risiko eingehen.

Als Erik mit seiner Erzählung fertig war, fühlte Sven sich wie erschlagen. Was hatte dieser junge Mann durchmachen müssen? Und jetzt war auch noch seine Freundin an einer Überdosis gestorben. Sven nahm an, dass man Erik gleich am nächsten Tag auf die Polizeiwache bestellen würde, um ihn nochmals zu befragen. Die zeitliche Nähe zwischen seiner letzten Begegnung mit Emma und ihrem Tod, noch dazu einem Drogentod, hatte sicherlich einige Fragen aufgeworfen. Er musterte seinen Freund besorgt. Erik hatte sich mit geschlossenen Augen auf die Sofakissen zurückgelehnt und wirkte zutiefst erschöpft.

„Ich glaube, du solltest ins Bett gehen."

Erik drehte ihm den Kopf zu und öffnete mit sichtlicher Mühe die Augen. „Ja, vermutlich."

Er sah Sven eine Weile schweigend an. „Das klingt jetzt wahrscheinlich etwas seltsam, aber würdest du dich zu mir legen? Ich möchte einfach nicht alleine sein."

Svens Herz machte einen Satz und flatterte in seiner Brust wie ein nervöser Schmetterling.

„Klar, kein Problem." Er gab sich große Mühe, seiner Stimme einen unbekümmerten Klang zu geben.

Als Sven später neben Erik im Bett lag, brannte ein Feuerwerk aus Emotionen in seinem Kopf. Verwirrung und Aufregung wechselten sich in schneller Reihenfolge ab, dazu gesellte sich ein jähes Schuldgefühl, denn eigentlich sollten sich seine Gedanken auf Eriks schreckliche Erlebnisse konzentrieren, stattdessen konnte er an nichts Anderes denken, als an seinen warmen Körper so dicht neben sich.

Während Eriks Atmen bald tiefer wurde, fand Sven nicht in den Schlaf. Er lag eine Weile auf dem Rücken und starrte in die Dunkelheit über sich. Vor dem geöffneten Fenster hörte er Autos durch die nächtliche Straße fahren, ihre Reifen gaben auf dem nassen Asphalt schmatzende Geräusche von sich. Stimmen näherten sich und verklangen wieder, ohne dass er einzelne Worte hätte ausmachen können.

Sven versuchte, alles auszublenden und sich allein auf den Klang von Eriks Atem zu konzentrieren. Sein Freund atmete inzwischen unruhiger, einmal stöhnte er gequält auf und warf den Kopf hin und her. Sven fragte sich, ob Erik unter ähnlich schlimmen Albträumen litt, wie er selbst. Wurde er im Schlaf womöglich gerade von Emmas Leiche heimgesucht?

Vorsichtig streckte er den Arm aus und legte seine Hand beruhigend auf Eriks fiebrig heiße Stirn. Die Berührung schien zu wirken, Eriks Atem wurde ruhiger. Er lag eine Weile still und drehte sich dann um, so dass er Sven nun den Rücken zuwandte.

Sven zögerte einen Augenblick, dann drehte er sich ebenfalls auf die Seite und rutschte ein wenig näher an Erik heran, vorsichtig, um ihn nicht zu wecken. Nach einem weiteren Moment des Zögerns hob er die Hand und berührte sanft die weiche Haut an Eriks Nacken. Erik seufzte leise im Schlaf. Eine Weile ließ Sven seine Hand so liegen, spürte seinen eigenen Pulsschlag in den Fingerkuppen und das leichte Heben und Senken von Eriks Körper. Dann zog er die Finger wieder zurück und vergrub stattdessen sein Gesicht an Eriks Schulter. Durch das T-Shirt nahm er den Geruch von Eriks Körper wahr, eine angenehme Mischung aus Schweiß und Duschgel. Der Geruch beruhigte ihn und ließ seine wirren Gefühle zur Ruhe kommen. Endlich schlief auch Sven ein und zum ersten Mal seit vielen Wochen hatte er keine Albträume.

Als Svens Handywecker am nächsten Morgen klingelte, war Erik bereits aufgestanden. Ein schwacher Lichtschein drang durch die halb geöffnete Schlafzimmertür und aus der Küche klangen Geräusche. Sven blieb noch einen Moment liegen, atmete tief ein und aus und rief sich das wohlige Gefühl in Erinnerung, mit dem er in der vergangenen Nacht eingeschlafen war. Dann stand er auf, schlüpfte in seine Hose und schlenderte in die Küche.

„Guten Morgen!" Als hätte er bereits auf ihn gewartet, reichte Erik ihm prompt eine dampfende Kaffeetasse.

Gemeinsam setzten sie sich an den kleinen Küchentisch. Sven fiel auf, dass Erik noch immer sehr erschöpft aussah.

„Wie geht es dir heute?", fragte er vorsichtig.   .

Erik starrte in seine Tasse und ließ sich mit seiner Antwort Zeit.

„Ziemlich bescheiden, um ehrlich zu sein."

Er hob den Blick und sah Sven ins Gesicht. In seinen Augen lag eine solche Verlorenheit, dass Sven am liebsten aufgestanden wäre, um ihn in den Arm zu nehmen. Er hatte jedoch zu große Hemmungen, was in Anbetracht der Tatsache, dass sie die Nacht im selben Bett verbracht hatten, eigentlich absurd war. Er traute sich nicht einmal, den Arm auszustrecken und seine Hand auf Eriks zu legen. Alles was er tun konnte, war hilflos vor seinem Kaffee sitzen zu bleiben und Erik über den Tisch hinweg mitfühlend anzusehen.

Irgendwann räusperte Erik sich. „Ich hatte gestern Abend völlig vergessen, nach meiner Mutter zu sehen. Das ist mir in den ganzen Jahren noch nie passiert."

Müde fuhr er sich mit der Hand über das Gesicht.

„Wahrscheinlich war es das schlechte Gewissen, das mich so früh heute Morgen geweckt hat." Er machte eine kurze Pause. „Möchtest du sie sehen?"

Sein Tonfall war der eines Kindes, das seinen besten Freund fragte, ob es ihm sein größtes Geheimnis anvertrauen dürfe. Und vielleicht fühlte es sich für Erik sogar so ähnlich an. Der sympathische junge Mann, der im Umgang mit seinen Mitmenschen so souverän und selbstbewusst schien, wirkte in seiner eigenen Küche wie ein unendlich einsamer Mensch, und Sven bezweifelte plötzlich, dass er häufig Besuch bekam, geschweige denn, diesem seine Mutter vorstellte.

„Ja, ich würde deine Mutter gerne kennenlernen", antwortete er ehrlich und wählte diese Formulierung ganz bewusst.

Das Zimmer, in das Erik ihn führte, war anders als Sven es erwartet hatte. Er hatte mit einem muffigen Krankenzimmer gerechnet, mit piepsenden Geräten und einem Tischchen voller Medikamente. Stattdessen betraten sie ein typisches Schlafzimmer mit warmgelben Wänden und dem üblichen Schlafzimmermobiliar. Die einzigen Ausnahmen bildeten das Krankenhausbett, die Ernährungspumpe und der Infusionsständer, an dem eine Packung Flüssignahrung hing. Das Zimmer war frisch gelüftet und auf dem Nachttisch stand anstelle der erwarteten Medikamente ein Strauß frischer Blumen.

Eriks Mutter war eine zierliche dunkelhaarige Frau. Sie lag mit geöffneten Augen im Bett, reagierte jedoch nicht, als Erik zu ihr trat und seine Hand auf die ihre legte.

„Wir haben Besuch, Mama. Das ist Sven."

Sven trat an das Bett heran und wusste nicht so recht, was er nun tun sollte.

Erik bedeutete ihm mit einem Kopfnicken die Hand seiner Mutter zu berühren. „Ihr Name ist Jeanette", flüsterte er dabei.

Sven nahm Jeanettes Finger in die seinen. Ihre Haut war überraschend warm.

„Hallo Jeanette. Es ist schön, Sie kennenzulernen." Er räusperte sich. „Sie haben einen wunderbaren Sohn!"

Er vermied es, Erik dabei anzusehen, spürte aber seinen Blick und konnte nicht verhindern, dass ihm die Röte ins Gesicht stieg.

Kurz darauf verabschiedete er sich von Erik.

„Meld dich, wenn du etwas brauchst!", sagte er und meinte damit eigentlich „Wenn du *mich* brauchst."

Erik nickte und sah Sven mit seinen eisblauen Augen voller Wärme an. „Danke, Sven!"

Er trat auf ihn zu und legte die Arme um den etwas größeren Mann. Sven spürte, wie sein Körper wie üblich erstarrte. Doch diesmal zog er sich nicht zurück, sondern erwiderte Eriks Umarmung.

Auf der Wache angekommen, musste Sven erst ein wenig Büroarbeit erledigen und war dann mit Keller zur Streife eingeteilt. Zuvor stattete er jedoch seinen Kollegen, die gestern in Emmas Wohnung gewesen waren, einen kurzen Besuch ab.

„Gibt es schon was Neues vom Rechtsmediziner?", erkundigte er sich.

„Ja. Es war ziemlich sicher ein Herzstillstand durch eine Überdosis Heroin."

Wie vermutet also. „Werdet ihr Erik nochmal befragen?"

Seine Kollegen wechselten einen Blick.

„Sven, du weißt, dass du nicht mit ihm darüber sprechen darfst?", fragte der eine vorsichtig.

Sven nickte. „Natürlich. Ich möchte euch nur bitten, behutsam vorzugehen. Der Junge ist wirklich fix und fertig. Er hat sehr an dem Mädchen gehangen."

Nachdem seine Kollegen ihm versichert hatten, dass sie Erik nicht zu hart rannehmen würden, verabschiedete er sich.

Der Anruf der Polizei ließ nicht lange auf sich warten und noch am selben Nachmittag saß Erik auf einem stoffbezogenen Besucherstuhl am Schreibtisch des älteren Polizisten, mit dem er am Vortag in Emmas Wohnung gesprochen hatte.

Neben ihm saß eine Polizistin, die nicht dabei gewesen war. Sie war sehr jung, machte aber einen selbstbewussten und souveränen Eindruck.

Zu Anfang des Gesprächs wies die Frau Erik darauf hin, dass er das Recht habe, Antworten zu verweigern, wenn er sich damit selbst belasten würde. Erik spürte, wie ihm das Herz bis zum Hals schlug. Die Worte seines Vaters tauchten plötzlich aus den Tiefen seines Gedächtnisses auf: Ich könnte dafür ins Gefängnis wandern!

Erik fragte sich, ob die Beamten einen konkreten Verdacht hegten, oder ob sie einfach nur ein paar Routinefragen stellen würden. Was, wenn sie ihn wirklich verdächtigten? Er gab sich keinerlei Illusionen hin, dass sie die Notwendigkeit seiner Tat verstehen würden. Sollte er auffliegen, würden sie ihn ins Gefängnis stecken. Was würde dann aus Jeanette?

Bei dem Gedanken an seine hilflose Mutter stieg Panik in ihm auf. Erik richtete seine volle Konzentration auf seine Atmung und fühlte erleichtert, wie sich sein Herzschlag normalisierte.

Dann begann der Beamte mit der Befragung. Zunächst ging es um seine Bekanntschaft mit Emma. Woher und wie lange sie sich kannten und wann sie sich zuletzt gesehen hatten. Bei der letzten Frage spürte Erik, wie die Nervosität mit voller Wucht zurückkehrte. Stockend berichtete er, wie sie sich in Emmas Wohnung getroffen und den Abend gemeinsam verbracht hatten. Er erwähnte natürlich auch, dass er gegangen war, kurz nachdem sie Sex gehabt hatten. Während er sprach, registrierte Erik mit zunehmendem Unbehagen, dass die beiden Beamten vielsagende Blicke wechselten.

„Haben Sie sich gestritten?"

Die Frage hatte Erik bereits erwartet. „Nein, warum?"

„Nun ja, es ist in festen Beziehungen nicht gerade üblich, sich gleich nach dem Sex aus dem Staub zu machen." Der Polizist lehnte sich in seinem Stuhl zurück und blickte in den Bericht des Gerichtsmediziners, der aufgeschlagen auf seinen Knien lag. „Laut Bericht waren die Spuren des letzten Geschlechtsverkehrs noch frisch. Sie ist danach anscheinend nicht mehr aufgestanden."

Er schaute wieder hoch und sah Erik fest in die Augen. Erik hielt seinem Blick einen Moment lang stand und senkte dann den Kopf.

„Emma ist direkt nach dem Sex eingeschlafen. Ich musste nach Hause, um mich um meine Mutter zu kümmern. Ich wollte Emma nicht wecken und bin deshalb einfach gegangen…"

Als er den Blick hob, sah ihn der Polizist noch immer unverwandt an und Erik meinte Skepsis in seinen Augen zu erkennen.

Nach kurzem Schweigen hakte dieser nach: „Was ist mit Ihrer Mutter?"

Erik beschrieb in knappen Worten Jeanettes Zustand, woraufhin der Gesichtsausdruck des Polizisten etwas milder wurde.

„Wussten Sie, dass Ihre Freundin drogenabhängig ist?", kam er wieder auf Emma zu sprechen.

Erik nickte zögernd.

„Wissen Sie, woher sie die Drogen bezogen hat?"

Erik schüttelte wahrheitsgemäß den Kopf. „Nein. Ich kannte sie noch nicht lange."

Diesmal war es die Polizistin, die die nächste Frage stellte: „Haben Sie sich denn gar keine Sorgen um Ihre Freundin gemacht?"

In ihrem Ton lag ein unüberhörbarer Vorwurf und Erik hatte das Bedürfnis, sich zu rechtfertigen, was ihm jedoch nur leidlich gelang.

„Doch natürlich. Aber ich fand, dass ich kein Recht hatte, mich einzumischen!" Seine Worte klangen selbst in seinen eigenen Ohren wie eine schwache Ausrede und Erik fragte sich unwillkürlich, ob er nicht doch etwas hätte tun können, um Emmas Verzweiflung zu lindern.

Als Erik einige Zeit später das Polizeirevier verließ, waren seine Knie butterweich und er hatte das Gefühl, sich jeden Moment übergeben zu müssen.

Als Sven nach Dienstschluss nach Hause kam, wiederholte sich die Szene vom Vortag. Kaum hatte er seinen Schlüssel ins Schloss gesteckt, öffnete sich auch schon die Tür auf der anderen Flurseite. „Guten Abend, Herr Nachbar!" Annika verbeugte sich spielerisch und präsentierte dabei ihr freizügiges Dekolleté. „Ich habe dich gestern Abend vermisst. Du bist ja gar nicht nach Hause gekommen."

Sie zog einen Schmollmund, was Sven zu einem Stirnrunzeln veranlasste. Das ging ihm jetzt wirklich etwas zu weit, er hatte es sicherlich nicht nötig, sich vor seiner Nachbarin zu rechtfertigen.

Er ignorierte ihre Bemerkung und öffnete eilig seine Wohnungstür. „Ich muss erstmal unter die Dusche springen, Annika. Entschuldige mich!"

Noch bevor sie etwas erwidern konnte, flüchtete er in seine Wohnung und warf die Tür hinter sich zu.

Anstatt jedoch ins Bad zu gehen, steuerte er zielstrebig auf den Kühlschrank zu. Den ganzen Tag schon geisterte der Wunsch nach einem ordentlichen Schluck aus der Flasche durch seinen Kopf und nun war es endgültig vorbei mit seiner Selbstbeherrschung. Er öffnete sich ein Bier, leerte es in einem Zug und setzte sich dann mit einer Flasche Wodka und einem Glas auf die Couch. Aus reiner Gewohnheit schaltete er den Fernseher ein, nahm aber nicht einmal wahr, welcher Kanal gerade lief, während er durstig ein Glas nach dem anderen leerte.

Sein Alkoholpegel hatte gerade ein in seinen Augen annehmbares Niveau erreicht, als es an seiner Tür klopfte. Sven seufzte, erhob sich jedoch. Er konnte sich schon denken, um welchen Besucher es sich handelte. Und tatsächlich war es seine Nachbarin, die vor ihm stand, als er die Tür etwas zu schwungvoll aufriss und für einen kurzen Moment um sein Gleichgewicht kämpfen musste.

„Die Frau Nachbarin", hörte er sich selbst lallen.

Annika ließ sich nicht anmerken, ob sie von seinem Zustand überrascht war. Stattdessen zog sie eine Flasche Wein hinter ihrem Rücken hervor.

„Ich dachte, ich bringe uns etwas zum Anstoßen mit, aber wie ich sehe, hast du schon ohne mich angefangen." Sie zwinkerte ihm verschwörerisch zu.

Ohne auf eine Einladung zu warten, trat sie an Sven vorbei in seine Wohnung. Sven bemerkte, dass sie sich prüfend umsah und fragte sich kurz, was für einen Eindruck die imposante Leergutsammlung in dem kleinen Flur auf sie machen würde. Dann zuckte er mit den Schultern und schloss die Tür hinter sich. An sich war es ihm vollkommen egal, was Annika von ihm dachte. Letztendlich sah sie in ihm ohnehin nicht mehr als ein Sexobjekt in Uniform.

„Soll ich den Wein öffnen oder hattest du schon genug?" Sie bewegte die Flasche vor seinen Augen hin und her, als wolle sie ihn damit hypnotisieren.

237

„Ein bisschen geht noch, würde ich sagen", antwortete Sven mit einem Blick auf ihr Dekolleté, was Annika mit einem Kichern quittierte.

Kurz darauf saßen sie dicht nebeneinander auf der Couch und prosteten sich zu. Annika stellte ihm ein paar Fragen zu seinem Berufsalltag und erzählte ihrerseits einige Belanglosigkeiten aus ihrem Leben. Ihre Unterhaltung hatte etwas Gekünsteltes und kratzte lediglich an der Oberfläche, für mehr reichte ihr gegenseitiges Interesse nicht. Sven trank abwechselnd von dem mitgebrachten Wein und von seinem Wodka und stellte irgendwann fest, dass er sich zunehmend konzentrieren musste, um ihren Worten folgen zu können. Seine Gedanken schwammen in einem Gehirn wie zähflüssiger Sirup. Irgendwann nahm er wahr, dass Annika ihm das Glas aus der Hand nahm. Dann spürte er undeutlich, wie sie an seinem Gürtel nestelte und er hob den Hintern ein wenig an, damit sie ihm die Hose ausziehen konnte. Dabei fiel sein Blick auf die Deckenlampe und er schloss für einen Moment geblendet die Augen.

Als er sie wieder öffnete, stellte er fest, dass er wohl kurz weggetreten war, denn Annika saß inzwischen nackt auf ihm und bewegte sich rhythmisch auf und ab. Ihr Stöhnen drang wie durch Watte an sein Ohr und er zuckte vor Schreck zusammen, als er plötzlich die Stimme einer zweiten Person hörte. Als er begriff, dass er sich vor seinem eigenen Stöhnen erschreckt hatte, begann er unkontrolliert zu kichern.

Annika hielt verunsichert inne. „Sven? Alles in Ordnung?"

Sven winkte ab und gab sein Bestes, sich wieder unter Kontrolle zu bringen, doch sobald sie sich wieder in Bewegung setzte, brach das Kichern erneut aus ihm heraus.

Genervt stand Annika auf und blickte auf ihn hinab. „Ich glaube, das wird heute nichts mehr!", fauchte sie bissig.

Sven folgte ihrem Blick und stellte fest, dass von seiner Erregung nicht viel übriggeblieben war. Der traurige Anblick ließ ihn nur noch heftiger kichern.

Während ihm vor Lachen die Tränen aus den Augen liefen, zog sich Annika eilig an und verließ ohne ein weiteres Wort die Wohnung.

Nachdem er sich um Jeanette gekümmert hatte, hielt Erik es nicht mehr in der Wohnung aus. Er zog sich um und ging hinaus, um eine Runde zu joggen. Zuerst lief er nur langsam, beschleunigte bald aber seine Schritte, bis er schließlich vielmehr rannte als joggte. Seine Füße hämmerten im Takt zur Musik, die aus seinen Kopfhörern dröhnte, auf den Asphalt. Erik hatte die Lautstärke auf Maximum gestellt, um zu verhindern, dass er auch nur irgendeinen klaren Gedanken fassen konnte.

Erik litt. Er litt Höllenqualen. In seinem bisherigen Leben waren ihm genau vier Menschen wichtig gewesen und sie hatten ihn allesamt verlassen oder waren ihm genommen worden. Er hatte diese Schicksalsschläge klaglos akzeptiert, sich aber nach und nach der Welt seiner Mitmenschen verschlossen. Diese Entscheidung hatte er zwar nicht bewusst getroffen, er war jedoch analytisch genug, um seine eigenen Dämonen zu verstehen. Um nicht noch einmal Gefahr zu laufen, allein gelassen zu werden, hatte er auf Freundschaften verzichtet, sich ferngehalten von Menschen, die ihm irgendetwas hätten bedeuten können. Er hatte sich eingeredet, dass ihm die Aufgabe, die ihm der Kranich übertragen hatte, ausfüllte und ihn glücklich machte. Und doch hatte sich die Einsamkeit in sein Leben geschlichen und war immer weitergewachsen, bis sie jeden Zentimeter seines Daseins ausfüllte. Aus dem Grund war er so bereitwillig auf

Svens Freundschaft eingegangen und hatte sein Herz für Emma geöffnet. Vielleicht kam ihm der Schmerz über ihren Verlust deshalb so viel größer vor, als jeder andere, den er im Laufe seines Lebens verspürt hatte.

Als er eine gute Stunde später wieder in seine Wohnung zurückkehrte, war er nass geschwitzt. Er schälte sich aus seinen Sportsachen und stellte sich unter die Dusche. Zuerst gönnte er sich einen kurzen Moment der Entspannung unter dem kräftigen Wasserstrahl, dann jedoch stellte er die Temperatur höher und höher, bis ihn der Schmerz laut aufstöhnen ließ. Er stützte sich mit den Armen an der Wand ab und ließ das brühend heiße Wasser auf seinen Rücken prasseln. Dabei stellte er sich vor, wie sich der Kranich auf seiner Haut vor Schmerzen wand. Er wusste nicht, wen von ihnen beiden er eigentlich quälen wollte. Sich? Den Kranich? Oder sie beide?

Erst als er das Gefühl hatte, vor Schmerzen bald ohnmächtig zu werden, drehte er das Wasser ab und blieb dann noch eine Weile keuchend in den Dampfschwaden stehen, die sich über die Duschkabine gelegt hatten.

Nachdem er die ersten Stunden geschlafen hatte wie ein Toter, begannen die Albträume. Flammen züngelten an den Wänden seines Zimmers empor. Als er eine Tür aufriss, um dem Feuer zu entkommen, stand er plötzlich im Schlafzimmer seines Hauses und blickte auf Sophia, die sich mit einem fremden Mann in ihrem Ehebett vergnügte. Bevor er sich wütend auf den Mann stürzen konnte, brachen Flammen aus dem Boden und umhüllten das Bett wie ein brennender Vorhang.

Die Kinder! Ich muss zu den Kindern! dachte sein Traum-Ich panisch und im nächsten Augenblick rannte er durch das rauchverhüllte Treppenhaus. Er riss die Tür zu Alex' Zimmer auf in der Erwartung, ihn wie üblich an seinem PC sitzend vorzufinden. Stattdessen lag sein Sohn in einem Krankenbett, das fast das gesamte Zimmer einnahm. Sein Körper war voller Schläuche, die mit piepsenden Apparaten verbunden waren. Plötzlich begannen die Maschinen zu brennen. Durch die durchsichtigen Schläuche floss nun keine Flüssigkeit mehr, sondern grellrote Flammen. Sven stand in der Zimmertür und war vor Entsetzen wie gelähmt. Er sah, wie Rauch aus Mund und Nase seines Sohnes strömte und kurz darauf auch durch seine Haut drang.

ALEX!!! Mit einem erstickten Schrei fuhr er aus dem Schlaf.

Es dauerte einen Moment, bis er wieder wusste, wo er war. Nachdem Annika seine Wohnung verlassen hatte, war er, immer noch lachend, in das Schlafzimmer getaumelt und nur mit seinem Hemd bekleidet ins Bett gefallen.

Er stand auf und ging im Dunkeln ins Wohnzimmer und weiter zum Tisch, wo er nach den Gläsern suchte, die er und Annika dort hatten stehen lassen. Seine Kehle war so trocken, als hätte er tatsächlich Rauch eingeatmet und er hoffte, dass noch etwas Wein übrig war. Es klirrte, als seine zitternden Finger das erste Glas umstießen. Das zweite bekam er jedoch zu fassen und setzte es gierig an die Lippen. Nachdem er den Wein ausgetrunken hatte, tastete er nach seiner Hose, die noch immer auf dem Boden liegen musste. Er fand sie, fischte seine Unterhose daraus hervor und zog sich an. Mit einem tiefen Seufzer ließ er sich auf die Couch fallen. Dort blieb er sitzen, immer wieder kurz einnickend, bis sein Handywecker klingelte.

Beim Blick in den Spiegel erschrak Sven. Sein Gesicht hatte eine ungesund fahle Farbe und tiefe Schatten lagen unter seinen Augen. Für einen Moment dachte er, wie praktisch es jetzt wäre, eine Frau zu sein und die Zeugen seiner schlechten Nacht unter einer Schicht Make-Up verbergen zu können. So blieb ihm jedoch nichts Anderes übrig, als sich kaltes Wasser ins Gesicht zu spritzen und zu hoffen, dass seine Kollegen heute dringenderes zu tun hatten, als ihm ins Gesicht zu schauen.

Seine Hoffnung erfüllte sich freilich nicht.

„Scheiße, Sven! Was ist dir denn passiert?" Keller starrte ihn betroffen an.

Svens Gedanken rasten, doch zum Glück war sein Mund schlagfertiger als sein Hirn. „Meine Nachbarin!", erwiderte er mit einem bewusst dümmlichen Grinsen und sein Gehirn verneigte sich dabei gedanklich vor seinem Mund.

Das war definitiv eine bessere Antwort als *zu viel gesoffen und schlecht geträumt* und nicht einmal gelogen.

Keller wollte natürlich Genaueres wissen und so schilderte Sven ihm seine Begegnung mit Annika, wobei er die beiden Treffen kombinierte und den Lachanfall und seine Erektionsstörung ausließ.

„Nicht schlecht, Sven. Von so einer Nachbarin träumt wohl jeder Single!" Keller klopfte ihm kameradschaftlich auf den Rücken.

„Aber sieh zu, dass du neben dem Vögeln noch genügend Schlaf bekommst, sonst erteilt dir die Chefin Zwangsurlaub!"

Die beiden lachten.

Plötzlich unterbrach sie die Stimme ihrer Vorgesetzten, die unbemerkt ins Büro gekommen war. „Baumann, Keller. Ab ins Auto. Auffahrunfall!"

Die Kollegen sprangen auf und Sven fragte sich peinlich berührt, ob Regina Kellers letzten Satz wohl gehört hatte.

Nur wenige Minuten später bahnten sie sich mit eingeschaltetem Blaulicht einen Weg durch den morgendlichen Berufsverkehr. Auf der Fahrt verlangte Keller von seinem Kollegen eine detaillierte Beschreibung seiner Nachbarin. Nachdem er ein paar Details genannt hatte, fiel Sven auf, dass er gar nicht wirklich wusste, wie Annika aussah. Er hatte sie zwar oft angeschaut, sie aber anscheinend nie wirklich *gesehen* und er fragte sich unwillkürlich, wann er so oberflächlich geworden war.

Endlich stießen sie auf die Unfallstelle. Es war ein unspektakulärer Auffahrunfall, wie er in schnöder Regelmäßigkeit vorkam. Ein Auto hatte beim Linksabbiegen einen Transporter übersehen, der ihm dann mit niedriger Geschwindigkeit in die Beifahrerseite geknallt war. Ein weiterer Polizeiwagen war schon vor ihnen eingetroffen und hatte bereits die Unfallstelle gesichert.

Als Sven auf die Fahrzeuge zuging, glaubte er plötzlich eine kleine Rauchfahne aus der Motorhaube des Pkw aufsteigen zu sehen.

„Keller!" Unwillkürlich griff er nach Kellers Arm und deutete mit zitternden Fingern auf das Auto.

„Was ist, Sven?" Sein Kollege schien nichts Auffälliges zu bemerken und auch Sven konnte bei genauerem Hinsehen keinen Rauch mehr erkennen.

Dennoch wurden seine Beine plötzlich schwer wie Blei. Schweiß brach ihm aus allen Poren und er spürte, wie sein Herz raste, als wolle es ein Loch in seinen Brustkorb sprengen.

„Alles okay, Sven?" Keller sah ihn besorgt an.

Sven blinzelte und atmete ein paar Mal tief ein und aus. Dann nickte er. Mit noch immer schweren Beinen folgte er seinem Kollegen zum Unfallwagen. Als er hineinschaute, erwartete er fast, eine eingeklemmte Person vor sich zu sehen. Doch das Auto war leer. Der Fahrer, ein junger Mann, vermutlich ein Fahranfänger, stand neben dem Transporter und diskutierte wild gestikulierend mit dessen Fahrer. Eine Polizistin stand daneben und machte sich Notizen während sie den beiden Männern zuhörte.

Keller sah sich um und entschied dann, dass sie hier nicht weiter gebraucht wurden. Ihre Kollegen hatten alles im Griff, der Verkehr stockte zwar, regelte sich aber von allein.

„Komm, Sven. Lass uns zum Wagen zurückgehen und mit der Streife loslegen."

Als er die Autotür hinter sich zugezogen hatte, atmete Sven erleichtert auf. Keller setzte sich hinter das Lenkrad, startete den Wagen aber nicht sofort, sondern sah Sven eine Weile schweigend an.

Schließlich seufzte er. „Wenn ich du wäre, Sven, würde ich mir Hilfe holen."

Mit diesen Worten drehte er den Zündschlüssel um und erweckte den Motor zum Leben.

Nach einem für seine Verhältnisse langen Arbeitstag kehrte Erik am späten Nachmittag in seine Wohnung zurück. Als erstes ging er wie üblich zu Jeanette. Er unterhielt sich eine Weile mit ihr, beziehungsweise erzählte ihr, was er den Tag über gemacht hatte, und massierte sie dabei sanft. Danach führte er pflichtbewusst die Übungen aus, die er schon seit Jahren ausführte. Wenn Jeanette wider aller Wahrscheinlichkeit doch irgendwann aufwachen sollte, würden ihre Muskeln zwar schwach, aber mobil sein.

Nachdem er das tägliche Trainingsprogramm beendet hatte, stellte er leise die Musik aus der Playlist an, die er vor Jahren aus Jeanettes Lieblingsliedern zusammengestellt hatte.

Die Songs sind inzwischen ganz schön alt, dachte er, als das erste Lied begann.

In zehn Jahren hatte sich viel verändert. Erik sah Jeanette eine Weile lang nachdenklich an. Würde sie sich zurechtfinden in dieser neuen Welt? Er wusste genau, wie unwahrscheinlich es war, dass sie jemals wieder aufwachte. Trotz dieser Zweifel würde er niemals versuchen, Jeanettes Leben ein Ende zu setzen. Er wusste einfach nicht, ob ihre Seele bereit war, mit dem Kranich zu fliegen.

Erik war davon überzeugt, mit seinen feinen Antennen die geheimsten Sehnsüchte seiner Mitmenschen wahrnehmen zu können. Aber ausgerechnet bei Jeanette versagten diese Antennen. Seine

Mutter war noch dort drinnen in dieser reglosen und doch lebendigen Hülle. Ihr Herz schlug unverzagt, sie atmete eigenständig. Doch nie fand er auch nur eine Spur von Bewusstsein in ihren Augen. Die Unsicherheit, ob er das Richtige tat, indem er sie am Leben ließ, war zu seinem ständigen Begleiter geworden.

Müde von den vielen Zweifeln, die ihn in letzter Zeit plagten, legte er seinen Kopf auf Jeanettes Schulter und schlief ein.

An diesem Abend blieb Annikas Wohnungstür geschlossen, als Sven von der Arbeit zurückkam. Er betrat seine muffige, dunkle Wohnung und ging aus purer Gewohnheit direkt zum Kühlschrank.

Zu seinem Erschrecken war er leer, bis auf einen Teller mit angetrockneten Nudeln, der einsam im mittleren Fach vor sich hinvegetierte. Sven spürte, wie ein unkontrolliertes Zittern seinen ganzen Körper erfasste. Wütend schlug er die Kühlschranktür zu und ging zum Wohnzimmertisch.

Erst jetzt bemerkte er die Sauerei, die er in der Nacht angerichtet hatte. Der Wein, den er bei seinem blinden Umhertasten verschüttet hatte, hatte sich großflächig auf dem hellen Teppich verteilt und war tief in den Stoff eingezogen. Den würde er seiner Vermieterin wohl ersetzen müssen, dachte Sven.

Das konnte ihm für den Moment jedoch egal sein. Wichtiger war es, so schnell wie möglich seine rasenden Kopfschmerzen zu ertränken und seine Gedanken zu betäuben.

Prüfend schüttelte er die Flaschen, die noch auf dem Tisch standen, in der Hoffnung, dass sich irgendwo noch ein Rest Alkohol finden ließ. Doch alle waren leer. Sven seufzte. Also musste er wohl oder übel noch einmal los, um einzukaufen.

Sein Einkauf war überschaubar und bestand fast ausschließlich aus Alkohol. Dennoch war der Betrag, der ihm an der Kasse angezeigt wurde, erschreckend hoch. Sven musste kurz schlucken, als er seine Kreditkarte an den Kartenleser hielt. Er wartete ungeduldig auf das Klacken der Kasse, das erklang, sobald ein Zahlungsvorgang abgeschlossen war. Seine Hand, die die Tüte mit seinem Einkauf umklammert hielt, zitterte heftig.

„Ihre Karte wurde nicht akzeptiert!"

„Wie bitte?"

„Ihre Karte wurde nicht akzeptiert!" Die Stimme der Kassiererin klang jetzt genervt.

Sven schnaufte. „Das habe ich schon verstanden. Aber was soll das heißen?"

„Na ja, dass Ihre Karte…"

Sven spürte heiße Wut in sich aufsteigen. „Das kann gar nicht sein. Ich hatte noch nie Probleme damit. Versuchen Sie es nochmal."

Die Verkäuferin tippte kurz auf der Kasse herum, dann erschien der zu zahlende Betrag erneut auf dem Kartenlesegerät.

Sven versuchte es ein zweites Mal, doch tatsächlich teilte ihm die Anzeige kurz darauf mit, dass die Transaktion nicht durchgeführt werden konnte.

In der Schlange hinter ihm begannen die ersten Leute zu murren und Sven fühlte Panik in sich aufsteigen.

„Ich kann Ihnen meinen Ausweis als Pfand hierlassen und zuhause Geld holen", bot er an.

Der Blick der Kassiererin war kühl, als sie ihm erklärte, dass das leider nicht möglich sei. „Sie können die Ware nicht mitnehmen, solange sie nicht bezahlt ist."

„Hören Sie, ich habe es eilig und…" Sven sprach in seiner Panik lauter als er es beabsichtigt hatte und seine Wut war unüberhörbar. Er bemerkte, dass sich einer der Wartenden anschickte, nach vorne zu kommen, vermutlich um die Kassiererin zu unterstützen. Schweiß brach ihm aus allen Poren.

„So ein Mist!" Sven knallte die Tüte mit seinem Einkauf auf die Ablage. Er hörte, wie mindestens eine der Flaschen dabei zersprang, doch er kümmerte sich nicht darum, sondern stürmte aus dem Supermarkt, während die Kassiererin ihm empört etwas hinterherrief.

Am nächsten Geldautomaten rief Sven seinen Kontostand auf und musste entsetzt feststellen, dass er sein Konto bis auf das Maximum seines Disporahmens überzogen hatte. Er raufte sich die Haare und blieb einen Moment hilflos vor dem großen Kasten stehen, dem er keinen einzigen Schein würde entlocken können. Schließlich zückte er sein Handy und wählte die Nummer des einzigen Menschen, den er sich traute, um Hilfe zu bitten.

Es dauerte eine Weile, bis Erik das Gewünschte besorgt hatte und mit der Bahn in den Stadtteil gefahren war, in dem Sven wohnte.

An dem Mehrfamilienhaus angekommen, das Sven ihm beschrieben hatte, suchte Erik eine Weile vergeblich nach dessen Namen auf der Klingelanlage. Schließlich drückte er auf die einzige unbeschriftete Taste. Nur eine Sekunde später summte der Türöffner. Sven schien direkt neben der Türsprechanlage gewartet zu haben.

„Erik!" Sven fiel ihm um den Hals wie ein Ertrinkender. Dann nahm er ihm mit einer Gier, die Erik nicht verborgen blieb, die Einkaufstasche aus der Hand. „Möchtest du auch etwas trinken?" Sven war schon auf dem Weg in die Küche.

„Ich nehme an, du hast nichts Alkoholfreies da?" versuchte es Erik zaghaft.

Als Sven nicht antwortete, sondern stattdessen die eingekauften Flaschen aus der Tüte holte und sofort eine davon öffnete, ging er zu ihm.

„Ich nehme ein Glas Wasser." Er legte Sven eine Hand auf die Schulter, um seine Aufmerksamkeit zu gewinnen und spürte, wie dieser erschrocken zusammenfuhr.

Es schien fast so, als hätte Sven seine Anwesenheit für einen Moment vergessen.

„Tut mir leid, Erik!" Sven fuhr sich mit einer fahrigen Geste über das Gesicht. „Ich bin heute nicht ganz bei mir."

Er beeilte sich, Erik ein Glas Leitungswasser einzuschenken und reichte es ihm mit zitternden Fingern. „Setz dich schon mal, ich komme sofort!"

Erik sah sich um. Auf dem Couchtisch herrschte ein buntes Chaos aus leeren Gläsern und Flaschen. Auch im Flur stapelte sich das Leergut. Die ganze Wohnung roch muffig, so als hätte Sven schon seit einer Weile kein Fenster geöffnet. Erik entschied, ihm ungefragt ein wenig zur Hand zu gehen. Er öffnete die Fenster, sammelte die leeren Flaschen zusammen und stellte sie zu den anderen in den Flur. Dann räumte er die benutzten Gläser vom Wohnzimmertisch in die Spülmaschine. Er bemerkte einen frischen Weinfleck auf dem Wohnzimmerteppich, vermutete aber, dass sich da nichts mehr retten ließ.

Sven hatte sich inzwischen wieder etwas gesammelt, oder den nötigen Alkoholpegel erreicht, und gesellte sich zu ihm. „Danke, Erik!" Sein Lächeln wirkte verlegen, aber aufrichtig dankbar.

Erik winkte ab. „Nicht der Rede wert, Sven. Dafür sind Freunde da."

Das Wort *Freunde* war ungewohnt für Erik, aber es fühlte sich genau richtig an, und für einen Moment erfüllte ihn ein warmes Gefühl.

Die beiden bestellten sich eine Familienpizza und setzten sich dann zusammen auf die Couch. Erik mit seinem Glas Wasser, Sven mit einem neuen Bier.

„Also erzähl, was war los?"

Sven zögerte einen Moment, dann berichtete er Erik von seiner Entdeckung, was seinen Kontostand betraf. Er hatte zwischenzeitlich die letzten Buchungen über das Online-Banking angesehen und ernüchtert festgestellt, wie viel Geld er in den vergangenen Wochen ausgegeben hatte. Die Kosten für das Hotelzimmer und die Wohnung, die Ratenzahlungen für das Haus und seine teuren Einkäufe hatten sein Konto deutlich ins Minus getrieben.

„Nächsten Monat müsste es wieder besser aussehen…", tröstete er sich.

Erik nickte. „Ich kann dir gerne etwas leihen, damit du die nächsten Tage überbrücken kannst."

Sven sah ihn dankbar an. Noch vor wenigen Monaten hätte er Eriks Angebot aus Stolz zumindest im ersten Moment abgelehnt. Doch seitdem Sophia ihn vor die Tür gesetzt hatte, war von seinem Stolz nicht mehr viel übrig.

Nachdem ein pickliger Pizzabote ihnen ihre Bestellung gebracht hatte, machten sich die beiden über ihr Essen her. Sven merkte plötzlich, wie ausgehungert er war und überlegte, wann er zuletzt eine warme Mahlzeit gehabt hatte.

Nach dem Essen schlug Sven vor, sich gemeinsam die Live Übertragung eines Handballspiels anzusehen. Erik willigte ein. Er spürte, dass Sven nicht allein sein wollte, so wie er selbst, nachdem sie von Emmas Wohnung zurückgekommen waren.

Im Anschluss an das Handballspiel lief ein Film über vier Männer, die sich im Rahmen eines Experiments einen Vollrausch nach dem anderen antranken. Eriks Blick sprang zwischen dem Bildschirm und Sven, der inzwischen mit den Protagonisten des Films gleichgezogen hatte, hin und her. Eine kleine Armee leerer Bierflaschen stand vor ihnen auf dem Tisch, Zeugen von Svens zunehmendem Absturz. Bei dem Anblick zog sich Eriks Herz schmerzhaft zusammen. Er mochte den etwas älteren Mann sehr und es tat ihm weh, zu sehen, dass Sven jedes Mal, wenn sie sich sahen, ein wenig weiter zerbrochen zu sein schien.

Als der Film zu Ende war, stand Erik auf. Sven hatte sich inzwischen so sehr betrunken, dass an eine normale Unterhaltung nicht mehr zu denken war.

„Sven, ich muss zusehen, dass ich die letzte Bahn bekomme", entschuldigte sich Erik.

Sven erhob sich schwerfällig. Er musste sich an Eriks Schulter festhalten, um nicht gleich wieder auf das Sofa zurückzusinken. Mit unsicheren Schritten folgte er ihm zur Tür.

„Sehen wir uns morgen wieder?" Svens Frage klang flehend.

Erik nickte.

Einen Moment lang standen sich die beiden schweigend gegenüber. Plötzlich trat Sven einen Schritt vor und riss ihn mit unerwarteter Heftigkeit an sich. Seine Arme umfassten ihn wie ein Schraubstock und Erik spürte seinen heißen Atem an seinem Hals.

Er versuchte sich aus der Umklammerung zu lösen, doch Sven gab nicht nach. Erik fühlte, wie Svens Lippen seinen Hals hinaufwanderten und er drehte den Kopf, um ihn anzusehen.

„Sven, ich…"

Svens Kuss war leidenschaftlich und zugleich voller Verzweiflung und Erik erwiderte ihn fast reflexhaft. Dann jedoch stieß er Sven entschieden von sich.

„Sven, hör auf!" Seine Stimme klang jetzt fest und rau.

Unter seinen Händen, mit denen er Sven von sich schob, spürte er dessen rasenden Herzschlag.

Erik senkte die Stimme, sprach nun sanfter: „Ich mag dich, Sven, wirklich. Aber nicht auf diese Weise!"

Einen Moment lang stand Sven einfach nur da und schwankte leicht hin und her. Dann vergrub er das Gesicht in seinen Händen und sackte zu Boden. Erik stand wie vom Donner gerührt da und blickte auf seinen Freund herab, der wie die personifizierte Verzweiflung schluchzend vor ihm kniete. Er ging in die Hocke und legte Sven sanft eine Hand auf die Schulter.

„Komm steh auf. Ich bringe dich ins Bett."

Mühsam und nur mit Eriks Hilfe, schaffte es Sven auf die Beine zu kommen. Er stützte sich schwer auf Eriks Schultern, als der ihn ins Schlafzimmer führte und ihm half, sich auf das Bett zu legen.

„Es tut mir leid. Es tut mir so leid!" Seine Worte waren kaum zu verstehen, so sehr lähmten Scham und Trunkenheit Svens Zunge.

„Schon gut. Jetzt ruh dich erstmal aus." Erik setzte sich neben ihn auf die Bettkante und legte ihm beruhigend eine Hand auf die Brust.

Er ließ sie dort so lange liegen, bis Svens tiefe Atemzüge ihm zeigten, dass dieser eingeschlafen war. Dann stürzte er aus der Wohnung.

Anstatt zur Haltestelle zu gehen, rannte Erik einfach los. Es hatte in der Zwischenzeit geregnet und Erik gab sich keine Mühe, den Pfützen auf seinem Weg auszuweichen. Nach kurzer Zeit waren seine Schuhe und Hosenbeine völlig durchnässt, doch er lief einfach weiter. Auch als ein stechender Schmerz in seinen Seiten ihm das Atmen erschwerte, blieb er nicht stehen. Er wollte einfach nur laufen, weg von seinen Verpflichtungen, fort von dem, was ihm das Schicksal aufgetragen hatte.

Was verlangst du denn noch von mir? schrie er lautlos und glaubte zu spüren, wie sich der Kranich zur Antwort auf seinem Rücken bewegte.

Irgendwann gaben seine Beine einfach unter ihm nach und er schlug der Länge nach hin. Schluchzend vergrub er den Kopf in seinen Armen, die verdreckt waren vom Wasser der Pfütze, in der er gelandet war. Er weinte, bis er sich völlig leer fühlte. Danach blieb er noch eine Weile liegen und spürte in seinen Körper hinein, der vor Erschöpfung und Kälte zitterte. Schließlich erhob er sich mühsam. Einen Moment lang stand er leicht wankend da und sah seinem Atem hinterher, der als weiße Wolken in den Himmel stieg.

Dann streckte er den Rücken durch und ging mit hoch erhobenem Kopf den Weg zurück, den er gekommen war.

Der Kranich hatte ihm einen neuen Auftrag erteilt und wie immer würde er ihn erfüllen.

Der Taxifahrer, der Erik etwa eine Stunde später mitnahm, sah ihn erschrocken an, vermutlich zu gleichen Teilen besorgt um den völlig durchnässten jungen Mann und um sein sauberes Auto.

„Ist alles in Ordnung mit Ihnen?"

Erik nickte.

„Ja, alles in Ordnung", entgegnete er ruhig.

Dann gab er dem Mann seine Adresse durch und sank erschöpft auf den Rücksitz.

„Ich höre dich, mein Sohn. Ich wünschte du könntest mich auch hören.

Ich wünschte, ich könnte dir sagen, dass es nicht der Kranich ist, der dich

leitet. Du selbst triffst die Entscheidungen. Und das ist falsch, denn es ist

nicht deine Aufgabe über das Leben von anderen zu entscheiden. Was,

wenn du dich irrst? Wenn sie sich anders entschieden hätten? Was du tust,

ist ein Verbrechen und es macht dich unglücklich. Mein armer, geliebter

Sohn!"

Sven brachte die restliche Arbeitswoche wie im Autopiloten hinter sich.

Als er am Freitagabend die Polizeiwache verließ, konnte er sich an keinen einzigen Moment aus den vergangenen Tagen erinnern. Er blieb eine Weile im Auto sitzen, bevor er schließlich den Motor startete. Die Tankanzeige kratzte bereits am roten Bereich und das Geld, das Erik ihm geliehen hatte, würde nicht mehr lange reichen, wenn er jetzt tankte. Eigentlich hatte er vorgehabt, bei Sophia vorbeizufahren und ein Gespräch mit seinen Kindern zu verlangen, mit denen er seit seinem Rauswurf nicht ein einziges Mal hatte reden können. Nach einem resignierten Blick auf die Tanknadel entschied er sich jedoch dagegen und fuhr stattdessen zurück zu seiner Wohnung.

Auf dem Parkplatz begegnete er Annika. Es war ihre erste Begegnung seit dem verpatzten Liebesspiel und Annika musterte ihn zunächst etwas kühl, setzte dann aber ein freundliches Lächeln auf.

„Hallo Sven! Wie geht es dir?"

Falls sie sich eine Wiederbelebung ihrer *Nachbarschaftsbeziehung* erhofft hatte, so enttäuschte Sven sie. Er murmelte ein „Gut, danke", wobei er es vermied, sie anzusehen, und hastete dann an ihr vorbei.

Nachdem er die Wohnungstür hinter sich zugeknallt hatte, tigerte er eine Weile von Zimmer zu Zimmer, ohne zu wissen, weshalb er so unruhig war. Schließlich ging er an den Kühlschrank und nahm eine Flasche Bier heraus. Doch auch nachdem er sie in einem einzigen, durstigen Zug geleert hatte, stellte sich keine Erleichterung ein. Seufzend lehnte er den Kopf an die Kühlschranktür und zog das Handy aus der Gesäßtasche. Eine Weile betrachtete er es unschlüssig, gab sich dann aber einen Ruck und wählte mit zitternden Fingern Eriks Nummer. Wie gern hätte er sich schon viel früher bei ihm gemeldet, doch allein der Gedanke an sein Verhalten bei ihrem letzten Treffen trieb ihm die Schamesröte ins Gesicht. Heute aber war die Sehnsucht nach Eriks Gesellschaft größer als seine Scham. Sven spürte, dass er im Begriff war zu ertrinken und Erik war für ihn der einzige Rettungsanker weit und breit.

Sven war zutiefst erleichtert, als Erik gleich einwilligte, zu ihm zu kommen. Er nahm sich nicht einmal die Zeit, sich umzuziehen, sondern wartete eine gute halbe Stunde sehnsüchtig neben der Tür. Noch bevor das Geräusch der Klingel verklungen war, betätigte er den Türöffner und lauschte ungeduldig auf Eriks Schritte im Treppenhaus.

Als Erik ihm schließlich gegenüberstand, hing Svens Verlegenheit wie eine unsichtbare Wand zwischen ihnen. Nach kurzem Zögern trat Erik auf Sven zu und umarmte ihn freundschaftlich, wobei er ein wenig länger als üblich in der Umarmung verharrte. Vielleicht wollte er ihm damit zeigen, dass er ihm nichts nachtrug. Sven klammerte sich an ihn wie ein Ertrinkender, ließ ihn jedoch sofort gehen, als Erik Anstalten machte, sich von ihm zu lösen.

„Ich hab` uns was zum Essen mitgebracht!" Erik schwenkte eine Tüte hin und her, von der ein verlockender Geruch nach gebratenen Nudeln ausging.

Sven rieb sich erfreut die Hände und führte Erik an den kleinen Küchentisch. Er holte Besteck aus der Schublade, nahm für sich ein Bier und für Erik eine Flasche Wasser, die er eigens für ihn besorgt hatte, aus dem Kühlschrank und setzte sich dann zu ihm.

Eine Weile aßen sie schweigend.

„Wie war deine Woche?" Sven hatte das dringende Bedürfnis, die Stille zu unterbrechen, die ungewohnt drückend zwischen ihnen hing.

„Ganz okay", antwortete Erik einsilbig.

Er wirkte sehr bedrückt und stocherte lustlos in seinen Nudeln herum. Während Sven mit großem Appetit aß, wieder war es seine erste warme Mahlzeit seit Tagen, schien Erik überhaupt keinen Hunger zu haben.

Tatsächlich schob er die noch fast volle Schale nach kurzer Zeit von sich und lehnte sich in seinem Stuhl zurück. Schweigend sah er seinem Freund beim Essen zu und seine Augen folgten jeder seiner Bewegungen.

Als Sven seine Nudeln und parallel auch sein Bier geleert hatte, stand er auf, um sich eine neue Flasche aus dem Kühlschrank zu holen.

„Danke, Erik. Das tat wirklich gut!"

Ein leichter Schwindel überkam ihn, verging aber so schnell wie er gekommen war. Mit dem frischen Bier in der Hand setzte er sich wieder an den Tisch.

„Erik, wegen letztem Mal…", begann er unsicher.

Erik schüttelte leicht den Kopf und legte eine Hand auf Svens Unterarm. „Ist schon okay. Du brauchst nichts zu erklären!"

Sven sah auf Eriks Hand und wunderte sich über das seltsam körperlose Gefühl, das ihn bei diesem Anblick überkam. Er führte die Bierflasche zum Mund, schaffte aber nur die Hälfte der Strecke, dann fiel sein Arm kraftlos auf den Tisch zurück. Seine Finger öffneten sich, ohne dass er es beabsichtigt hatte, und die Bierflasche kippte um. Die bernsteingelbe Flüssigkeit lief schäumend über die Tischkante und tropfte auf seine Hose.

„Oh nein, ich wische das schnell weg." Seine Zunge fühlte sich an, als hätte jemand einen Mühlstein daran befestigt.

Sven versuchte aufzustehen, doch sein Körper gehorchte ihm nicht. Wie ein nasser Sack fiel er auf den Küchenboden.

„Was zum…"

Er sah hinauf zur Zimmerdecke und hatte plötzlich das Gefühl schwerelos zu sein, da er keinerlei Bodenkontakt spürte. Vage nahm er wahr, dass Erik sich neben ihn setzte. Er konnte sehen, dass er sein Gesicht anfasste, spürte die Berührung jedoch nicht. Sven sah Tränen in Eriks Augen, diesen wunderschönen eisblauen Augen. Während er sich auf diesen Anblick konzentrierte, schwanden ihm die Sinne.

Sven konnte nicht sagen, wie lange er weggetreten war. Als er die Augen aufschlug, saß Erik noch immer neben ihm. Oder vielmehr wieder, denn Sven registrierte wie durch einen Schleier, dass Erik plötzlich ein Kissen in der Hand hielt.

„Es tut nicht weh, Sven. Hab keine Angst!"

Sein Freund beugte sich zu ihm herab und küsste ihn auf die Stirn. Dann senkte sich mit dem Kissen eine stickige Dunkelheit auf Sven hinab.

Um ihn herum herrschte tiefste Finsternis. Sven spürte in seinen Körper hinein, konnte ihn jedoch nicht dazu bringen, auch nur einen Muskel zu bewegen. Szenen aus der Vergangenheit rasten an seinem inneren Auge vorbei. Sophia als junge Braut, ihr Mund zu einem Lächeln verzogen, während sie ihn verliebt ansah. Die Hebamme, die ihm die winzige Sabrina in den Arm legte. Übergangslos wurde das Gesicht seiner Tochter zu Alex` Gesicht und Sven spürte, wie sich die winzigen Fingerchen seines neugeborenen Sohnes um seinen Daumen schlossen. Weitere Szenen aus ihrem Familienleben reihten sich in immer schnellerer Folge aneinander. Drachenfliegen am Strand, die erste Autofahrt mit Sabrina am Steuer, Geschenke unter dem hell erleuchteten Weihnachtsbaum…

Mit zunehmender Atemnot kam die Panik. Adrenalin durchflutete Svens Körper und schwächte die Wirkung der Betäubung. Er stellte fest, dass er seine rechte Hand wieder bewegen konnte. Tastend wanderten seine Finger umher und stießen plötzlich auf den Griff seiner Pistole. Richtig! Er war ja noch in voller Dienstmontur.

Inzwischen brannte seine Lunge wie Feuer und das Kissen drückte weiterhin unerbittlich auf sein Gesicht.

Durch die Todesangst mobilisierte sein Körper die letzten Reserven. Nach einigen erfolglosen Versuchen schaffte Sven es endlich, den Knopf am Waffenholster zu lösen. Er nahm seine gesamte Willenskraft zusammen und zwang seine fast völlig tauben Finger, den Griff der Pistole zu umfassen und sie aus dem Holster zu ziehen. Den Rest erledigte sein Instinkt, denn sein Gehirn hatte aufgrund des Sauerstoffmangels die Arbeit eingestellt. Er hörte noch den lauten Knall und verlor im selben Augenblick das Bewusstsein.

Als Sven wieder zu sich kam, hörte er Stimmengewirr um sich herum.

„Sven. Kannst du mich hören?"

Die Stimme kam ihm vage bekannt vor.

„Kell...?" Sven konnte seine Zunge kaum bewegen.

Mit großer Mühe schaffte er es, seine Augen einen Spalt weit zu öffnen, schloss sie jedoch sofort wieder, als ihn das Licht der Deckenlampe blendete. Seine Gedanken wanderten wie durch dichten Nebel. Warum lag er hier auf dem Boden? Und was tat Keller in seiner Wohnung?

Zuerst sickerten die Erinnerungen nur ganz allmählich in sein Bewusstsein. Dann jedoch brachen sie über ihn herein wie eine Sturzflut. *Erik! Die Betäubung! Der Schuss!*

Ruckartig fuhr er hoch, sackte jedoch sofort auf den Boden zurück, weil seine Arme unter ihm nachgaben, als er sich auf sie stützen wollte.

„Wosrik?", nuschelte er, womit er „Wo ist Erik" meinte, doch seine Zunge war nicht imstande, sich deutlicher zu artikulieren.

Sein Kollege verstand natürlich nicht, was er meinte.

„Ruhig, Sven. Die Sanitäter sind schon da. Sie werden sich gleich um dich kümmern!"

Gleich? dachte Sven. Und was taten sie jetzt?

Panik stieg in ihm auf. Was war mit Erik? Hatte er ihn schlimm erwischt? Er versuchte den Kopf in die Richtung zu drehen, in der er Erik vermutete, doch er hatte seine Kraftreserven aufgebraucht. Wieder schlug die Dunkelheit über ihm zusammen.

Trotz der Schwärze um ihn herum arbeitete sein Bewusstsein weiter. Sein Freund hatte versucht, ihn umzubringen!

Das Wort *Freund* hätte in diesem Zusammenhang wie Hohn klingen müssen, doch Sven fühlte nicht einmal den Hauch eines negativen Gefühls in sich. Ganz im Gegenteil: beim Gedanken an Erik, an seine Stimme, sein Gesicht, seine Augen, wurde ihm ganz warm ums Herz. Gleichzeitig zogen sich seine Eingeweide vor Angst um ihn zusammen.

Als Sven das nächste Mal erwachte, fand er sich in einem Bett liegend wieder. Diesmal fühlte er sich zwar noch müde und etwas benommen, aber er konnte seine Augen ohne größere Anstrengung öffnen und sich umsehen. Er erkannte weiße Bettwäsche, ein graues Metallbett und einen weißen Beistelltisch. Demnach befand er sich also in einem Krankenzimmer.

Sven hob mühsam den Kopf und stöhnte unwillkürlich auf, als ihm ein gleißender Schmerz durch die Schläfen fuhr. Er fühlte sich, als hätte er die ganze Nacht durchgezecht. Wieder dauerte es einen Moment, bis die Erinnerungen zurückkamen.

„Papa!", hörte er plötzlich eine weibliche Stimme.

Jetzt erst nahm er die Person wahr, die ein Stück vom Bett entfernt in einem Lehnstuhl saß.

„Sabrina!"

Seine Tochter sprang auf und fiel ihm weinend um den Hals. „Ich habe mir solche Sorgen um dich gemacht!", schluchzte sie.

Sven legte die Arme um Sabrina und drückte sie fest an sich. Der frische Geruch ihres Haares stieg ihm in die Nase und für einen kurzen Moment konnte er die schrecklichen Ereignisse vergessen und das Hier und Jetzt genießen. Seine Tochter, die er seit Wochen weder gesprochen noch gesehen hatte, war hier und weinte um ihn.

Ich wünschte, ich hätte nicht erst fast sterben müssen, um herauszufinden, dass ich ihr doch noch wichtig bin, schoss es ihm mit leichter Verbitterung durch den Kopf.

Nach einer Weile ließ Sabrinas Schluchzen nach. Sie löste sich von ihm, blieb aber auf der Bettkante sitzen.

„Weißt du noch, was passiert ist, Papa?" Sie sah ihn aus tränennassen Augen an.

In Svens Kopf überschlugen sich die Gedanken. Was wusste sie bereits? Wieviel konnte er ihr erzählen?

Er entschied sich für eine Notlüge. „Nein. Ich erinnere mich an gar nichts. Mein Kopf ist wie leergefegt."

Er sah sie an und fragte sich unwillkürlich, wie seine Tochter innerhalb so kurzer Zeit so erwachsen werden konnte.

„Hat dir jemand etwas erzählt?", erkundigte er sich vorsichtig.

Sabrina schüttelte den Kopf und Sven unterdrückte ein Seufzen. Also würde er von ihr nichts über Eriks Zustand erfahren können.

„Wie geht es dir?" fragte er dann mit ehrlichem Interesse.

Sabrina lachte über seine Frage. „Du liegst im Krankenhaus und fragst mich, wie es mir geht?"

Dann aber sprudelte es nur so aus ihr heraus: „Es tut mir so leid, dass ich mich nicht bei dir gemeldet habe, Papa. Ich war so durcheinander, als du plötzlich weg warst. Und Mama war so wütend auf dich. Aber dann war sie plötzlich so gut drauf und wir hatten eine wirklich schöne Zeit und…", sie brach ab, wohl ahnend, dass sie ihren Vater mit derartigen Worten sehr verletzten könnte.

Doch Sven lächelte ihr aufmunternd zu. „Schon okay, Liebes. Weißt du, mir ging es in letzter Zeit nicht sonderlich gut und ich habe euch wirklich sehr vermisst. Aber es ist tröstlich zu wissen, dass es euch gut geht."

Einen Moment lang sahen sich die beiden schweigend an und freuten sich über das Band zwischen ihnen, von dem beide geglaubt hatten, dass es nicht mehr existierte.

„Oh! Ich sollte Bescheid sagen, sobald du aufgewacht bist!" Sabrina sprang auf und eilte zur Tür, entschied sich dann aber nochmal um und lief zu ihm zurück.

„Ich bin so froh, dass dir nichts passiert ist, Papa!" Sie gab ihm einen Kuss auf die Wange und verließ dann doch das Zimmer.

Nachdem Sven kurz mit dem Chefarzt gesprochen hatte, kam Sabrina wieder zurück. Die beiden unterhielten sich noch eine Weile, bis die Müdigkeit mit voller Wucht zurückkehrte und Sven sich gerade noch entschuldigen konnte, bevor ihm die Augen zufielen.

Beim nächsten Erwachen war es Keller, der auf dem Lehnstuhl neben seinem Bett saß.

„Hey, Sven! Schön, dich unter den Lebenden zu sehen!" Die Erleichterung in Kellers Stimme war unüberhörbar.

Endlich! fuhr es Sven durch den Kopf. Endlich würde er herausfinden, was passiert war und wie es Erik ging. Aber er musste sich noch kurz gedulden und seinem Kollegen zunächst einige Fragen beantworten.

„An was erinnerst du dich?", fragte Keller vorsichtig.

Sven fasste in groben Sätzen zusammen, was bis zu dem Moment passiert war, in dem er bewusstlos geworden war. Danach konnte er sich nicht länger zurückhalten.

„Und jetzt bist du dran, Keller. Wie ging es dann weiter?"

Sein Kollege schwieg einen Moment und schien sich seine Antwort sorgfältig zurechtzulegen.

„Nun ja, deine Nachbarin hat den Schuss gehört und uns verständigt. Wir haben einen Notarzt angefordert und sind dann direkt los…" Keller brach ab und fuhr dann leise fort. „Um ehrlich zu sein hatte ich Angst, dass du dir etwas angetan hast."

Sven starrte ihn entgeistert an. „Ich mir?"

Keller zuckte etwas verlegen mit den Schultern. „Na ja, du hast in den letzten Wochen echt schlecht ausgesehen. Und du hattest ja auch wirklich einiges zu verdauen…"

Sven lehnte sich zurück und blickte an die Decke. Ja, es stimmte. Er hatte für einige Zeit die Freude am Leben verloren. Er hatte sich in den Rausch geflüchtet und sich an den Rand des Zusammenbruchs gesoffen. Aber in keinem Moment wäre er auf den Gedanken gekommen, sich umzubringen. Dafür kannte er die Welt zu gut. Die Aufs und Abs, die das Leben nun einmal mit sich brachte. Und außerdem war Erik dagewesen, sein Freund, seine Stütze, sein Rettungsanker.

Dass ausgerechnet seine Freundschaft zu Erik ihn letztendlich fast das Leben gekostet hätte, war wohl eine Ironie des Schicksals.

Keller sprach weiter: „Wir sind fast zeitgleich mit dem Rettungs-wagen angekommen, haben geklopft und dann direkt die Tür auf-gebrochen. Und da lagt ihr."

Ihr... Erik! Was ist mit ihm? die Stimme in Svens Kopf brüllte förmlich, rasend vor Angst um seinen Freund.

„Da du soweit stabil warst, haben sich die Sanitäter erstmal um den jungen Mann gekümmert. Deshalb war nur ich bei dir, als du aufgewacht bist."

Er machte eine Pause und Sven musste den Drang unterdrücken, ihn kräftig zu schütteln, damit er endlich weitersprach. „Die Sanitä-ter haben den Mann direkt ins Krankenhaus gebracht und wir haben einen zweiten Wagen für dich angefordert."

Stille. Keller schien nicht die Absicht zu haben noch mehr zu er-zählen.

„Und wie geht es Erik?", stellte Sven endlich die Frage, die ihm schier den Verstand raubte.

Keller sah ihn einen Moment lang nur schweigend an und fragte dann leise: „Er ist ein Freund von dir, richtig?"

Sven nickte.

Keller zögerte, schien nach den richtigen Worten zu suchen. „Du hast ihn am Kopf erwischt. Er hat viel Blut verloren und war be-wusstlos, als wir ankamen. Er ist direkt notoperiert worden, seitdem aber nicht wieder aufgewacht. Die Ärzte wissen noch nicht, ob er es schafft."

Sven schloss die Augen. In seinem Kopf echoten Kellers letzte Worte und ließen sein Herz zu einem Klumpen Eis erstarren.

Bleierne Müdigkeit überkam ihn und er wollte sich gerade der einladenden Schwärze hingeben, als Kellers Stimme ihn wieder zurückholte.

„Anscheinend hat er dich betäubt und dann versucht, dich zu ersticken. Hast du eine Ahnung, wieso er das getan hat?"

Gute Frage, dachte Sven. Dieselbe hatte er sich selbst schon mehrfach gestellt. Was auch immer der Hintergrund für Eriks Handeln war, Sven war sich sicher, dass er ihm nichts Böses gewollt hatte, was angesichts eines Mordversuchs reichlich zynisch klang.

Wieder wollte sein Bewusstsein dem verlockenden Wunsch nach Schlaf nachgeben. Dann schrak er hoch.

„Jeanette!"

Er schilderte Keller kurz die Situation in Eriks Wohnung und der versprach ihm, sich sofort auf den Weg zu machen.

„Ich komme morgen wieder. Jetzt ruh` dich erstmal aus. Der Arzt meint, es könne eine Weile dauern, bis das Betäubungsmittel wieder aus deinem Kreislauf raus ist. Bis dahin wirst du wohl ziemlich müde sein."

Den letzten Satz hatte Sven schon gar nicht mehr mitbekommen.

Jeanette lag leblos in ihrem Bett. Der Sanitäter, den Keller und sein Kollege vorsorglich mitgebracht hatten, konnte nur noch ihren Tod feststellen. Sie verständigten den Gerichtsmediziner, um den Todeszeitpunkt und die mögliche Ursache zu klären, dann durchsuchten die beiden Polizisten die Wohnung. In Eriks Zimmer stießen sie auf seine Tagebücher, die sie zusammen mit einigen möglicherweise relevanten Unterlagen in einen Karton packten und mit auf die Polizeiwache nahmen.

Keller bat seine Chefin um die Erlaubnis, das Material aus Eriks Wohnung sofort sichten zu können. Sven wie tot auf seinem Küchenfußboden liegend zu finden, umgeben von einer Blutlache, die er erst auf den zweiten Blick dem fremden Mann neben ihm hatte zuordnen können, hatte ihn zutiefst erschüttert, und er hoffte, in den Unterlagen Anhaltspunkte für den Mordversuch finden zu können.

Beim Überfliegen der Einträge in Eriks jüngstem Tagebuch stellte er fest, dass er damit weit mehr in den Händen hielt, als eine Sammlung von Anekdoten aus dem Leben eines Durchschnittsbürgers. Eriks Tagebücher waren das auf hunderten von Seiten handgeschriebene Geständnis eines Mehrfachmörders.

Keller wurde schnell klar, dass sie diesen Fall an die Kollegen der Kripo abgeben mussten, und da ihm viel an der weiteren Aufklärung lag, bot er ihnen bei der Übergabe der Unterlagen an, sie bei der Sichtung der Beweise zu unterstützen.

Und so war es Keller, der sich die Kopien von Eriks erstem Tagebuch durchlas und damit tief in dessen Vergangenheit eintauchte.

Heute habb ich mich in der Schuhle mit Andi geschtrieten
Keller musste lächeln, als er die krakelige Schrift und die drolligen Rechtschreibfehler sah.

Der kleine Erik schien ein guter Schüler gewesen zu sein, denn sehr bald verbesserte sich seine Rechtschreibung und die Texte wurden länger.

Mama hat den Tod in ihrem Kopf. Doktor Schmidt sagt sie hat nicht mehr lange zu leben.

Die folgenden Seiten drehten sich fast ausschließlich um die Krankheit seiner Mutter. Was Erik schrieb, klang nicht mehr nach den Worten eines Kindes.

Heute habe ich mit angehört, dass Mama Papa gebeten hat, sie zu töten. Papa wollte nicht und Mama ist sehr wütend auf ihn geworden. Sie hat ihn einen Feigling genannt. Muss Papa Mama wirklich töten, wenn sie das will?

Und dann ein paar Tage später:

Ich will Mama nicht mehr besuchen. Sie ist gar nicht mehr sie selbst. Papa sagt, sie bekommt starke Medikamente gegen die Schmerzen. Und trotzdem weint und schreit sie oft, wenn wir da sind. Papa hätte auf sie hören sollen. Ist es egoistisch von mir, wenn ich nicht mehr ins Krankenhaus gehen will?

Seite um Seite tauchte Keller tiefer in die Psyche des jungen Erik. Er litt mit ihm, als seine Mutter starb und war schockiert, als er las, dass sein Vater ihn kurz darauf einfach allein ließ. Dann wieder staunte er über den Einfallsreichtum und die Selbstbeherrschung des Jungen, der sich wochenlang allein durchschlug. Die Eingewöhnung bei Familie Becker beschrieb der junge Erik sehr nüchtern. Aber nach und nach klang durch die Zeilen, dass er sich in seiner neuen Familie zunehmend zuhause fühlte. Die Einträge über seine Mutter wurden seltener. Seinen Vater hatte der Junge ab dem Zeitpunkt seines Verschwindens nicht mehr erwähnt, bis auf einmal:

Ich will kein Feigling sein wie Papa! Deshalb habe ich Queenie gestern Abend erlöst. Es ging ihr immer schlechter und ich bin sicher, dass sie sterben wollte.

Keller hielt inne und markierte den soeben gelesenen Text. Er ahnte, dass dieser Eintrag für die weiteren Ermittlungen relevant sein könnte.

Am nächsten Morgen hatte Sven sich so weit erholt, dass er aufstehen und das Zimmer verlassen konnte.

Sein erster Gang führte ihn auf die Intensivstation. Dort, zwischen Schläuchen und Maschinen, lag Erik in einem metallenen Krankenhausbett. Sein Kopf war dick verbunden und eine Atemmaske verdeckte sein halbes Gesicht. Durch die dünne Decke konnte Sven sehen, wie sich sein Brustkorb hob und senkte, begleitet vom Zischen des Sauerstoffgeräts.

Zögernd trat Sven an das Bett heran, während die Krankenschwester, die ihn herbegleitet hatte, nicht von seiner Seite wich. Vermutlich hatte sie die Anweisung bekommen, Sven nicht mit ihrem Patienten allein zu lassen. Womöglich fürchtete sie, dass er ihm aus Rache etwas antun könnte. Doch Sven war nicht nach Rache zumute. Ganz im Gegenteil. Wäre er mit ihm allein gewesen, so wäre er wohl weinend an Eriks Seite zusammengebrochen. Stattdessen stand er einfach nur stumm da und betrachtete durch einen Tränenschleier, wie sein Freund vor seinen Augen mit dem Tod rang.

Am Nachmittag besuchte ihn Keller, wie er es versprochen hatte.

„Die Sache ist größer als wir dachten, Sven."

Er schilderte seinem Freund knapp, was er beim ersten Überfliegen der Tagebücher erfahren hatte.

„Ein Befreier der Seelen im Auftrag des Kranichs", Sven schauderte bei diesem Gedanken.

Sein Verstand weigerte sich Erik als mordenden Psychopathen zu begreifen. „Bitte halt mich auf dem Laufenden, Jan", bat er. Keller nickte und verabschiedete sich von Sven.

Kurz darauf teilte ihm der behandelnde Arzt mit, dass er das Krankenhaus am nächsten Tag verlassen durfte. Seine Blutwerte waren soweit in Ordnung und die Müdigkeit ließ stetig nach und ließ sich auch gut zuhause auskurieren.

Tatsächlich fühlte sich Sven trotz der Nachwirkung des Betäubungsmittels so lebendig wie schon seit Jahren nicht mehr. Er war dem Tod gerade noch von der Schippe gesprungen und war darüber sehr dankbar. Diese Dankbarkeit gesellte sich zu seiner Bestürzung über Kellers Entdeckung und seiner Angst um Erik. Dazu kam die Sorge vor einem Rückfall in seine Alkoholsucht und die Nervosität wegen der notwendigen Aussprachen, die vor ihm lagen. Kurzum: Sein Innerstes war ein einziges Schlachtfeld der Gefühle.

Wohlwissend, dass er damit nicht ohne Hilfe zurechtkommen würde, rief er noch aus dem Krankenhaus bei Dr. Dresmann an und vereinbarte für die nächste Woche eine erste Therapiesitzung. Nachdem er aufgelegt hatte, reihte sich Erleichterung in den Reigen seiner Gefühle ein. Sven wusste, dass er noch einige Hürden nehmen musste, bevor ihn das Leben wiederhatte, doch er war sich sicher, dass er es schaffen würde.

Die erste große Hürde nahm Sven direkt am Tag seiner Entlassung aus dem Krankenhaus, als er in seine Wohnung zurückkehrte. Seine Tochter, die bei ihren Gesprächen bemerkt hatte, wie sehr ihn der Gedanke daran belastete, an den Ort des Geschehens zurückzukehren, begleitete ihn. Sie war es, die als Erste hineinhing, nachdem er mit zitternden Fingern die Haustür aufgeschlossen hatte.

Sven blieb im Hausflur stehen und lauschte mit pochendem Herzen auf ihre Schritte. Er war erleichtert, als Sabrina schon nach kurzer Zeit zurückkehrte und ihn hereinwinkte.

„Es ist wirklich nichts mehr zu sehen, Papa!", beruhigte sie ihn. „Der Putzdienst hat gute Arbeit geleistet".

Mit zitternden Knien betrat Sven die Wohnung und sofort stieg ihm der scharfe Geruch von Reinigungsmitteln in die Nase. Wie ferngesteuert ging er direkt in die Wohnküche, wo er eine Weile einfach nur dastand und stumm auf die Stelle starrte, an der er zusammengebrochen war. Er hatte fest damit gerechnet, dort sichtbare Hinweise auf das Geschehene zu finden, doch da war nichts. Nicht ein einziger Blutspritzer und auch keinerlei Verfärbung, weder auf dem billigen PVC Boden, noch an den Wänden. Schließlich schüttelte er seine Erstarrung ab und sah sich eilig in der restlichen Wohnung um, die weitaus ordentlicher war, als er sie in Erinnerung hatte. Auch die imposante Leergutsammlung in Küche und Flur war verschwunden, was Sven mit großer Erleichterung zur Kenntnis nahm.

Auch wenn er sich vorgenommen hatte, von nun an offen über sein Alkoholproblem zu sprechen, wäre es ihm doch sehr unangenehm gewesen, wenn seine Tochter die Unmengen leerer Alkoholflaschen gesehen hätte. Weder sie noch Alex oder Sophia mussten wissen, dass er in den vergangenen Wochen wohl einen kompletten Supermarkt leergetrunken hatte.

Er verbrachte einen schönen Nachmittag mit Sabrina. Als er sie am frühen Abend nach Hause brachte, kam ihm Alex entgegen. Sein Sohn hatte ihn zwar nicht im Krankenhaus besucht, ihn aber zumindest angerufen. Jetzt fiel er seinem Vater mit Tränen in den Augen um den Hals. Sven hatte den Eindruck, dass Alex ein wenig gewachsen war seitdem sie sich das letzte Mal gesehen hatten. Vielleicht bildete er sich das aber auch nur ein.

Als er sich wieder aus der Umarmung gelöst hatte, fiel sein Blick auf Sophia, die mit verschränkten Armen in der Haustür stand. Trotz ihrer distanzierten Körperhaltung war der Blick, mit dem sie ihn ansah, weich. Die Angst um ihren Noch-Ehemann hatte die kalte Ablehnung aus ihren Augen gelöscht. Zögernd ging Sven auf sie zu und war freudig überrascht, als sie ihn an sich zog.

„Schön, dass es dir gut geht, Sven!"

Die Umarmung war kurz, aber mehr als er sich je wieder von ihr erhofft hatte.

„Danke, Sophia."

Einen Moment lang standen sie sich in verlegenem Schweigen gegenüber.

Sven räusperte sich. „Wie wäre es, wenn wir uns die Woche mal zum Kaffeetrinken treffen und besprechen, wie es weitergehen soll?"

In Sophias Augen blitzte für einen kurzen Moment Angst auf, doch dann nickte sie.

Am Abend klopfte er vorsichtig an Annikas Wohnungstür. Ihr Sohn, ein schlaksiger Teenager mit Undercut und langem Pony, öffnete ihm die Tür und sah ihn ein wenig misstrauisch an.

„Hi. Ich bin Sven, euer Nachbar. Ist deine Mutter da?"

Der Junge nickte nur und ließ ihn stehen, um seine Mutter zu holen.

Als Annika ihm kurz darauf gegenüberstand, fiel Sven auf, dass sie überhaupt nicht sein Typ war. Hübsch zwar, aber völlig uninteressant in ihrer Künstlichkeit.

Er setzte ein Lächeln auf, was ihm nicht sonderlich gut gelang, und auch kein Echo in ihrem Gesicht fand.

„Ich wollte mich bei dir bedanken, Annika. Wenn du nicht die Polizei gerufen hättest…" Er brach ab. Ja, was dann? Dann wäre er wohl trotzdem noch am Leben. Aber Erik wäre tot gewesen. Wobei auch jetzt noch nicht sicher war, dass er überleben würde. Noch immer rangen die Ärzte auf der Intensivstation um sein Leben.

„Nichts zu danken, Sven!"

Für einen Moment herrschte ein unangenehmes Schweigen zwischen ihnen.

Dann endlich lächelte sie. „Du siehst viel besser aus als letzte Woche!"

Sven kratzte sich verlegen im Nacken. „Ja, mag sein. Anscheinend musste ich erst fast sterben, um wieder zur Besinnung zu kommen."

Sie unterhielten sich noch kurz, doch beide spürten, dass sich zwischen ihnen etwas geändert hatte. Die gegenseitige Neugier war verflogen und Ernüchterung hatte sich eingestellt. Als Sven sich schließlich verabschiedete, fühlte er sich erleichtert.

Das Zimmer war dunkel als Sven hereinkam. Nur die Anzeigen an den Geräten neben dem Bett gaben etwas Helligkeit ab, gerade genug, um Eriks Gesicht in ein fahlgrünes Licht zu tauchen. Sven schaltete das Licht ein und stellte einen der Besucherstühle so nahe wie möglich an das Bett.

„Hallo Erik", dabei berührte er zur Begrüßung sanft die Hand seines Freundes, genau wie dieser es stets bei seiner Pflegemutter getan hatte.

Eine Weile lauschte er auf Eriks ruhige Atemzüge. Die Ärzte hatten ihn vor zwei Tagen vom Beatmungsgerät genommen, da seine Lunge wieder selbstständig arbeitete. Aus einer perfiden Laune des Schicksals heraus hatte Erik genau den Zustand erreicht, in dem seine Pflegemutter die letzten zehn Jahre verbracht hatte. Ein Minimum an Körperfunktionen sorgte dafür, dass er am Leben blieb, reichte aber nicht aus, um ihn aufwachen zu lassen.

In leisem Tonfall erzählte Sven seinem Freund von den Ereignissen des Tages. Als ihm nichts mehr einfiel, nahm er sich den Ordner zur Hand, in dem er die Kopien aus Eriks Tagebüchern aufbewahrte und den er bei seinen Besuchen im Krankenhaus stets bei sich trug.

„Betrachte es als einen Gefallen unter Kollegen", hatte Keller geraunt, als er ihm die Seiten zugesteckt hatte.

Aufgrund seiner eigenen Betroffenheit war Sven nicht in die laufenden Ermittlungen involviert und hatte demnach auch keinen Zugriff auf die Beweise. Doch Keller war der Meinung, dass sein Kollege ein Recht darauf hatte, zu erfahren, was seinen Freund zu dessen Taten getrieben hatte, und war daher das Risiko eingegangen, ihm einige der entscheidenden Tagebuchseiten zu kopieren.

Vermutlich hätte Sven die Tagebücher nicht gelesen, wenn die Chancen, dass Erik aus dem Wachkoma aufwachen würde, nicht so verschwindend gering wären. So jedoch las Sven mit zunehmendem Begreifen, wie aus dem kleinen Jungen, der seine Mutter an einer tückischen Krankheit hatte leiden und sterben sehen, der Mann wurde, der glaubte, ein Gesandter des Götterboten zu sein und in dessen Auftrag Menschen ermordete.

Als Sven die letzten Seiten der Kopien erreichte, fiel ihm das Lesen zunehmend schwer. Sein eigener Name tauchte immer häufiger darin auf und die Verzweiflung, die aus den Zeilen sprach, zerriss ihm beinahe das Herz. Erik hatte Svens Freundschaft erwidert, mit dem Unterschied, dass diese Freundschaft für Sven eine Stütze bedeutet -, Eriks Leben hingegen noch weiter aus dem Gleichgewicht gebracht hatte.

Svens Finger fuhren sanft über Eriks letzten Satz:

Auch wenn mich allein der Gedanke in den Wahnsinn treibt, noch einen lieben Menschen zu verlieren: heute Abend werde ich Sven erlösen.

Eriks feine Handschrift verschwamm vor seinen Augen, während Sven gegen die Tränen kämpfte. Er schlug den Ordner zu und nahm stattdessen das Foto zur Hand, das Keller ihm, ebenfalls als Kopie, gegeben hatte. Es zeigte einen etwa zehn Jahre jüngeren Erik neben einem zweiten, etwas älteren Mann. Die beiden posierten mit nacktem Oberkörper vor der Kamera. Der fremde Mann stand mit dem Gesicht zum Fotografen, Erik mit dem Rücken, hatte aber den Kopf gedreht, so dass sein strahlendes Gesicht zu sehen war. Anscheinend hatten sich die beiden gerade frisch tätowieren lassen, denn die Haut um den imposanten Kranich auf Eriks Rücken war noch stark gerötet, und auch das Tattoo, auf das der fremde Mann deutete, war eindeutig frisch gestochen.

Svens Blick verweilte nur kurz auf dem riesigen schwarzen Vogel. Er fand den Gedanken unheimlich, dass sich sein Freund eingebildet hatte, Befehle von ihm zu erhalten. Stattdessen konzentrierte er sich auf Eriks Gesicht. Sein Freund sah so glücklich aus!

Dank der Tagebücher bekam die Polizei zahlreiche Hinweise auf Eriks Opfer. Wenn sich die Personen eindeutig identifizieren ließen, wurden ihre Familienangehörigen über die Ermittlungsergebnisse informiert.

Zwischen den Seiten des aktuellsten Tagebuchs hatte man ein Foto gefunden, das eine Frau mit ihrem Mann und ihren zwei Söhnen zeigte. Es war schnell klar, dass es sich um Frau Jäger handelte, die erst vor kurzem im Sankt-Agatha-Seniorenheim verstorben war.

Da er wegen des Einbruchsverdachts in der Nacht ihres Todes schon einmal dort gewesen war, fuhr Sven selbst hin, um die Heimleitung zu informieren.

Als er die Zufahrt zur Seniorenresidenz hinauffuhr, fiel ihm der Lieferwagen wieder ein, der ihm damals entgegengekommen war und Sven stieg vor Überraschung auf die Bremse.

„Es war also wirklich Erik!", keuchte er verblüfft.

Nach dieser Erkenntnis brauchte er einen Moment, um sich wieder zu sammeln, bevor er weiterfahren konnte. Bei dem Gedanken, wie nah er Eriks beiden letzten Morden gekommen war, überkam ihn eine Gänsehaut.

Auch den Gang zu Emmas Eltern übernahm Sven. Es war die wohl schwerste Diensthandlung in seinem Leben, aber er betrachtete es als seine Pflicht, ihnen die Informationen über die Todesumstände ihrer Tochter persönlich zu überbringen. Schließlich war Emmas Mörder sein bester Freund.

Zu Jeanettes Tod fand sich in Eriks Tagebuch kein Hinweis. Die Beamten gingen daher davon aus, dass sie eines natürlichen Todes gestorben war. Vielleicht hatte Eriks Pflegemutter die Abwesenheit ihres Sohnes gespürt und nach all den Jahren im Wachkoma endlich loslassen können.

Auf den Titelseiten der Zeitungen, sowohl regional als auch überregional, wurde Erik als *der Todesengel* bezeichnet. Psychiater bescheinigten ihm per Ferndiagnose eine posttraumatische Belastungsstörung sowie eine akute Schizophrenie, möglicherweise ausgelöst durch die Traumata in seiner Kindheit.

Irgendjemand hatte der Presse ein aktuelles Bild von ihm gegeben. Als Sven eines Morgens die Zeitung aus dem Briefkasten nahm, blickte ihm Eriks weiches Gesicht von der Titelseite entgegen. Bei seinem Anblick zog sich Svens Herz schmerzhaft zusammen. Er vermisste Erik sehnsüchtig. Jetzt, wo es ihm besserging, hätten sie eine tolle Zeit miteinander verbringen können. Er hätte seine Gefühle ihm gegenüber in den Griff bekommen und Erik ein echter Freund sein können. Was ihm stattdessen blieb, war ein Abschied auf Raten.

Sven überflog den Artikel, der den aktuellen Wissensstand in der üblichen, um Aufmerksamkeit heischenden Boulevard-Tonalität wiedergab, dann aber unerwartet einen Bogen schlug von Eriks Morden hin zur aktiven Sterbehilfe. Unwillkürlich fragte er sich, wie Eriks Leben verlaufen wäre, wenn der kleine Junge seiner Mutter nicht bei ihrem qualvollen Sterben hätte zusehen müssen.

Eriks Augen waren geschlossen. Er trug inzwischen keinen Verband mehr, stattdessen bedeckten dicke Pflaster die OP-Wunden. Seine Haare waren abrasiert und der kahle Schädel ließ ihn seltsam kindlich wirken.

Sven setzte sich neben ihn auf die Bettkante, ergriff seine Hand und legte sie an die eigene Wange, die noch nass war von den Tränen, die er kurz zuvor vergossen hatte.

„Ich vermisse dich, Erik", flüsterte er heiser in Eriks Handfläche.

Der behandelnde Arzt hatte ihm eben erst mitgeteilt, dass weitere Bereiche von Eriks Hirn die Arbeit eingestellt hatten.

Die letzten Worte des Mannes echoten noch immer durch seinen Kopf: „Selbst, wenn er wie durch ein Wunder aufwachen sollte, wird er für immer ein Pflegefall bleiben."

Die Einzelheiten aus Eriks Leben, die er aus den Tagebuchkopien erfahren hatte, kamen ihm in den Sinn, dazu gesellte sich die Erinnerung an Eriks Gesichtsausdruck bevor er versucht hatte, ihn mit dem Kissen zu ersticken. Eine tiefe Traurigkeit hatte in den blauen Augen seines Freundes gelegen. Nach all den Schicksalsschlägen, die Erik durchgemacht hatte, hatte er sich am Ende selbst den entscheidenden Treffer versetzt.

Eine lange Zeit saß Sven einfach nur da und lauschte dem Summen und Piepsen der Geräte um sie herum, während er mit liebevollem Blick das bleiche Gesicht seines Freundes betrachtete. Er wollte sich jedes noch so kleine Detail genau einprägen und für immer in Erinnerung behalten.

Schließlich beugte er sich vor und küsste Erik sanft auf die Stirn. „So würdest du nicht enden wollen, Erik. Lebwohl mein Freund!", flüsterte er.

Mit diesen Worten hob er vorsichtig Eriks Kopf an und zog das Kissen unter ihm hervor ...

Danksagung

Das größte Dankeschön geht an meine Familie, vor allem für ihre Geduld während der vielen Abende, die ich, tief in meiner Geschichte versunken, vor dem PC verbracht habe.

Vielen Dank an meine lieben Testleserinnen und -Leser, die das Buch mit jedem Feedback besser gemacht haben, und an meinem Lektor Helmut, der mich vor so manchem Logikfehler bewahrt hat. Und natürlich danke ich auch den vielen Menschen, die mir stets zur Seite standen, mir Mut gemacht oder wertvolle Tipps gegeben haben.

Über die Autorin

Vanessa Carpitella, geboren im August 1980, lebt mit ihrer Familie in Weinheim an der Bergstraße. Sie studierte Vertrieb und Marketing in den Niederlanden und begann schon in ihrer frühen Jugend mit dem Schreiben. Viele Ideen für spätere Geschichten entstanden während ihrer Auslandsaufenthalte, zunächst im Studium und später auf ihren beruflichen Reisen. Oft sind es aktuelle Geschehnisse, die sie dann mit einer großen Prise Fantasie in einem Roman verarbeitet. In diesem Fall die Diskussion über aktive Sterbehilfe.